KERSTIN KLEIN

Dieses Leben ist vom Umtausch ausgeschlossen!

Buch

Steven und sein Kollege und bester Freund Nick arbeiten zusammen als verdeckte Ermittler in der Abteilung »Organisierte Kriminalität«. Beruflich läuft für Steven alles bestens, nur privat scheint sein Glück vorbei zu sein. Denn als seine Frau Teresa erfährt, dass er sie betrogen hat, schmeißt sie ihn aus der gemeinsamen Wohnung und erklärt ihre Ehe für beendet.

Doch das kann und will Steven nicht akzeptieren, sicher, so ganz korrekt hat er sich nicht immer verhalten, und er sieht ja ein, dass er Fehler gemacht hat. Aber gebührt nicht jedem eine zweite Chance? Er legt sich mächtig ins Zeug und versucht, Teresa umzustimmen. Leider sind seine Pläne nicht so wirklich bis ins Letzte durchdacht, und er erlebt eine Pleite nach der anderen.

Dazu kommt noch ein neuer Fall für ihn, an dem er sich die Zähne ausbeißt. Der kriminelle Murango, dem er auf die Schliche kommen will, gibt sich keine Blöße. Erst als Steven entdeckt, dass es eine Verbindung zwischen Murango und der Bank, in der Teresa arbeitet, gibt, sieht er die Chance, ihn zu überführen …

Autorin

Kerstin Klein machte zunächst eine Ausbildung zur Rechtsanwaltsgehilfin, bevor sie ein Jahr in Griechenland lebte. Danach kehrte sie nach Hamburg zurück und arbeitete bis zur Geburt ihres Sohnes in einem Fachverlag, dann als Journalistin für eine lokale Zeitungsgruppe in der Nordheide. Seit 2000 wohnt Kerstin Klein mit ihrem Mann in einem sehr kleinen Dorf zwischen Hamburg und Bremen, wo sie bis vor zwei Jahren Pferde und Hängebauchschweine gezüchtet hat – und jetzt ihrer großen Leidenschaft, dem Schreiben, nachgeht.

Mehr zur Autorin und ihren Büchern unter:
www.kerstin-klein.com

Bei Blanvalet von Kerstin Klein lieferbar:

Vollmeisen (37781) · Dumpfbacken (37926) · Knalltüten (38175)

KERSTIN KLEIN

Dieses Leben ist vom Umtausch ausgeschlossen!

Roman

blanvalet

MIX
Papier aus verantwortungsvollen Quellen
FSC® C014496

Verlagsgruppe Random House FSC® N001967
Das FSC®-zertifizierte Papier *Holmen Book Cream*
für dieses Buch liefert Holmen Paper, Hallstavik, Schweden.

1. Auflage
Originalausgabe Mai 2015
bei Blanvalet Verlag, einem Unternehmen der
Verlagsgruppe Random House GmbH, München

Dieses Werk wurde vermittelt durch die Literarische Agentur
Thomas Schlück GmbH, 30827 Garbsen
Umschlaggestaltung und -motiv: www.buerosued.de
Redaktion: Eva C. Seifert
LH · Herstellung: sam
Satz: DTP Service Apel, Hannover
Druck und Bindung: GGP Media GmbH, Pößneck
Printed in Germany
ISBN: 978-3-7341-0107-6

www.blanvalet.de

Für Torsten
Immer wieder

1

Steven kam um kurz vor halb zehn ins Büro und hielt als Erstes die Hände hoch.

»Nicht schießen. Ich weiß, du bist sauer auf mich. Aber bevor du loslegst, lass mich erst mal einen Kaffee trinken. Mein Kopf bringt mich um.«

»Schön wär's«, entgegnete Nick. »Weißt du eigentlich, in was für eine Scheiße du mich gestern hättest reiten können?«

Steven holte sich aus der Thermoskanne einen Kaffee und nahm einen tiefen Schluck.

»Es tut mir leid, okay? Ich weiß nicht, was da passiert ist. Es war noch Zeit, ich wollte nur ein Billardspiel machen und ein kleines Bier trinken. Dann habe ich diese Frau kennengelernt, wir haben was getrunken, und plötzlich war es fast Mitternacht und ich besoffen.«

»Und ich konnte alleine bei Biedermann auftauchen, ohne jede Deckung. Wenn ich nicht fest geglaubt hätte, dass du draußen im Auto sitzt und alles mithörst, hätte ich da nie so eine dicke Lippe riskiert. Du kannst nur froh sein, dass der Typ so gute Laune hatte.«

Steven und Nick arbeiteten als verdeckte Ermittler für die Abteilung Organisierte Kriminalität. Nick hatte gestern zum zweiten Mal mit Biedermann gesprochen – getarnt als Mitglied eines Syndikats, das Geld aus Drogenhandel waschen wollte. Biedermann hatte nach außen eine weiße Weste und war offiziell Inhaber einer Kette von Reisebüros. Nach langen Ermittlungen war die Abteilung OK allerdings sicher, dass Biedermann diese Reisebüros einzig und allein für die Geldwäsche benutzte. Nick versuchte, sein Vertrauen zu gewinnen, und wollte ihm ein fingiertes Geschäft anbieten, um ihn zu überführen. Steven sollte ihm dabei den Rücken freihalten – und sich ganz bestimmt nicht stattdessen in der *Billardhalle* mit irgendeiner Frau besaufen.

»Hast du was erreicht?«, wollte der wissen.

»Kann ich schlecht einschätzen. Der Typ ist vorsichtig, im Moment sind wir noch beim Eröffnungstanz. Aber darum geht es jetzt nicht. Wenn ich mich nicht mal mehr auf meinen Partner verlassen kann, auf wen denn dann?«

»Die Frau war echt scharf«, versuchte Steven sein Glück.

»Super. Was für ein Trost für mich. Im Ernst, Steven, komm mal wieder klar. Der Job geht vor, das weißt du.«

»Ja, das weiß ich. Und ja, ich weiß, das war scheiße, und es kommt nicht wieder vor. Ich verspreche es dir, okay?«

»Okay«, seufzte Nick. »Und, nur mal so, wie scharf war sie? Auf einer Skala von eins bis zehn?«

»Mindestens eine Acht. Freitag kann ich dir mehr sagen, wir sehen uns Donnerstagabend wieder.«

»Viel Glück. Dann ist die Zeit der Trauer also vorbei?«

Steven nickte nur und starrte aus dem Fenster. Ganz so war es nicht. Seine Frau Teresa hatte ihm vor sechs Wochen nicht nur mitgeteilt, dass sie die Scheidung wolle, sondern ihn auch noch gleich aus der Wohnung geschmissen. Seitdem hing er in den Seilen. Zu blöd, dass diese Frau, mit der er nur einmal zusammengewesen war, bei ihm zu Hause angerufen hatte. Natürlich gerade dann, als er arbeitete und Teresa ans Telefon gegangen war. Der Witz war, dass diese Frau ihm nicht das Geringste bedeutet hatte, und er hätte selbst unter Folter nicht sagen können, warum er sich überhaupt mit ihr eingelassen hatte.

Das allerdings interessierte Teresa herzlich wenig. Nach einem unschönen Gespräch hatte sie ihn rausgeworfen und danach komplett dichtgemacht. Egal was er sich hatte einfallen lassen, um mit ihr zu reden, sie hatte alles abgeblockt. Dabei wollte er nur eine einzige Chance, um ihr zu versichern, dass so etwas niemals wieder vorkommen würde.

Nachdem er vier Wochen bei Nick auf dem Sofa geschlafen hatte, konnte er vor zehn Tagen endlich in seine neue Wohnung ziehen. Aber ein Zuhause war das nicht, nur eine Matratze hatte er im Schlafzimmer ausgebreitet. Ansonsten standen Umzugskisten, auseinandergebaute Möbel und sein Fernseher wild durcheinander. Sich um diese Sachen zu kümmern, wäre so, als sei die Trennung von Teresa wirklich endgültig. Darum schob er das immer wieder auf.

Als hätte Nick seine Gedanken gelesen, sprach er ihn gleich darauf an. »Hast du jetzt schon mal ein paar Kisten ausgepackt?«, wollte er wissen.

»Nee, mach ich noch«, behauptete Steven.

»Klar machst du das. Wahrscheinlich in zwei Jahren. Ich habe schon mit Tim gesprochen, wir kommen Samstagvormittag vorbei und helfen dir.«

»Was soll das? Glaubt ihr, ich kriege das nicht alleine hin?«, fragte Steven feindselig.

»Jo, das glauben wir«, erwiderte Nick ungerührt. »Und hast du nicht gesagt, du willst versuchen, Teresa umzustimmen? Dazu wäre eine Wohnung, in der sie dich besuchen kann, nicht das Schlechteste.«

»Ist ja gut. Von mir aus, räumen wir eben die Wohnung ein. Und wenn du damit fertig bist, mein Privatleben zu organisieren, können wir ja vielleicht mal arbeiten.«

Steven nahm sich eine Akte, aber konnte sich nicht konzentrieren. Nick hatte ja recht, er musste sich wieder in den Griff bekommen. Allerdings, der hatte leicht reden, es war nicht seine Ehe, die nach vier Jahren vor dem Aus stand. Gut, vielleicht hatte es mal den einen oder anderen Seitensprung gegeben, aber warum glaubte Teresa ihm nicht, dass er selbst nicht wusste, warum er Affären gehabt hatte? Sie hätte ihm ja einfach mal zuhören können, anstatt ihn gleich rauszuschmeißen. Dass Frauen auch immer so kompromisslos sein mussten. Schließlich liebte er sie, das musste doch wohl auch was zählen. Aber bisher war sie nicht einmal bereit, sich mit ihm zu treffen. Das würde sich ändern, beschloss er. Irgendetwas musste er sich einfallen lassen. Mit dem Gedanken ging es ihm ein wenig besser, und er schaffte es, die Akte zu lesen.

»Sag mal, wann fängt denn die neue Sekretärin an?«, wollte er von Nick wissen. »Ich habe hier einen Riesenstapel, der kopiert werden muss.«

»Morgen, glaube ich. Und sei nicht so ein Fossil, das heißt schon lange nicht mehr Sekretärin, sondern Assistentin.«

»Von mir aus. Hauptsache, sie macht ihren Job. Warum wollte sich Andrea überhaupt versetzen lassen? Lief doch alles gut.«

»Ich habe wirklich keine Ahnung. Aber das ist schon unsere dritte Assistentin in diesem Jahr, die sich hat versetzen lassen. Weißt du was? Ich glaube, Frauen kommen einfach nicht mit den Fällen, die wir hier bearbeiten, klar.«

»Ganz genau. Das wird es sein«, stimmte Steven zu.

Hätten sie allerdings mal in der Personalabteilung nachgefragt, so wäre die Antwort anders ausgefallen. Die erste Verwaltungsfachkraft hatte sich ebenso unsterblich wie hoffnungslos in Nick verliebt. Die zweite teilte dieses Schicksal, allerdings war ihr Objekt der Begierde Steven. Und Andrea, der dritten, war einfach viel zu viel Testosteron um sich herum gewesen. Darum konnte die Personalabteilung ihr Glück gar nicht fassen, als sich tatsächlich wieder eine Frau für diesen Posten beworben hatte. Und das auch noch mit Nachdruck. Die anschließende Feier in der Personalabteilung würde in die Geschichte eingehen.

Am nächsten Morgen kam Steven mit denkbar schlechter Laune ins Büro. Mit seinen zweiunddreißig Jahren war er eindeutig zu alt, um auf einer Matratze zu schlafen. Sein Rücken brachte ihn schier um, und am Morgen, als er endlich in einem der Umzugskartons eine alte Kaffeemaschine gefunden hatte, fiel ihm die Kanne aus der Hand und zerbrach in tausend Stücke. Natürlich hatte er sich auch noch an einer Scherbe geschnitten. Wenigstens war Nick schon im Büro und hatte Kaffee gekocht. Dankbar trank er seine erste Tasse, doch so richtig hob auch das nicht seine Laune. Er setzte sich gerade hin und fuhr seinen Computer hoch, als die Tür aufflog und Nick hereinkam.

»Frau Hellmich?«, rief er über die Schulter. »Kommen Sie mal rein?« Zu Steven sagte er: »Unsere neue Assistentin ist da, ich stelle sie dir vor.« Hinter Nick kam eine mittelgroße, schlanke Frau um die dreißig ins Büro. »Steven? Das hier ist …« Bevor Nick weitersprechen konnte, war Steven schon aufgesprungen.

»Franzi? Das gibt's ja nicht. Du bist unsere neue Assistentin?«

»Überraschung«, lachte die. »Ich hätte es dir fast schon bei unserem letzten Treffen erzählt, aber ich wollte dein Gesicht sehen, wenn ich hier reinkomme.«

Er drückte sie einmal fest und wandte sich dann an Nick. »Wusstest du, dass Franzi zu uns kommt?«

»Ja, aber erst seit gestern. Wir wollten dich überraschen.«

»Das ist euch gelungen. Wir werden ein Superteam sein. Franzi ist die beste Assistentin, die ich je hatte.«

»Na klar bin ich das«, grinste Franzi. »Ich werde euch beide schon auf Trab bringen.«

»Na, denn mal zu. Am besten, wir besprechen erst mal die aktuellen Fälle, denn wenn hier einer traben wird, bist du das.«

Steven hatte vor einigen Jahren im Betrugsdezernat gearbeitet und mit ihm auch Franzi. Seit der Zeit waren sie befreundet und auch wenn der Kontakt in den letzten Jahren weniger geworden war, schafften sie es immer noch, sich einmal im Monat zu treffen.

Nach fast zwei Stunden waren sie mit der Besprechung der aktuellen Fälle durch, und Steven schlug vor, zusammen in die Kantine zu gehen.

»Ein anderes Mal gern«, antwortete Franzi. »Aber heute bin ich mit meinen früheren Kollegen zum Mittag verabredet, das wird mein Abschiedsessen.«

In der Kantine grinste Nick Steven an. »So, so, die beste Assistentin, die du je hattest. Wobei genau hat sie dir denn assistiert?«

»Du hast eine sehr schmutzige Fantasie«, erwiderte Steven, musste aber auch lachen.

»Ich wette um meinen Nachtisch, dass zwischen euch mal was gelaufen ist. Habe ich recht?«

»Ja, okay, vielleicht so ein-, zweimal. Aber nichts Ernstes, dafür ist Franzi nicht zu haben. Das ist eh eine Ewigkeit her, aber sie macht wirklich einen super Job. Vor allem denkt sie mit und hat mir dadurch immer viel Arbeit abgenommen.«

»Gut. Aber ich hoffe, du denkst nicht daran, diese alte Romanze wieder aufzuwärmen.«

»Blödsinn, da läuft nichts mehr. Außerdem muss ich Teresa zeigen, dass ich mich geändert habe.«

Nick verkniff sich die Frage, wie er das genau anstellen wollte, da Teresa seit der Trennung kein Wort mehr mit ihm gesprochen hatte. Und warum Steven sich dann noch mit dieser Frau aus der *Billardhalle* verabreden wollte. Stattdessen widmete er sich seinen Bratkartoffeln. Von Essen verstand er sowieso mehr als von diesen Beziehungsproblemen.

Am Samstagnachmittag saß Steven mit Nick und Tim in seiner neuen Wohnung und starrte missmutig vor sich hin. Tim hatte bis vor Kurzem auch in ihrer Abteilung gearbeitet. Seit seine Frau allerdings ein Kind bekommen hatte, wollte er einen ruhigeren Job mit geregelten Arbeitszeiten. So war er in der Presseabteilung gelandet, und der Kontakt zwischen den dreien hatte sich ziemlich verringert. Trotzdem war Tim sofort bereit gewesen, Steven beim Einräumen seiner Wohnung zu helfen.

»Mach nicht so ein Gesicht«, forderte er Steven nun auf. »Sieht hier doch jetzt alles ganz gut aus.«

Nick warf ihm ein Bier zu. »Tim hat recht. Du lebst jetzt nicht mehr in einem Möbellager, sondern in einer Wohnung.«

»Ja, toll«, gab Steven nur zurück. »Wie ich mich freue.«

»Was ist denn jetzt schon wieder dein Problem?«, wollte Tim wissen. »Ist doch nett hier.«

»Guckt euch doch mal um«, wurde Steven laut. »Das sind alles unsere gemeinsamen Möbel. Ich werde hier ja jeden Tag an alles erinnert.«

»Mann, jetzt komm mal wieder runter. Sei doch froh, dass Teresa sich komplett neu einrichten wollte und du darum alle Möbel bekommen hast. Überleg mal, wie viel Kohle du sparst.«

»Super, soll ich jetzt auch noch dankbar sein? Die Frau musste mir noch bei unserer Trennung unter die Nase reiben, wie erfolgreich sie mittlerweile ist und wie viel Geld sie macht.«

»Musst du wenigstens keinen Unterhalt zahlen«, bemerkte Tim trocken. »Läuft der *Sky*-Receiver schon? Dann können wir Fußball gucken, vielleicht bekommst du dann ja bessere Laune.«

Steven ließ sich von der Bundesliga ablenken, aber abends, als seine Freunde weg waren, kehrte seine schlechte Laune zurück. So war das ja nun auch kein Leben. Samstagabend allein zu Haus, ohne seine Frau. Das würde er ändern und zwar schnell.

Teresa lag abends auf ihrem neuen Sofa und wollte sich eigentlich nur eine kurze Pause von der Arbeit, die sie dummerweise mit nach Hause genommen hatte, gönnen. Stattdessen war sie tief und fest eingeschlafen, erst das Klingeln des Telefons weckte sie. Noch zu verschlafen, um auf das Display zu gucken, meldete sie sich müde.

»Teresa, ich bin es. Leg jetzt bitte nicht gleich wieder auf. Ich will nur mit dir reden.«

Stevens Stimme verscheuchte ihre Müdigkeit.

»Was soll das? Ich habe dir gesagt, es gibt zwischen uns nichts mehr zu reden. Lass mich einfach in Ruhe. Ruf hier nicht mehr an.«

»Himmel, jetzt sei doch nicht so stur. Ja, wir haben eine kleine Krise, aber wir sind verheiratet. Also können wir doch wenigstens miteinander reden.«

»Mach's gut, Steven«, antwortete Teresa nur und legte wütend auf. Eine kleine Krise nannte er das, also ehrlich. Eine kleine Krise hatte man vielleicht, wenn der eine ständig vergaß, den Müll runterzubringen. Aber bestimmt war es keine kleine Sache, wenn man ständig betrogen wurde. Wie blöd sie bloß gewesen war, dass sie die ganze Zeit nichts davon mitbekommen hatte. Nicht nur, dass sie ihrem Mann die ganzen angeblichen Nachtdienste und Überstunden abgenommen hatte, sie hatte sich auch noch dafür entschuldigt, wenn sie selbst länger arbeiten musste.

Das wäre wahrscheinlich noch Jahre so weitergegangen, wenn seine letzte Freundin nicht hier angerufen hätte. So ein Miststück. Hatte Teresa gefragt, ob ihr *Bruder* zu Hause wäre, und ohne eine Antwort abzuwarten, süße Grüße an ihren *Stevie-Bär* ausrichten lassen. Stevie-Bär, unglaublich.

Als der verlogene Bär eine halbe Stunde später nach Hause kam, lächelte er sie auch noch an, als wäre er der netteste Ehemann der Welt.

Teresa erinnerte sich nur ungern an das damalige Gespräch. Nachdem sie ihm die zuckersüßen Grüße ausgerichtet hatte, wurde Steven erst blass und behauptete dann steif und fest, da hätte sich jemand verwählt. Und als er merkte, dass er aus der Nummer nicht mehr rauskam, war er umgeschwenkt und hatte ihr seine Liebe versichert, und überhaupt, die anderen Frauen hätten ihm gar nichts bedeutet.

»Die *anderen* Frauen?«, rief Teresa fassungslos. »Wir reden hier in der Mehrzahl?«.

Das letzte bisschen Blut wich aus Stevens Gesicht, und außer einem »Scheiße« fiel ihm nichts mehr ein.

»Wie viele, Steven? Mit wie vielen Frauen hast du mich betrogen?«

»Drei. Es waren nur drei, und es war immer nur ganz kurz. Ganz bestimmt, es war eigentlich immer schon zu Ende, sobald es angefangen hatte. Ich wollte dich nicht betrügen, das ist irgendwie nur so passiert«, stotterte er.

Und das war es für Teresa. Sie hatte ihn noch am selben Abend vor die Tür gesetzt und war seither bemüht, ihm aus dem Weg zu gehen. Irgendwelche blöden Ausreden oder Entschuldigungen wollte sie nicht hören. Sogar bei einem Anwalt war sie schon gewesen, aber dummerweise musste sie da so sehr heulen, dass der Anwalt hilflos gemurmelt hatte, sie solle besser ein anderes Mal wiederkommen. Und nun rief Steven einfach an und redete von einer kleinen Krise. Wütend griff sie zum Telefon und rief ihre Freundin Jennifer an.

»Der lässt mich einfach nicht in Ruhe. Einen inneren Radar hat der, anders kann es gar nicht sein. Immer, wenn ich denke, jetzt geht es mir langsam etwas besser, dann ruft der wieder an. Das lass ich mir nicht gefallen.«

»Teresa?«, kam es müde aus dem Hörer zurück. »Äh, tut mir leid, ich bin noch nicht ganz wach. Was lässt du dir nicht gefallen?«

»Hast du geschlafen?«

»Äh, ja. Es ist ein Uhr morgens.«

»Was? Oh verdammt, tut mir leid. Ich habe gar nicht mitgekriegt, dass es so spät ist. Aber da kannst du mal sehen, wie perfide dieser Mann ist. Ruft mich mitten in der Nacht an. Glaubt wahrscheinlich, dann bin ich so verwirrt, dass ich mir seinen Mist anhöre.«

»Hm, na ja, vielleicht. Können wir morgen darüber sprechen? Ich bin wirklich ziemlich müde.«

»Klar, sorry. Wollen wir uns um zehn zum Frühstücken im *Schweinske* treffen?«

»Machen wir. Und reg dich jetzt nicht mehr auf, das bringt nichts. Versuch zu schlafen, okay?«

»Okay. Bis morgen.«

Teresa legte auf und guckte auf die Uhr. Tatsächlich, zehn Minuten nach eins. Aber zum Glück nahmen es beste Freunde einem nicht übel, wenn man sie in der Nacht rausklingelte. Jennifer und sie waren in der Schulzeit die besten Freundinnen gewesen, bis deren Eltern umgezogen waren und sie sich aus den Augen verloren hatten. Zehn Jahre später hatten sie sich zufällig in dem kleinen Supermarkt in Teresas Straße wiedergesehen, nachdem Jennifer gerade wieder hergezogen war. Erfreut stellten sie fest, dass sie sich nicht nur immer noch wunderbar verstanden, sondern sogar in der gleichen Straße wohnten. Heute war ihre Freundschaft fester denn je.

Teresa ging auch ins Bett, aber es dauerte, bis sie endlich einschlafen konnte. Am nächsten Morgen brauchte sie eine halbe Stunde im Bad, bis sie einigermaßen vorzeigbar aussah. Jennifer saß schon an einem Ecktisch und war wie immer in ein Buch vertieft.

»Hey, guten Morgen. Tut mir leid, dass ich dich letzte Nacht geweckt habe. Ich habe gar nicht gemerkt, dass es so spät war.«

»Kein Problem. Das ist ja auch eine üble Zeit für dich«, antwortete Jennifer. »Wollen wir bestellen?«

Fasziniert hörte sie Teresas Bestellung zu, die gerade das größte Frühstück der Karte bestellte und den Kellner informierte, dass sie nicht zwei, sondern vier Spiegeleier wollte.

»Deinen Appetit hast du nicht verloren, oder?«, fragte sie vorsichtig.

Teresa seufzte. »Sag ruhig, wie es ist. Ich bin zum Moppelchen geworden.«

»Nein. Bist du nicht. Nur nicht mehr ganz so schlank wie sonst«, versuchte Jennifer sich aus der Affäre zu ziehen.

»Eben. Ich bin nur noch am Essen. Das ist doch verrückt. Sollte ich nicht eher wie Lady Chatterley aussehen?

Jennifer verschluckte sich vor Lachen an ihrem Orangensaft.

»Ich glaube, du meinst die Kameliendame. Die hatte Liebeskummer, wurde ganz dünn und dann auch noch krank. Lady Chatterley ist eine andere literarische Figur. Eine, äh, sexuell sehr aktive.«

»Auch egal. Letztens bin ich morgens um drei aufgewacht und konnte nicht wieder einschlafen. Da bin ich in die Küche gegangen und habe mir mitten in der Nacht eine Tiefkühlpizza gemacht. Das ist doch krank. Andere Frauen können bei Liebeskummer gar nichts mehr essen und werden richtig dünn. Und mir passt fast keine Hose mehr.«

»Das ist bestimmt nur der Anfangsfrust«, tröstete Jennifer. »Jetzt erzähl mal, was war denn gestern Nacht los?«

»Dasselbe wie immer. Steven hat angerufen. Normalerweise gehe ich gar nicht ran, wenn ich seine Nummer sehe, aber ich war verschlafen und habe nicht daran gedacht, aufs Display zu gucken. Er wollte mal wieder unbedingt mit mir reden und behauptete dann auch noch, wir hätten nur eine kleine Krise.«

»Aua. Diese Wahrnehmung hat er wohl exklusiv. Aber wäre es nicht vielleicht besser, wenn ihr euch wirklich mal zusammensetzt? Und du doch mal mit ihm redest?«

Teresa verschlang trotz des ungeliebten Themas heißhungrig ihre Spiegeleier. »Ich habe Angst davor, ihn zu sehen«, gab sie zu. »Leider hört man ja nicht sofort auf, einen Mann zu lieben, auch wenn der einem wehgetan hat. Und wenn er mich dann mit seinen blauen Augen anguckt, ich weiß nicht. Ich bin einfach noch nicht so weit.«

»Verständlich. Und du bist dir ganz sicher, dass es für dich vorbei ist? Ich meine, wenn du ihn noch liebst?«

»Natürlich. Wie soll das noch funktionieren, wenn das Vertrauen weg ist? Ich komme schon darüber hinweg. Und bei dir?«, lenkte Teresa vom Thema ab. »Wie geht es mit deinem neuen Buch voran, ist dir schon eine Idee dazu gekommen?«

Jennifer arbeitete hauptberuflich als Buchhändlerin, aber ihre Liebe galt dem Schreiben. Zwei Romane von ihr waren schon veröffentlicht, wenn auch leider nicht mit dem Erfolg, den beide sich gewünscht hätten. So konnte sie es sich nicht leisten, ihren eigentlichen Job aufzugeben, aber in jeder freien Minute suchte sie nach neuen Ideen für ihr drittes Buch.

»Also, ehrlich gesagt, ja. Ich habe sogar schon dreißig Seiten geschrieben.«

»Aber das ist doch super. Kann ich es lesen?«

»Äh, ja, vielleicht«, druckste Jennifer herum. »Also, es geht darin um etwas, das dir vielleicht bekannt vorkommen könnte.«

»Nun sag schon, um was geht es?«

Jennifer holte tief Luft und sah Teresa etwas ängstlich an. »Genau genommen wohl um eine Bankerin, die von ihrem Mann, einem Polizisten, betrogen wird.«

»Du schreibst ein Buch über mich?«, fragte Teresa fassungslos.

»Also, ja, vielleicht ein bisschen, mit Anleihen aus deinem Leben. Seit Monaten warte ich auf einen Einfall für das nächste Buch, und nichts hat funktioniert«, verteidigte sich Jennifer. »Dann ist das mit dir und Steven passiert, und plötzlich hatte ich eine Geschichte. Bist du jetzt sauer?«

Teresa überlegte einen Moment, dann lächelte sie. »Nein, komischerweise nicht. Eher ziemlich neugierig. Darf ich es lesen?«

»Klar. Ich maile es dir in den nächsten Tagen, okay?

Später machte Teresa sich auf den Weg nach Hause und stellte mal wieder fest, wie öde Sonntage alleine waren.

Sie verbot sich jeden Gedanken an die gemeinsamen Wochenenden mit Steven und setzte sich stattdessen lieber an den Schreibtisch. Seit ihrer letzten Beförderung war erfreulicherweise zwar das Gehalt, aber leider auch das Arbeitspensum gestiegen, und sie kam kaum hinterher. Darum hatte sie sich angewöhnt, am Wochenende Arbeit mit nach Hause zu nehmen. Aber heute konnte sie sich einfach nicht konzentrieren, darum freute sie sich, als ihre Mutter anrief.

»Schön, du bist zu Hause. Hast du Lust, zum Kaffee zu kommen? Papa hat Dienst, und ich würde mich über Gesellschaft freuen.«

Zwanzig Minuten später bog Teresa in die Straße ein, in der sie aufgewachsen war. Eine typische Genossenschaftssiedlung mit roten Backsteinhäusern und vielen neugierigen Nachbarn. Bereits auf dem Weg vom Parkplatz zur Wohnung ihrer Eltern wurde sie von zweien davon aufgehalten und in ein konfuses Gespräch über die Müllabfuhr und deren laute Wagen verwickelt. Sie versicherte den beiden glaubhaft, dass sie leider keine Petition für leisere Müllautos unterschreiben könne, da sie nicht mehr in der Straße wohnen würde, und beeilte sich, bei ihrer Mutter zu klingeln.

Die schloss sie erst einmal fest in die Arme und drückte ihr fast die Luft weg. Ihre Mutter war halbe Italienerin und ließ kein Klischee aus.

»Wie schön, dich zu sehen. Komm rein und erzähl mir, wie es dir geht. Geht es dir gut? Wenn nicht, Essen hilft. Ich habe gerade einen Kuchen auf den Tisch gestellt.«

Kein Klischee bis auf eines: Leider hatten die italienischen Gene nicht komplett durchgeschlagen. Vielleicht konnten alle italienischen Mütter kochen, aber auf alle Fälle nicht alle halb italienischen. Das Essen ihrer Mutter war immer völlig verkocht, und die Kuchen schafften es nicht mal aus der Form, vorher liefen sie bereits lustig durch den ganzen Backofen. Daher hatte ihre Mutter die Fertiggerichte entdeckt, und so stand nun auf dem Tisch auch ein halb aufgetauter Tiefkühlkuchen.

Teresa bemühte sich, um die Eisklumpen herum zu essen, doch auch der nicht gefrorene Teil schmeckte wie Watte.

»Wieso muss Papa denn am Sonntag arbeiten?«, fragte sie. »Ich dachte, er hat seit einem Jahr keine Wochenenddienste mehr.«

»Er fährt wohl für einen Kollegen, wenn ich ihn richtig verstanden habe. Ich bin ja nur seine Frau, mir erzählt ja keiner was. Glaubst du, der Mann bekommt auch nach fünfunddreißig gemeinsamen Jahren mal die Zähne auseinander? Immer dieses Gemurmel, ich bekomme Kopfschmerzen davon.«

Teresa verbiss sich das Grinsen. Bei den beiden zogen sich Gegensätze wirklich an. Ihr Vater war ein ruhiger, freundlicher Mann, der seit fast vierzig Jahren Taxi fuhr, beständig und zuverlässig. Ihre Mutter hingegen redete den ganzen Tag, ging keinem Streit aus dem Weg und war, freundlich ausgedrückt, ein wenig rechthaberisch. Sie hatte immer mal wieder als Verkäuferin gearbeitet, jedoch kam es spätestens nach einem Jahr zu Zwischenfällen, die nicht näher erläutert wurden und entweder zu ihrer Entlassung führten oder dazu, dass ihre Mutter kündigte. Auf alle Fälle waren am Ende immer die Kunden oder die Vorgesetzten schuld, nie ihre Mutter.

»Aber wie geht es dir?«, fragte sie Teresa. »Hast du endlich mal mit Steven geredet?«

»Nein. Warum fragt mich das jeder? Es gibt nichts zu reden, die Sache ist vorbei, und ich will nicht darüber sprechen.«

»Sie will nicht darüber sprechen.« Theatralisch schlug ihre Mutter die Hände über dem Kopf zusammen. »Warum auch, es geht ja nur um ihre Ehe. Warum sollte sie über so etwas Unwichtiges sprechen wollen?«

»Mama, hör auf, über mich in der dritten Person zu reden. Können wir jetzt das Thema wechseln, bitte?«

»Natürlich können wir das. Ich bin ja nur deine Mutter, mich geht das ja alles nichts an. Meine Tochter ist unglücklich, mein Schwiegersohn ist unglücklich, aber bitte, was sollte das eine Mutter kümmern. Sag ich eben gar nichts mehr, dann mache ich wenigstens nichts falsch.«

Teresa atmete tief durch und versuchte schnell, das Thema zu wechseln. »Ich habe draußen Frau Schuster und Frau Becker getroffen, was habt ihr denn für einen Ärger mit der Müllabfuhr?«

»Ärger? Das ist kein Ärger, das ist Psychoterror. Weißt du, wann hier morgens der Müll abgeholt wird? Vor sechs Uhr morgens, und das auch noch mit uralten Wagen, die einen Höllenkrach machen. Ich bekomme schon Migräne, wenn ich nur an den Radau denke. Das machen die extra, nur um uns zu ärgern.«

»Ich glaube nicht. Wahrscheinlich sind die Fahrten einfach nur so eingeteilt.«

»Ach, Fräulein Superschlau kennt sich aus. Wenn ich es dir sage, es ist Terror. Aber mit uns können sie es ja machen. Und das ist nicht das Einzige, was hier passiert. Der

Alte Krug soll abgerissen werden, weil da noch ein Supermarkt gebaut wird. Kannst du dir das vorstellen? Die wollen uns unsere Wurzeln nehmen.«

»Ich würde eine Kneipe jetzt nicht unbedingt als ›unsere Wurzeln‹ bezeichnen. Und du gehst da doch gar nicht hin, oder?«

»Nun, vielleicht nicht regelmäßig, aber darum geht es ja gar nicht. Es geht darum, dass diese Kneipe schon immer in unserem Viertel war. Das ist Stadtteilkultur. Aber glaubst du, das interessiert die hohen Herren im Rathaus? Kein bisschen, kann ich dir sagen. Die wohnen hier ja auch nicht. Meinst du etwa, die würden eines ihrer Schickimicki-Restaurants abreißen lassen, um da einen Discounter zu bauen? Mit Sicherheit nicht. Aber wir lassen uns das nicht gefallen.«

Ihre Mutter stand auf und kramte in der Küchenschublade. »Hier, da ist eine Unterschriftenliste. Da setzt du jetzt deinen Namen drunter, die werden schon sehen, wie viele Menschen uns unterstützen.«

Teresa sparte sich jeden Einwand und nahm einen Kuli. Dann aber fiel ihr Blick auf einen Namen auf der Liste, und der Stift fiel ihr aus der Hand. »Mama? Wie, bitte schön, kommt Stevens Name auf deine Unterschriftenliste?«

»Ach. Steven hat unterschrieben? Das ist aber freundlich von ihm. Habe ich gar nicht mitbekommen«, behauptete ihre Mutter.

»Ach nein? Also, das Datum neben seinem Namen war vor drei Tagen. Ist er hier eingebrochen, hat die Liste gesucht, unterschrieben und ist dann heimlich wieder verschwunden?«

»Ja, nun, das weiß ich jetzt auch nicht«, stotterte ihre

Mutter. »Aber das ist doch auch egal jetzt. Möchtest du noch einen Kaffee? Oder vielleicht ein Eis?«

»Ich glaube es nicht. Du triffst dich hinter meinem Rücken mit Steven. Und das nach dem, was er mir angetan hat.«

»So war das nicht. Aber was sollte ich denn machen, er stand einfach vor der Tür. Wir Italiener sind ein sehr gastfreundliches Volk, ich kann doch meine Herkunft nicht verraten.«

»Aber deine Tochter, oder wie?«

»Teresa, versteh das doch bitte. Du weißt, wie gerne wir Steven mögen, ich kann ihm doch nicht die Tür vor der Nase zuschlagen. Wir haben nur einen Kaffee miteinander getrunken, mehr nicht.«

»Mir reicht es.« Teresa stand wütend auf. »Macht doch alle, was ihr wollt. Ich fahre jetzt nach Hause.«

Ohne auf ihre Mutter zu hören, hastete sie zum Auto und fuhr los.

2

»Moin, Steven.« Nick schlug mit Schwung die Tür hinter sich zu. »Ich habe eben Hans auf dem Flur getroffen, um zehn ist Meeting.«

»Ja, von mir aus«, gab Steven zurück. »Haben wir eben Meeting. Tolle Sache.«

»Keine Fortschritte bei Teresa?«

»Die redet nicht mit mir. Weiß der Himmel warum. Wie, bitte schön, kann man sich bei jemandem entschuldigen, wenn der nicht mit einem redet? Kannst du mir das mal sagen?«

»Also, jetzt so im Moment, nein.«

»Und weißt du was? Ich habe sie in der Bank angerufen und gesagt, ich will Kunde bei ihr werden. Weil so als Kunde, da müsste sie doch mit mir reden, oder? Aber sie hat nur gesagt, auf Kunden wie mich kann sie gern verzichten, und hat aufgelegt. Unglaublich, oder?«

Steven brütete vor sich hin. Er hatte sich Samstagnacht so eine gute Rede überlegt. Bescheiden, voller Reue und zum Schluss eine grandiose Liebeserklärung. Er war selbst ganz gerührt von sich gewesen. Aber Teresa hatte sich nicht mal den Anfang angehört, sondern einfach aufgelegt. So was machte man einfach nicht. Er brauchte einen neuen Plan, und auf einmal fiel ihm auch etwas ein.

»Nick? Ich habe eine Idee. Alice könnte sich doch mit

Teresa treffen. Dann erzählt sie ihr, du hättest sie sogar schon viermal betrogen, aber bist dann wieder zur Vernunft gekommen. Und seither ist eure Beziehung so gut wie nie zuvor.«

»Steven?«

»Ja?«

»Du hast sie nicht mehr alle. Und jetzt stell bitte mal die Protokolle über die Treffen mit Biedermann zusammen, darum geht es nämlich im Meeting.«

»Du bist echt eine tolle Hilfe. Bald fällt mir nichts mehr ein. Ich werde noch mit einer Gitarre im Arm unter ihrem Fenster enden, während ich *Goodbye my Lover* singe.«

Nick schüttelte sich. »Das ist eine schreckliche Vorstellung. Sag so etwas nie wieder. Denk lieber an die Protokolle.«

Steven schnaubte nur. Nannte sich bester Freund und lehnte es einfach ab, ihm zu helfen. Aber er würde es auch ohne Nick schaffen, Teresa umzustimmen. Und er hatte auch schon eine Ahnung, wie ihm das gelingen könnte.

Zwei Stunden später saß er zusammen mit Nick im Büro von Hans Schlüter, dem Chef der Abteilung Organisierte Kriminalität.

»Nick, wann ist das nächste Treffen mit Biedermann?«, wollte der wissen.

»Am Freitag, das magische dritte Date. Schätze mal, da wird er die Hosen runterlassen.«

»Bist du dir da sicher?«

»Sicher nicht, ist nur so ein Gefühl. Ich habe erfahren, dass er ziemlich viel Zeit im Spielcasino verbringt, das geht ins Geld. Also ist er unter Druck, und er glaubt, dass ich eine Connection vertrete, die gerne ins Wäschereigeschäft einsteigen will. Wenn er eine Möglichkeit wittert, mehr Geld zu verdienen, wird er unvorsichtig sein.«

»Es wäre gut, wenn dieser Fall schnell abgeschlossen werden könnte. Wir haben eine Menge Neues auf den Tisch bekommen. Unter anderem könnte endlich Bewegung in die Sache mit Murango kommen.«

Steven setzte sich aufrecht hin. Das war ja mal interessant. An Pablo Murango bissen sie sich seit zwei Jahren die Zähne aus. Ganz offensichtlich war er eine große Nummer im Drogen- und auch im Menschenhandel. Nur nachweisen konnten sie ihm bisher nie etwas. Und wenn es tatsächlich mal Zeugen gab, dann verschwanden die plötzlich oder kippten ganz schnell um und behaupteten, nichts gesehen und nichts gehört zu haben. Wenn sie Murango überführen könnten, wäre ein richtig dicker Fisch gefangen.

Sie besprachen noch eine Stunde die neuen Fälle, dann beendete Schlüter die Besprechung, und die beiden gingen wieder in ihr Büro.

»Ist schon fast zwölf«, stellte Nick fest. »Kommt ihr mit in die Kantine? Ich habe Hunger.«

»Wie immer«, meinte Steven. »Aber von mir aus, ich bin dabei. Franzi, kommst du mit?«

»Klar. Seit die neu verpachtet ist, kann man da richtig gut essen.«

Nick und Steven beugten sich jeder über ein riesiges Schnitzel, das auf einem fast noch riesigeren Haufen Kartoffelpüree lag. Franzi saß ihnen gegenüber und aß einen Salat.

»Was habt ihr Frauen bloß für einen merkwürdigen Magen?«, wunderte sich Steven. »Seid ihr irgendwie mit Kaninchen verwandt?«

»Sehr witzig«, antwortete Franzi. »Ich habe heute Vormittag für euch die Abhörgenehmigung für die Telefone von Matthai bekommen. Da dürft ihr jetzt zuhören, so viel ihr wollt.«

»Das ist ja mal eine gute Nachricht«, freute sich Nick. »Und du müsstest bitte noch etwas für mich erledigen. Ich brauche für mein Treffen am Freitag einen Armani-Anzug. Sieh mal zu, ob du der Beschaffungsstelle dafür das Geld aus dem Kreuz leiern kannst. Vorher solltest du aber vielleicht einen Erste-Hilfe-Kurs machen; die fallen in Ohnmacht, wenn sie hören, was der kostet.«

»Kann ich mir vorstellen. Ich gebe mein Bestes. Sonst noch was?«

»Ja, eine Rolex. Das dürfte kein Problem sein, solche Uhren bekommen wir normalerweise aus der Asservatenkammer geliehen.«

»Du meinst aus dem Keller?«, fragte Franzi vorsichtig. »Wo diese ekligen, blutverschmierten Messer und Klamotten aufbewahrt werden?«

Steven lachte.

»Keine Angst. Da liegen nicht nur Tatbeweise, sondern auch beschlagnahmte Sachen. Du musst kein Blut von der Uhr kratzen.«

»Na, dann bin ich ja beruhigt. Bis wann brauchst du die Sachen, Nick?«

»Bis Donnerstagmittag wäre gut. Isst du deinen Pudding noch?«

Franzi grinste. »Und damit wäre mein Rang in der Truppe wohl geklärt. Ich bin die Mami, die für saubere Sachen und den Pudding sorgt. Hier, kannst du haben.«

Nach dem Essen bat Steven Franzi, noch ein paar Minuten zu bleiben. Kaum war ein misstrauischer Nick weg, stellte er ihr eine Frage. »Franzi, stell dir mal vor, du hast einen Freund und der hat dich aus Versehen betrogen. Wie würdest du da reagieren?«

Franzi schaute ihn irritiert an. »Wie, aus Versehen? Verstehe ich nicht.«

»Na ja, wenn er einfach eher ungewollt in so eine Affäre gestolpert wäre. Ist doch egal. Was würdest du dann machen?«

»Mich freuen, dass das ganze Geld für die Selbstverteidigungskurse nicht umsonst war. Und wenn ich mit ihm fertig bin, würde ich ihn rausschmeißen. Wieso fragst du?«

»Ach, nur so. Aber jetzt stell dir vor, deinem Freund täte das Ganze furchtbar leid. Und eigentlich wollte er das ja gar nicht. Was dann?«

»Das hätte er sich vorher überlegen müssen. Ein Typ, der seine Freundin betrügt, ist echt das Letzte. So jemanden braucht keine Frau in ihrem Leben.«

»Nicht? Bist du sicher?«

»Klar bin ich sicher. Aber warum fragst du mich das?«

»Ach, hat mit einem Fall von mir zu tun. Ich wollte dazu nur mal die Meinung einer Frau hören. Gut, bist du fertig? Wollen wir gehen?«

Frustriert saß Steven danach an seinem Schreibtisch. Seit wann waren Frauen bloß so hart geworden? Er war nicht das Letzte, da war er ganz sicher. Und wenn Teresa ihm nicht zuhören wollte, dann würde er eben dafür sorgen, dass jemand anders ihr erklärte, dass es ihm leidtat. Und er das alles nicht gewollt hatte.

»Schönes Wetter heute, nicht? Echt schade, dass wir bei diesem Wetter hier im Büro hocken müssen, oder?«

»Was soll das werden?«, fragte Nick misstrauisch. »Willst du mir jetzt erzählen, dass du unbedingt einen Herbstspaziergang machen musst? Und Franzi dich begleiten soll?«

»Mann, hör doch mal auf damit. Da läuft nichts, das habe ich dir doch gesagt. Kann man sich nicht einfach mal ein bisschen unterhalten? Ich habe eben nur gedacht, dass es schade ist, dass wir das Wetter nicht genießen können. Nicht so wie Alice, zum Beispiel. Die kann sich ihre Zeit doch einteilen. Bestimmt geht sie gerade spazieren.«

Alice, die Freundin von Nick, arbeitete als selbstständige Mitarbeiterin für ein Inkassounternehmen und hatte keine festen Arbeitszeiten.

»Glaube ich nicht«, erwiderte Nick. »Alice ist im Moment jeden Tag im Büro. Frag mich nicht, warum, ich will das gar nicht wissen. Der Tag, an dem sie diesen Job aufgibt, wird ein Freudentag in meinem Leben.«

Steven hörte gar nicht mehr zu. Das Inkassounternehmen war mit dem Auto eine Viertelstunde vom Präsidium entfernt, er sollte ihr dringend mal einen Besuch abstatten.

»Nick? Ich komme gleich wieder, ich hole mir schnell im Supermarkt eine Cola«, behauptete er und sah zu, dass er zu seinem Auto kam. Zwanzig Minuten später rief er Nicks Freundin an.

»Alice? Hier ist Steven. Ich sitze hier vor eurem Büro in der Bäckerei. Hast du mal fünf Minuten für mich?«

Etwas irritiert kam Alice kurz darauf in die Bäckerei und setzte sich zu Steven.

»Hey, Steven«, begrüßte sie ihn ziemlich unterkühlt. »Was gibt's?«

Hm. Natürlich wusste sie, dass Teresa ihn vor die Tür gesetzt hatte. Aber warum war *sie* deshalb sauer auf ihn? Sie hatte er doch nicht betrogen. Obwohl, wenn er genau überlegte, sie war ihm schon aus dem Weg gegangen, als er die paar Wochen bei Nick gewohnt hatte. Aber warum nur?

Erst mal lächelte er sie an. »Hey Alice. Super siehst du aus, wirklich, richtig gut.«

»Danke. Hat dieses Gespräch irgendwas mit Mimi zu tun?«

Ach ja. Richtig. Darum war sie sauer auf ihn. Mimi war ihre beste Freundin, und es hatte zwischen ihm und ihr so eine Art Kontakt gegeben. Aber nur kurz.

»Nein, natürlich nicht«, beruhigte er Alice. »Ich freue mich für sie, dass sie wieder mit ihrem Mann zusammen ist. Ehrlich. Eigentlich geht es um meine Frau. Du magst doch Teresa, oder?«

»Und wenn?«, fragte Alice zurück.

»Himmel, jetzt sei doch nicht so unfreundlich. Wir beide sind doch immer gut miteinander ausgekommen, oder nicht?«

»Weiß ich nicht. Eigentlich lachst du ständig über mich, nennst mich ein Katastrophengebiet und schlägst Nick vor, er solle Eintritt für mich verlangen.«

Nun gut. Das hatte er wohl tatsächlich ein- oder zweimal erwähnt, aber ehrlich, Alice zog Pech und skurrile Leute an wie Lothar Matthäus Bikinimodels.

»Genau. Und so redet man nur über Freunde. Man nimmt sich auf den Arm, macht Witze und so. Das ist Freundschaft. Und darum möchte ich dich auch um einen Freundschaftsdienst bitten. Ich möchte, dass du mit Teresa redest und sie dazu bringst, dass sie sich mit mir trifft.«

»Ich? Wieso ich denn, wieso fragst du sie nicht selbst?«

»Mensch, Himmel noch mal, wieso wohl nicht? Weil sie nicht mit mir redet, darum nicht. Ich brauche einfach nur so eine Art Vermittlerin, die ihr erzählt, dass mir alles leidtut und dass sie sich mal meine Version anhören soll. Das ist alles.«

»Oh Mann, Steven«. Alice schüttelte den Kopf. »Du bist echt durch den Wind. Teresa und ich sind noch nicht mal befreundet, wir haben uns doch höchstens mal zu viert getroffen. Wenn ich jetzt mit ihr rede, wird sie nur noch wütender auf dich sein.«

»Wieso das denn?«, fragte Steven ratlos.

»Überleg doch mal. Weißt du, was für eine Frau, außer betrogen zu werden, dass Schlimmste ist? Wenn alle es wissen und hinter ihrem Rücken darüber reden. Selbst wenn ich mich mit ihr treffen würde, dann wäre das für sie der nächste Vertrauensbruch. Weil sie glauben würde, du gingest mit der Geschichte hausieren.«

»Ach so. Daran habe ich nicht gedacht. Hast du nicht vielleicht eine Idee? Sie soll mich ja nur einmal treffen und mir zuhören.«

Alice überlegte. »Hm, vielleicht. Aber nur, wenn dieses Gespräch unter uns bleibt. Ich habe Nick versprochen, dass ich mich da raushalte.«

Das war Steven mehr als recht, und so sicherte er ihr das schnell zu.

»Also, du musst sie in eine Situation bringen, in der sie nicht weglaufen kann. Wenn ihr vielleicht zusammen in einem kaputten Fahrstuhl steht, dann kann sie nicht weg. Das ist deine Chance.«

»Aber dazu müsste ich sie erstens in einen Fahrstuhl kriegen und zweitens den auch noch außer Betrieb setzen. Ich bin doch kein Elektriker.«

»Das war ja auch nur ein Beispiel«, antwortete Alice leicht beleidigt. »Musst du eben ein bisschen Fantasie entwickeln.«

»Hm. Also, die Grundidee ist gar nicht schlecht. Ich glaube, da fällt mir was ein.«

»Na, dann viel Glück dabei. Ich muss wieder an den Schreibtisch.«

»Ja, ich auch. Und, Alice? Ich verspreche dir, dieses Gespräch bleibt unter uns.«

Auf dem Weg zurück ins Präsidium grübelte er über Möglichkeiten nach, mit Teresa alleine zu sein. Alice hatte recht, er brauchte einen Ort, von dem sie nicht so schnell wegkonnte. Da musste es doch etwas geben.

Teresa wählte ihre Kleidung an diesem Morgen besonders sorgfältig. Sie liebte ihren Job, aber zurzeit war es total stressig. Seit zwölf Jahren arbeitete sie in einer kleineren Privatbank und hatte es durch viel Engagement, Überstunden und Fortbildungen geschafft, die Karriereleiter hochzusteigen. Vor einem guten halben Jahr war sie wieder befördert worden und leitete nun die Kreditabteilung für Privatkunden. Ein Job, von dem sie schon immer geträumt hatte. Allerdings arbeitete sie auch jeden Tag mehr als zehn Stunden. Aber das war es ihr wert.

Heute hatte sie eine Verabredung zum Mittagessen, die mehr als wichtig war. Dreimal zog sie sich wieder um, bis sie endlich zufrieden war. Businessmäßig, aber trotzdem eine Spur sexy. So könnte es funktionieren.

Als sie am Vormittag mit ihrer Assistentin Frau Schönkind ihren Terminkalender durchging, stutzte diese beim Eintrag für das Mittagessen.

»Herr Müller? Ist das ein neuer Kunde?«, fragte sie neugierig.

»Eventuell. Ich weiß es noch nicht«, wich Teresa aus. »Aber Sie haben dafür nur eine Stunde eingetragen, machen Sie mal bitte zwei draus. Das könnte ein längerer Termin werden. Liegt sonst noch etwas an?«

»Ja, Dr. Benthoff möchte Sie um zehn in seinem Büro sehen. Und ich wollte meinen Urlaub mit Ihnen absprechen.«

Teresa arbeitete eine Stunde, bis sie ein Stockwerk höher zu ihrem Vorgesetzten Dr. Benthoff ging. »Guten Morgen. Sie wollten mich sprechen?«

»Frau Suttner, hallo. Ich möchte mit Ihnen über den Kredit für Herrn Ciapri sprechen. Ehrlich gesagt, verstehe ich nicht, warum Sie den nicht bewilligen wollen.«

»Ich halte einfach die Bonität nicht für ausreichend gegeben.«

»Nun, auf den ersten Blick sind Ihre Bedenken nachvollziehbar. Allerdings, wenn Sie sich die Geschäftsfelder des Kunden anschauen, so sind das durchgehend zukunftsträchtige und erfolgversprechende Bereiche. Ich bin der Meinung, einen solchen Kunden sollten wir nicht verprellen.«

»Gut, aber seit wann bewerten wir die Bonität in der

Zukunft? Wir müssen uns schon an die Daten halten, die wir heute vorliegen haben. Und die sehen für mich nicht gut aus.«

»Vertrauen Sie mir, Frau Suttner. Der Kredit ist abgesichert genug. Wir sollten ihn genehmigen.«

»In Ordnung, Sie haben das letzte Wort. Ich werde Herrn Ciapri informieren. Er wird sich sicher freuen.«

Teresa ging mit einem leichten Lächeln auf dem Gesicht zurück in ihr Büro. Genau so hatte sie sich dieses Gespräch vorgestellt. Sie setzte eine kurze Aktennotiz auf und widmete sich wieder ihrer Arbeit.

Um Punkt dreizehn Uhr betrat Teresa das etwas außerhalb gelegene Restaurant, das ziemlich leer war. Am hinteren Tisch wartete ihre Verabredung bereits und stand auf, als Teresa durch das Restaurant ging.

»Frau Niemeyer. Ich freue mich, Sie zu sehen. Und so attraktiv wie immer.«

»Herr Murango. Ich freue mich auch, Sie zu sehen.« Teresa hielt einen Moment die Luft an, die Treffen mit Murango zerrten an ihren Nerven. Sie hatte zwar einige Vorsichtsmaßnahmen getroffen, sich ihm unter anderem mit ihrem Mädchennamen vorgestellt, doch die Situation war ihr dennoch nicht geheuer. »Und ich habe gute Nachrichten für Sie«, fuhr sie fort.

Murango schüttelte den Kopf. »Ihr Deutschen, kommt immer gleich zum Punkt. Lassen Sie uns zunächst etwas essen, danach haben wir Zeit genug für das Geschäftliche.«

Teresa saß wie auf Kohlen, bis Murango endlich mit seinem Essen fertig war. Von ihrer Suppe hatte sie vor lauter Nervosität nicht mal die Hälfte geschafft.

»So, so. Sie haben also gute Nachrichten, ja?«, kehrte Murango endlich zum Geschäftlichen zurück.

»Richtig. Der Kredit für Ciapri ist soeben genehmigt worden. Genau wie ich es Ihnen zugesagt habe. Ich gehe davon aus, dass Sie den Mann instruiert haben? Er weiß, wie er sich zu verhalten hat?«

»Selbstverständlich. Ich habe meine Leute im Griff. Dann können wir also den nächsten Punkt in Angriff nehmen.«

»Ja. Haben Sie die Unterlagen dabei?«

»Frau Niemeyer, ich bin ein vorsichtiger Mensch. Bei mir wird man nichts Brisantes finden. Ich schicke in den nächsten Tagen jemanden mit den Unterlagen bei Ihnen zu Hause vorbei. Geben Sie mir bitte Ihre Adresse?«

Teresa schluckte, aber ihr fiel kein Argument ein, mit dem sie diese Bitte hätte ablehnen können. Also nahm sie aus ihrer Handtasche einen Block, riss ein Stück Papier heraus und schrieb ihre Privatadresse drauf.

»Ich lebe in Trennung und musste aus dem gemeinsamen Haus ausziehen«, improvisierte Teresa. »Seitdem wohne ich übergangsweise bei meiner Freundin. Ihr Mitarbeiter muss bei Suttner klingeln.«

Als sie zurück zur Bank fuhr, war ihr regelrecht übel. Wenn irgendjemand von ihrem Treffen mit Murango erfuhr, dann wäre ihre Karriere mit einem Schlag vorbei. Aber, beruhigte sie sich selbst, wer sollte schon davon erfahren? Warum sollte überhaupt jemand einen Verdacht gegen sie hegen? Sie musste nur ihre Nerven im Griff behalten, dann würde am Ende alles gut ausgehen.

Doch dieses Vorhaben war schon am selben Abend hinfällig. Als sie endlich Feierabend machte und durch das Großraumbüro zu den Fahrstühlen ging, war kein Schreibtisch mehr besetzt. Auch in der kleinen Tiefgarage herrschte gähnende Leere, nur ihr Auto wartete einsam und verlassen. Teresa sah zu, dass sie zu ihrem Wagen kam, so eine leere Garage war gruselig. Sie hatte gerade den ersten Gang eingelegt und fuhr an, als sie vom Rücksitz eine Stimme hörte. Vor lauter Entsetzen bekam sie gar nicht mit, was diese Stimme zu ihr sagte, sondern schrie verängstigt auf und trat auf die Bremse.

Als sich ihr eine Hand auf die Schulter legte, versuchte sie panisch, den Gurt zu öffnen, und schrie dabei, so laut sie konnte, um Hilfe.

»Teresa. Bitte, beruhige dich. Ich bin es, Steven. Ich wollte dich nicht erschrecken.«

Teresa hatte es endlich geschafft, den Gurt zu lösen, und sprang aus dem Auto. Hinter ihr stieg Steven aus.

»Bist du eigentlich völlig bescheuert?«, schrie sie ihn an. »Was machst du in meinem Auto? Du hast mich zu Tode erschreckt.« Vor lauter Schock fing sie an zu weinen.

»Oh Mann, Tessa. Das tut mir leid. Bitte, nicht weinen. Ich wollte nur mit dir reden und dachte, hier im Auto rennst du nicht gleich weg. Ich wollte dir doch keine Angst machen.«

»Du bist so ein Idiot, Steven.« Teresa lehnte sich gegen ihr Auto, weil ihre Knie bedenklich zitterten. »Du wolltest also mit mir reden, ja? Und da hast du dir gedacht, überfalle sie doch in der Tiefgarage, das findet sie bestimmt so witzig, dass sie danach mal so richtig in Plauderlaune ist.«

»Nein, natürlich nicht. Ich wollte vor dem Auto auf dich warten. Aber dann bin ich so müde geworden und habe mich kurz auf die Rückbank gelegt. Ich hatte doch noch deinen Zweitschlüssel.« Er klimperte mit dem Schlüssel in der Hand.

»Richtig. Den gib mal gleich her.« Sie riss ihm den Schlüssel aus der Hand.

»Okay, okay. Noch mal, es tut mir leid. Ich bin eingeschlafen. Das hab ich so ja gar nicht geplant. Wollen wir vielleicht was trinken gehen? Du brauchst jetzt bestimmt einen großen Drink, das beruhigt die Nerven.«

»Richtig. Und den werde ich jetzt zu Hause trinken. Allein.«

Er starrte sie an, als hätte er gar nicht gehört, was sie gesagt hatte. »Teresa? Wo ist deine Brille? Du kannst doch ohne Brille kaum was sehen.«

»Ich trage jetzt Kontaktlinsen. Steven, mach so etwas nie wieder. Ich habe fast einen Herzinfarkt bekommen.«

»Bestimmt nicht«, sicherte er zerknirscht zu. »Ich mach das wieder gut.«

Teresa schob Steven vom Auto weg, stieg ein und fuhr nach Hause. Sie hatte in dem Moment, in dem ihr die Hand auf die Schulter gelegt wurde, eine riesengroße Angst empfunden. Angst, dass Murango jemanden auf sie angesetzt hatte. So sehr, dass sie jetzt direkt erleichtert war, dass es bloß Steven in ihrem Auto gewesen war. Und sie musste fast grinsen, als sie an seinen bedepperten Blick dachte, als er feststellte, was er da angerichtet hatte. Der Mann kam vielleicht auf merkwürdige Ideen.

3

Steven ging wütend zu seinem Auto. Wahrscheinlich sollte er Alice für ihre Idee einen Strauß Blumen schicken, hatte ja fantastisch funktioniert. Anstatt dass seine Frau mit ihm redete, hatte er sie in Angst und Schrecken versetzt. Wenn das mal keine gute Voraussetzung für eine Versöhnung war. Wie war er überhaupt auf die dämliche Idee gekommen, ausgerechnet Alice um Rat zu fragen? War doch klar, dass da nur eine völlige Pleite dabei herauskommen konnte. Und wie sollte er das Ganze wiedergutmachen? Dieses Mal würde er sich selbst etwas überlegen und sich bestimmt nicht auf andere verlassen.

Am nächsten Morgen stürzte sich Steven als Erstes auf seine Assistentin. »Franzi? Stell dir bitte mal vor, dass du kurzsichtig bist, ja?«

Die verdrehte die Augen. »Bin ich richtig kurzsichtig oder nur aus Versehen?«

»Was? Ist doch egal. Also, du bist jetzt kurzsichtig. Was würdest du eher tragen, eine Brille oder Kontaktlinsen?«

»Ja, was weiß denn ich. Wahrscheinlich eine Brille, wenn ich alleine zu Hause bin, und Kontaktlinsen, wenn ich weggehe.«

»Aha. Also würdest du zu Kontaktlinsen wechseln, wenn du darauf aus bist, jemanden kennenzulernen, richtig?«

»Steven, ich weiß es nicht. Ich bin ja nicht kurzsichtig.«

»Aber du hast es gesagt. Du hast gesagt, wenn du weggehst, würdest du Kontaktlinsen tragen. Also glaubst du, dass du eher einen neuen Mann kennenlernst ohne Brille.«

»Mann, Steven, kann schon sein. Ich weiß nicht, ob Männer auf Frauen mit Brille stehen oder nicht. Wie gesagt, ich brauche ja keine.«

»Ich wusste es«, murmelte der nur. »Ich habe es gewusst. Dass Frauen so mies sein können.«

»Was habe ich denn getan?«, regte Franzi sich auf, aber Steven hörte gar nicht mehr zu. Zuerst kamen die Kontaktlinsen. Damit auch niemand ihre hübschen braunen Augen übersehen konnte. Danach ließ sie sich bestimmt ihre schönen dunklen Haare blond färben. Und würde in verkommenen Kneipen um ihre Handtasche herumtanzen. Das kannte man ja. Die Frau musste vor sich selbst gerettet werden, und genau das würde seine Aufgabe sein.

Franzi sah ihm nachdenklich hinterher. Also war doch etwas an den Gerüchten dran, dass seine Frau ihn rausgeschmissen hatte. Allerdings fand sie es ein wenig verletzend, dass er ihr das nicht gesagt hatte. Seit sie gemeinsam beim Betrugsdezernat gearbeitet hatten, waren sie befreundet. Es hatte eine Zeit gegeben, in der es so ausgesehen hatte, als wäre zwischen ihnen mehr als Freundschaft, aber irgendwann hatten sie eingesehen, dass daran nur ein paar Abende mit zu viel Wodka schuld gewesen waren. Als sich dann ihre beruflichen Wege trennten, hatten sie trotzdem den Kontakt gehalten.

Obwohl, überlegte Franzi, in den letzten Jahren war es wirklich weniger geworden. Sie würde es Steven nie sagen, aber tatsächlich konnte sie mit Teresa nicht viel anfangen. Sie benahm sich Franzi gegenüber immer so reserviert und distanziert, dass sie sich bei Steven zu Hause nie mehr wohlgefühlt hatte. Vor einiger Zeit hatte sie Steven vorsichtig darauf angesprochen, doch er meinte nur, Teresa würde sie sehr gerne mögen, sie bräuchte nur immer ein bisschen Zeit, um warm zu werden. Franzi sah das anders, sie meinte aber auch, dass sie das nichts anging. Und vielleicht war sie auch einfach nur ein wenig eifersüchtig auf Teresa gewesen. Die hatte einen Superjob, war glücklich verheiratet und sah auch noch richtig gut aus. Besonders im Sommer, denn dann wurde sie ganz schnell braun. Im Gegensatz zu Franzi, die mit ihrer hellen Haut und den rötlichen Haaren noch nie in ihrem Leben braun gewesen war. Höchstens öfter mal krebsrot. Das konnte einer Frau schon die Laune verderben.

Steven und Nick saßen in ihrem Büro, als Schlüter mit einer Mappe in der Hand hereinkam.

»Ich habe ein Problem«, begann er. »Vor Wochen habe ich ein Memo bekommen, dass einer von euch beiden an einem zweitägigen Seminar in Braunschweig teilnehmen soll. Das habe ich total verschwitzt, dabei geht es schon morgen los. Eben habe ich die Erinnerung dafür bekommen und soll nun den Namen des Teilnehmers nachmelden. Also, wer von euch beiden macht das?«

Beide stöhnten. »Um was Weltbewegendes geht es denn diesmal?«, fragte Nick. »Stressabbau durch Meditation? Verbrechensbekämpfung für Dummies?«

»Seid doch nicht so negativ. Das ist tatsächlich mal ein nützliches Seminar. Geht um Geldwäsche und wird vom BKA und einer Bank organisiert.«

»Ach was«, sagte Steven. »Welche Bank steckt denn dahinter?«

Schlüter sah die Papiere in seiner Mappe durch. »Berenberg Bank. Warum ist das wichtig?«

»Ach«, improvisierte Steven, »mir geht es nur um die Qualität und Kompetenz der Referenten. Also, ich mache es, ich fahre hin.«

»Und da bist du dir sicher, ja? Wenn ich dich anmelde, gibt es kein Zurück mehr.«

»Natürlich bin ich mir sicher. Ich lerne doch gern etwas dazu.«

»Wie recht du hast«, stimmte Nick ihm zu. »So ein Mist, dass du schneller warst als ich. Aber ich gönne dir diese Weiterbildung.«

Schlüter fixierte die beiden misstrauisch, beschloss aber, dass er gar nicht wissen wollte, was die beiden wieder auskochten. Er legte die Mappe mit den Unterlagen auf Nicks Schreibtisch und ließ sie allein.

Sobald er das Büro verlassen hatte, klatschte Nick Steven ab. »Siehst du? Hab ich dir immer gesagt. Du musst nur Geduld haben, dann geht das ganz von selbst.«

Der strahlte zufrieden. »Zwei Tage im Hotel mit meiner Frau. Ich sag dir, da geht was.«

Für die Geldwäsche-Seminare der Berenberg Bank war nämlich Teresa zuständig.

»Ich guck mir mal das Programm an«, sagte Nick.

Er vertiefte sich kurz in die Unterlagen und blickte dann auf.

»Äh, Steven? Ich würde dir ja gern sagen, ich habe eine gute und eine schlechte Nachricht für dich. Leider muss ich aber sagen, ich habe zwei schlechte Nachrichten.«

»Was ist denn los?«

»Kennst du einen Bernd Wolschewsky?«

»Was? Nee, keine Ahnung«, antwortete Steven abgelenkt. Ob er sich eine neue Jeans kaufen sollte? Teresa stand auf schwarze Levis, und die eine, die er hatte, war schon ziemlich ausgeleiert.

»Hör doch mal zu«, rief Nick. »Also, vom BKA kommt Schieber, das ist die schlechte Nachricht.«

»Schieber«, schnaubte Steven. »Ich hätte nicht gedacht, dass mir dieser Idiot noch mal über den Weg laufen würde. Aber gut, das nehme ich in Kauf, wenn ich dadurch Teresa sehe.«

»Na ja. Jetzt kommt die zweite schlechte Nachricht. Der andere Referent ist ein Typ namens Bernd Wolschewsky. Und nicht deine Frau.«

»Was?« Steven fiel die Kinnlade runter. »Das kann doch nicht angehen. Teresa macht doch die Seminare. Schon seit drei Jahren.«

»Tja. Zumindest dieses Seminar macht sie nicht.«

»So eine Scheiße«, fluchte Steven und ging mit schnellen Schritten in Schlüters Büro.

»Äh, Hans, wegen des Seminars …«

Der hob allerdings sofort die Hand. »Stopp. Was immer du zu sagen hast, ich will es nicht hören. Du hast zugesagt, ich habe dich angemeldet und das war's. Gute Reise.«

Schimpfend kehrte Steven zu Nick zurück. »Im Moment läuft doch alles schief«, beschwerte er sich. »Zwei verschenkte Tage. Für nichts und wieder nichts.«

»Frau Suttner, ich habe eben erfahren, dass Herr Wolschewsky von dieser Grippewelle betroffen ist. Das heißt, dass er das Seminar in Braunschweig nicht leiten kann. Könnten Sie einspringen? Sie kennen sich doch bestens mit dem Thema Geldwäsche aus und haben ausführlich darüber referiert.«

Teresa freute sich. Seminare zu leiten, hatte ihr immer großen Spaß gemacht. Nun allerdings, seit ihrer Beförderung, hatte sie so viel zu tun, dass ein Kollege die Seminare übernommen hatte.

»Natürlich, das übernehme ich gern. Lassen Sie mich nur mal eben meine Termine für die nächsten zwei Tage überprüfen.«

Sie rief ihre Assistentin zu sich. »Wie sieht es bei mir in den nächsten zwei Tagen aus? Ich müsste nach Braunschweig, können die Termine verschoben werden?«

»Ich schaue gleich mal nach«, erwiderte Frau Schönkind und kam kurz darauf zurück.

»Das ist kein Problem, da ist nichts Dringendes dabei.«

»Gut, vielen Dank«, verabschiedete Teresa ihre Assistentin und wandte sich Dr. Benthoff zu. »Das ist also geklärt. Wollte Herr Wolschewsky mit der Bahn oder dem Auto fahren?«

»Mit der Bahn. Die Fahrkarte ist bereits hier.«

»Gut, ist mir auch lieber. Kann er mir die Unterlagen schicken?«

»Natürlich, die sind in einer halben Stunde auf Ihrem Schreibtisch. Vielen Dank, dass Sie das übernehmen. Ich wünsche Ihnen viel Spaß.«

Um halb neun am nächsten Morgen checkte sie im Hotel ein und traf dort Matthias Schieber, einen Beamten des BKA, mit dem sie bereits vor zwei Monaten gemeinsam eine Schulung durchgeführt hatte. Er war ungefähr Mitte vierzig und hatte bereits einige graue Haare, doch das stand ihm. Er wirkte auf eine ganz besondere Art attraktiv.

»Hallo, Matthias«, begrüßte sie ihn. »Ich bin für Bernd Wolschewsky eingesprungen, den hat die Grippe erwischt.«

»Hallo, Teresa. Dann hat mein Voodoo-Zauber ja funktioniert. Ich freue mich, dich wiederzusehen.«, lächelte der BKA-Mann sie an. »Bei uns liegt die halbe Dienststelle flach, fast jeder Zweite hat sich schon angesteckt. Bist du mit dem Ablauf vertraut?«

»Ja, ich habe die Unterlagen von Herrn Wolschewsky erhalten. Neun Uhr dreißig Begrüßung, dann bin ich mit meinem Vortrag dran. Nach der Mittagspause übernimmst dann du, ist das richtig?«

»Korrekt. Morgen beginne ich, und dir gehört der Nachmittag. Wollen wir später zusammen zu Mittag essen?«

»Gern«, antwortete Teresa und wollte noch etwas hinzufügen, als es ihr fast die Sprache verschlagen hätte. »Entschuldige mich bitte einen Moment«, brachte sie heraus und flüchtete Richtung Toiletten. Das konnte doch nicht wahr sein. Wenn sie nicht unter Halluzinationen litt, dann hatte soeben Steven die Hotelhalle betreten. Wie groß war wohl die Wahrscheinlichkeit, dass er hier nur Urlaub machen wollte? Wohl eher klein, musste sie zugeben. Aber er stand doch nicht auf der Teilnehmerliste, da war sie ganz sicher. Ob der mit jemandem getauscht hatte?

Kurz überlegte Teresa, ob sie auch Grippesymptome vortäuschen sollte, um sofort wieder nach Hause zu fahren. Aber das war unprofessionell, also würde sie sich jetzt schnell auf ihr Zimmer schleichen und erst zur Begrüßung wieder herunterkommen.

Sobald sie die Toilette verlassen hatte, sah sie Steven am Ende des Ganges. Er stand mit dem Rücken zu ihr und telefonierte. Also wieder rein in den Waschraum. Doch bevor sie die Tür öffnen konnte, sprach Steven, ohne sich umzudrehen, sie auch schon an. Verdammte Polizisten. Die hatten auch hinten Augen.

»Teresa«, sagte er und drehte sich um. »Du brauchst dich nicht in das Seminar einzuschleichen, um mich zu sehen. Ein einziger Anruf hätte genügt.«

»Ich schleiche mich nirgendwo ein«, regte Teresa sich auf. »Du eingebildeter Mistkerl, das war ja wohl andersrum. Was musstest du denn tun, um auf die Liste zu kommen?«

Steven lachte. »Mäuschen, du überschätzt dich, so spannend finden wir Vorträge über Geldwäsche nicht. Schlüter hatte einfach vergessen, mich anzumelden. Allerdings, in den Unterlagen taucht dein Name auch nicht auf.«

»Ich bin nicht dein Mäuschen«, fauchte Teresa. »Und damit du es weißt, mein Kollege hat die Grippe bekommen, darum bin ich hier.«

»Dann sollten wir uns wohl besser nicht zu nahe kommen, oder? Nicht dass wir uns auch noch anstecken.«

»Glaube mir, das habe ich nicht vor. Ich hätte sowieso viel zu viel Angst, mich bei dir mit irgendetwas ganz anderem anzustecken.«

Steven besaß die Frechheit, schon wieder zu lachen. »So nahe hatte ich nun auch wieder nicht gemeint. Du musst nicht immer nur an Sex denken. Das verdirbt den Charakter.«

»Du musst es ja wissen. Was sagt es denn über deinen Charakter aus? Erst lauerst du mir in der Tiefgarage auf und jetzt auf dem Toilettengang. Wie du das noch steigern willst, ist mir ein Rätsel. Und jetzt lass mich durch. Ich gehe davon aus, dass du es in den nächsten zwei Tagen schaffst, dich professionell zu verhalten.«

»Kein Problem für mich. Ich habe schließlich nicht gleich in den ersten zwei Minuten an Sex gedacht.«

»Du bist so, so … Ach, was weiß ich«, erwiderte Teresa und wünschte, ihr wäre etwas richtig Gemeines eingefallen. Sie schob sich an Steven vorbei und hastete in den Fahrstuhl. Irgendwie hatte sie ein ganz schlechtes Karma in der letzten Zeit. Sobald sie Steven gesehen hatte, wusste sie wieder ganz genau, warum sie das in den letzten Monaten vermieden hatte. Ein Blick in seine Augen, und alles war wieder da. Sie war so eine blöde Kuh, die sogar von seinem Anblick Herzklopfen bekam. Aber da musste sie jetzt durch. In ihrem Zimmer ging sie das letzte Mal ihren Vortrag durch, erneuerte ihr Make-up und machte sich auf den Weg in den Seminarraum.

Matthias Schieber wartete bereits vor der Tür auf sie. »Bereit? Dann wollen wir mal loslegen«, meinte er und ließ Teresa den Vortritt zum Rednerpult. Sie schaute sich schnell um und entdeckte Steven an einem Tisch in der Ecke. Grinsend. Das war so typisch für ihn, selbst ein ernstes Thema wie Geldwäsche fand er amüsant. Insgesamt waren dreiundzwanzig Teilnehmer aus Hamburg, Bremen und Niedersachsen anwesend. Also würde sie sich mit ihrem Vortrag auf zweiundzwanzig davon konzentrieren.

»Guten Morgen, meine Damen und Herren. Mein Name ist Teresa Suttner von der Berenberg Bank. Ursprünglich sollte Herr Wolschewsky, unser neuer Geldwäschebeauftragter, das Seminar leiten. Leider ist er erkrankt, sodass ich nun hier vor Ihnen stehe. Aber ich habe zu diesem Thema über mehrere Jahre die Seminare gehalten, Sie sind also trotzdem in guten Händen.«

Matthias Schieber übernahm das Mikro und stellte sich und den Ablauf des Seminars vor. Kurz darauf begann Teresa mit ihrem ersten Vortrag über die Gefährdungsanalyse der Banken zum Risiko der Geldwäsche. Sie erklärte den Beamten, wie sie durch ein einfaches Verfahren Kontendaten abrufen konnten und wie die momentane Zusammenarbeit der Banken mit den Strafverfolgungsbehörden konkret aussah. Die Teilnehmer machten einen interessierten Eindruck, und Teresa gewann ihre Sicherheit zurück. Zum Ende des Vortrags regte sie die Teilnehmer an, Fragen zu stellen, und blickte dabei vorsichtig in Stevens Richtung.

Das konnte doch nicht wahr sein. Der Kerl lehnte an der Wand und schlief. Während sie eine ihrer besten Reden überhaupt gehalten hatte, war der einfach eingeschlafen.

Nachdem sie einige Fragen beantwortet hatte, leerte sich der Raum. Nur Steven lehnte noch friedlich schlummernd an der Wand.

»Steven«, zischte sie ihm ins Ohr. »Wach auf.«

Langsam öffneten sich seine Augen, und er lächelte sie träge an. »Toller Vortrag, Schätzchen. Hast du gut gemacht.«

»Ach ja? Über was habe ich denn geredet?«

»Weißt du das denn nicht mehr?«, fragte er unschuldig. »Über die Geldwäsche natürlich. Jetzt brauche ich dringend etwas zu essen, deine Rede hat mich richtig hungrig gemacht. Kommst du?«

»Ich esse mit Herrn Schieber. Und hör endlich auf, mir Kosenamen zu geben«, forderte sie ihn auf.

Teresa ging mit schnellen Schritten in das Restaurant. Die Teilnehmer saßen alle schon an den Tischen, nur in der Ecke war noch ein Zweiertisch frei. Das war gut, so konnte sie in Ruhe mit Matthias reden, ohne ständig Fragen beantworten zu müssen. Kaum saß sie, kam Steven mit selbstbewusstem Schritt an ihren Tisch.

»Vergiss es, Steven. Ich esse zusammen mit Herrn Schieber vom BKA.«

»Ich glaube nicht. Ich habe Matthias eben getroffen, und er bittet mich, ihn zu entschuldigen. Da ist wohl was dazwischengekommen.«

»Ihr kennt euch?«, fragte Teresa misstrauisch. »Was hält ihn denn vom Essen ab?«

»Das habe ich nicht gefragt. So neugierig bin ich nicht«, sagte Steven unschuldig und setzte sich auf den freien Stuhl.«

»Was gibt es denn? Ich bin am Verhungern.«

Zähneknirschend sah Teresa in die Karte. Wenn sie jetzt einfach aufstand, würde das wohl auf die anderen sehr merkwürdig wirken. Außerdem, diese halbe Stunde würde sie auch noch überleben. Wenn Steven nur nicht so täte, als wären sie die besten Freunde.

Der Kellner kam an ihren Tisch und fragte nach ihren Wünschen.

»Ein Mineralwasser und einen Salat bitte«, bestellte Teresa.

Steven sah sie amüsiert an und bat um ein Alsterwasser

und ein Steak. »Mineralwasser und Salat? Du hast es echt drauf, dich zu amüsieren, oder?«

»Ich bin hier nicht zu meinem Vergnügen, wie du eigentlich wissen solltest. Aber vielleicht ja auch nicht, schließlich hast du den ganzen Vormittag geschlafen.«

»Hey, ich musste verdammt früh aufstehen. Und außerdem bin ich höchstens für fünf Minuten eingenickt.«

»Wer's glaubt«, brummte Teresa und schaute auf die Teilnehmer. Die saßen fröhlich zusammen und brauchten ihre Hilfe nicht. Mist.

Ihre Getränke kamen, und Steven stieß mit seinem Bierglas an ihr Wasser.

»Auf dich. Und weißt du was? In diesem Hosenanzug siehst du verdammt scharf aus.«

»Steven. Hör sofort auf damit. Schon mal was von sexueller Belästigung gehört?«

»Du fühlst dich belästigt, wenn ich dir sage, dass du scharf aussiehst?«, wunderte sich Steven. »Ich dachte immer, Frauen freuen sich über Komplimente.«

»Ja. Da, wo es passend ist. Aber ganz sicher nicht hier.«

»Ach so. Tut mir leid. Das heißt, wenn ich dich heute Abend auf deinem Zimmer besuche und es dir da sage, ist es ein Kompliment, und du freust dich. Nur hier, im Restaurant, ist es Belästigung. Kein Problem, habe ich verstanden.«

Teresa funkelte ihn wütend an. »Spiel hier nicht den Idioten. So habe ich das nicht gemeint.«

»Tessa, sei nicht so aggressiv. Dann bekomme ich Angst. Guck mal, da kommt mein Steak. Möchtest du was abhaben?«

»Nein. Will ich nicht.«

Steven ließ sich sein Essen schmecken und stellte ihr plötzlich eine Frage zu ihrem Vortrag. Die gar nicht mal so doof war.

»Du hast ja doch was mitbekommen«, antwortete sie widerwillig, und den Rest des Essens sprachen sie tatsächlich nur über das Thema Geldwäsche.

Nachdem der Tag vorbei war, trafen sich alle Teilnehmer in einem größeren separaten Raum, der zu einer Bar umfunktioniert war. Teresa entledigte sich in ihrem Zimmer ihres Hosenanzugs und zog stattdessen ein dunkelgrünes Seidenkleid an. Nachdem sie sich die Haare geföhnt und sich viel Mühe mit dem Make-up gegeben hatte, trat sie einen Schritt vor dem Spiegel zurück. Was sie sah, gefiel ihr. Seriös genug für eine Bankerin, trotzdem sexy. Wenn Steven meinte, sie würde sich auf ihrem Zimmer verkriechen, nur um ihm aus dem Weg zu gehen, hatte er sich getäuscht.

Minuten später betrat sie die Bar, die bereits voll war. Die meisten Teilnehmer hatten schon die ersten Drinks intus, es war laut und fröhlich.

»Teresa, was für ein schöner Anblick«, lächelte ihr Matthias Schieber entgegen. »Darf ich dir etwas zu trinken bringen?«

»Gern«, lächelte Teresa zurück. »Ein Glas trockenen Weißwein, bitte.« Sie sah sich genauer um und entdeckte Steven direkt an der Bar, neben ihm eine kleine Blonde, die ihn bereits jetzt anhimmelte. Ihre Blicke trafen sich kurz, und Steven stellte sein Glas ab. Zum Glück kam in diesem Moment Matthias mit ihrem Wein zurück.

»Vielen Dank. Der erste Tag ist gut gelaufen, oder was meinst du?«

»Ich denke auch. Aber lass uns jetzt nicht von der Arbeit sprechen, die wartet morgen wieder früh genug auf uns. Ich habe mir überlegt …«

Weiter kam er nicht, denn Steven trat auf die beiden zu. Er bedachte Schieber mit einem finsteren Blick und wandte sich dann an Teresa: »Ich habe noch einige Fragen zu deinem Vortrag. Können wir uns irgendwo in Ruhe unterhalten?«

Teresa lächelte ihn liebenswürdig an. »Gerne. Allerdings erst morgen, heute Abend steht laut Programm Vergnügen auf dem Plan, nicht Arbeit. Und da sich irgendwer sehr viel Mühe mit der Gestaltung dieses Programms gemacht hat, wollen wir denjenigen doch nicht enttäuschen, oder?«

Steven sah sie grimmig an. »Vergnügen also, ja? Dann lass uns tanzen.«

Teresa lächelte scheinbar ungerührt weiter. »Bestimmt machen wir das. Nur jetzt nicht, diesen Tanz habe ich schon versprochen, stimmt's?«, wandte sie sich an Matthias.

»Richtig«, lächelte der zum Glück zurück und führte sie auf die improvisierte Tanzfläche.

»Du und Steven seid doch verheiratet, oder?«, fragte er während des Tanzes.

»Ich glaube, das weißt du bereits. Du bist schließlich beim BKA, oder?«

»Alles wissen wir auch nicht«, lachte der. »Aber gut, ich habe das Gerücht gehört, ihr beide wärt verheiratet.«

»Noch, ja. Wir leben getrennt, aber darüber spreche ich nicht gern. Und woher kennst du Steven?«

»Wir haben mal an einem Fall zusammengearbeitet. Ist schon etwas her.«

Nachdem sie eine Weile miteinander getanzt hatten, führte Matthias sie an die Bar. »Lass uns noch etwas trinken. Ein Glas Wein für dich?«

»Gerne. Was trinkst du?«

Bevor Matthias antworten konnte, legte sich eine starke Hand auf ihren Arm und zog sie vom Barhocker.

»Zeit für unseren Tanz, Teresa«, sagte Steven und gab ihr keine Gelegenheit zu antworten, sondern führte sie auf die Tanzfläche. »Seit wann benimmst du dich wie ein Flittchen?«, fragte er wütend. »Ist ja peinlich, wie du Schieber schöne Augen machst. Ausgerechnet diesem Affen.«

»Findest du?«, fragte Teresa unschuldig. »Für mich war das eigentlich nur eine ganz normale Unterhaltung. Ich benehme mich ganz sicher nicht wie ein Flittchen, du dich dafür wie ein Neandertaler. Wo hast du denn deine Keule versteckt?«

»Das ist nicht witzig. Hör auf, dich so aufzuführen. Der Kerl fängt ja gleich an zu sabbern.«

»Wirklich? Ich dachte, wir unterhalten uns nur. Aber jetzt, wo du es sagst … Meinst du wirklich, da geht was? Matze ist schon ziemlich attraktiv, findest du nicht?«

Steven starrte sie nur mordlustig an.

»Komm, *Stevie-Bär*, zieh nicht so ein Gesicht. Hör doch, sie spielen unser Lied«, lächelte Teresa zuckersüß, als aus den Lautsprechern Andrea Bergs *Du hast mich tausendmal belogen* schallte.

Nach einem kurzen, verkrampften Tanz ging Teresa zu den Toiletten. Im Waschraum erneuerte gerade diese Blonde, die die ganze Zeit an Stevens Arm gehangen hatte, ihren Lippenstift. Mit einer Hand, mit der anderen hielt sie sich am Waschbecken fest. Sie hatte anscheinend schon einiges getrunken.

»Hallo«, kicherte sie. »Das ist ein tolles Seminar. Besonders manche der Teilnehmer, oder?«

»Es freut mich, dass es Ihnen gefällt«, gab Teresa zurück und wusch sich die Hände.

»Und wie. Besonders Steven. Ist der nicht süß? Solche Männer gibt es bei uns in Celle nicht.«

»Da seien Sie mal nicht so sicher«, erwiderte Teresa unwillig. »Männer sind doch eigentlich überall gleich.«

»Nein, gar nicht. Er sieht aus wie ein Surfer mit der Figur eines Eishockeyspielers, finden Sie nicht? Und seine Haare sind toll.«

Teresa hatte schon eine giftige Erwiderung auf der Zunge, aber sie stoppte sich noch rechtzeitig. Die Frau war alt genug, um zu wissen, was sie tat. Darum wünschte sie ihr nur viel Glück und sah ihr hinterher, wie sie aus der Tür wankte.

Nachdem Teresa sich frisch gemacht hatte, wollte sie zurück an die Bar, doch Matthias wartete bereits im Flur auf sie.

»Teresa, verstehe mich nicht falsch. Aber können wir den Absacker bei dir oder mir auf dem Zimmer nehmen? Ich glaube, du solltest jetzt nicht in die Bar.«

Fragend sah sie ihn an. »Wo ist das Problem?«

Matthias druckste etwas herum. »Ich weiß nicht, ob es ein Problem ist, und es geht mich auch nichts an. Aber Steven küsst gerade ziemlich intensiv eine andere Frau, und ich bin nicht sicher, ob du das sehen willst.«

Teresa stiegen unwillkürlich Tränen in die Augen, und wütend wischte sie sie weg. Das war unglaublich, wie konnte Steven sie so blamieren? Und warum lief er ihr seit Wochen hinterher, um mit ihr zu reden, nur um bei der erstbesten Gelegenheit wieder mit einer anderen Frau rumzumachen? Wie gut, dass sie sich bei ihm auf nichts mehr eingelassen hatte.

Sie wandte sich wieder Matthias zu und versuchte krampfhaft, ein Lächeln hinzukriegen. »Was Steven macht, ist mir eigentlich egal. Trotzdem danke. Und den Vorschlag mit dem Absacker finde ich gut. Trinken wir den bei mir?«

4

Frustriert ging Steven zurück zur Bar und tat, als würde er der Blonden neben sich interessiert zuhören. Als er morgens im Hotel Teresa getroffen hatte, war er der festen Überzeugung gewesen, dass heute sein Glückstag war. Diesmal würde sie ihm endlich zuhören und erkennen, dass seine Seitensprünge nichts als dumme Ausrutscher gewesen waren. Die darauffolgende heiße Nacht wäre nur die natürliche Konsequenz gewesen.

Stattdessen behandelte sie ihn wie einen flüchtigen Bekannten und bandelte mit Matthias Schieber an. Ausgerechnet Schieber, der sich den ganzen Tag nur seinen Hintern im BKA platt saß. Sowieso unglaublich, dass die ihn nach der Geschichte damals genommen hatten. Kurz erwog er, zu ihm zu gehen und ihm seine Meinung zu sagen, doch Schieber hatte wohl gute Antennen. Er verließ die Bar und zog die Tür hinter sich zu.

»Steven?« Die Blonde hauchte in sein Ohr. »Wollen wir auch mal tanzen?«

Er brachte ein Lächeln zustande und erhob sich. »Tut mir leid, ich glaube, mich hat diese Grippe, die zurzeit grassiert, erwischt. Ich fühle mich nicht so besonders und gehe besser schlafen. Viel Spaß noch«, lehnte er ab und ging in sein Zimmer. Dort holte er sich aus der Minibar ein kaltes Bier und schmiss sich wütend aufs Bett.

Warum nur waren Frauen so nachtragend? Er war ja nun wirklich nicht der Einzige, der in dieser Ehe Fehler gemacht hatte. Wenn er nur an Teresas Unordentlichkeit dachte. Überall in der Wohnung flogen immer ihre Sachen rum, das hatte ihn wahnsinnig gemacht. Aber hatte er sie deswegen etwa verlassen? Nein, Verständnis hatte er gezeigt. Und so wurde ihm das nun gedankt. Dass sie sich an Schieber ranschmiss. Was war das überhaupt für ein Beruf für einen erwachsenen Mann, in der Gegend rumzufahren und langweilige Seminare zu halten? Dachte der, er wäre der Erklärbär?

Steven schaute auf die Uhr. Es war noch nicht einmal zehn, und er war allein in seinem Zimmer. Das war kein gesunder Zustand. Sollten die beiden doch machen, was sie wollten. Er würde jetzt zurück in die Bar gehen und sich amüsieren. Und das mal so richtig.

Kaum trat er aus seinem Zimmer, sah er Schieber, der gerade drei Türen weiter in sein Zimmer ging. Oha, das war wohl nicht so gut für den gelaufen, wenn er jetzt schon ins Bett ging. Steven grinste. Mochte seine Frau sich in letzter Zeit auch aufbrezeln, die Brille gegen Kontaktlinsen tauschen und ihre Haare offen tragen, so leicht machte sie es einem Mann eben nicht.

Zurück in der Bar, steuerte er sofort die Blonde an. »Das war nur falscher Alarm. Ich habe eine Aspirin genommen, jetzt geht es mir wieder gut. Wollen wir was trinken?«

»Gern«, freute die sich. »Ich bin Frauke.«

Gut. Im Leben war halt nichts perfekt. Eine Frauke erinnerte ihn an eine Lehrerin, die Biogemüse aß und Wäsche aus Schafswolle trug. Aber vielleicht war die hier ja die Ausnahme, zumindest war sie ganz niedlich. Er blickte sich unauffällig um, konnte Teresa aber nirgendwo entdecken. Also bestellte er Bier und konzentrierte sich auf Frauke.

Stunden später wurde Steven durch den Wecker seines Handys wach. Irgendwas war mit seinem Kopf passiert, es fühlte sich an, als wäre er aufs Kissen getackert. Außerdem klebte seine Zunge fest, und in seinem Kopf tobte eine Abrissbirne. Blind tastete er nach dem Handy, um diese schrillen Geräusche auszublenden. So einen miesen Kater hatte er schon lange nicht mehr gehabt. Ganz vorsichtig und leise drehte er seinen schmerzenden Kopf zur Seite. Gott sei Dank, da lag niemand. Bruchstückhaft kam die Erinnerung an den letzten Abend wieder. Frauke und er waren nach ein paar Bier auf Tequila umgestiegen. Das war der erste Fehler. Der zweite war, dass er mit ihr am späteren Abend in einer Ecke der Bar gelandet war und sie dort direkt über ihn hergefallen war.

Gut, musste er zugeben, ganz so unangenehm fand er das nicht. Allerdings, als sie ihm ziemlich lallend den Vorschlag gemacht hatte, mit in ihr Zimmer zu kommen, war er wenigstens anständig genug gewesen, um das Angebot abzulehnen. Daraufhin war sie in der Barnische eingeschlafen. Und dann?, überlegte er. Hatte er sie da etwa liegen lassen? Er konnte sich einfach nicht mehr erinnern, hoffte aber, dass er so ein Schwein nicht war. Der Handyalarm brüllte wieder los, und genervt stellte er es aus. Er war zwar nicht sicher, ob er es schaffen würde aufzustehen, aber einen Versuch musste er unternehmen. Dieses dämliche Seminar ging in einer Stunde weiter.

Nach einer langen Dusche und zwei Aspirin war er zumindest in der Lage, sich anzuziehen. Das war gut, denn er brauchte unbedingt einen Kaffee. Als er aus seinem Zimmer trat, ging drei Zimmer weiter die Tür auf, und Steven traute seinen Augen nicht. Aus Schiebers Zimmer kam gerade Teresa.

»Was, verdammt noch mal, hast du im Zimmer vom Erklärbär zu suchen?«, herrschte er sie an.

»Von wem?«, fragte sie kühl zurück. »Dies ist mein Zimmer.«

»Was?« Steven kratzte sich verwirrt am Kopf. Irgendwie war er noch nicht wach. Er hatte doch Schieber gestern Abend genau in dieses Zimmer gehen sehen, oder? Dann fiel der Groschen. »Ach so ist das. Schieber war letzte Nacht bei dir. Das ist so billig, Teresa«, sagte Steven gereizt.

»Das geht dich überhaupt nichts an. Ich kann machen, was ich will. Und mit wem ich will.«

»So? Kannst du das? Wenn du meinst, dass …« Steven stoppte abrupt und schaute Teresa näher an. Dann zog sich langsam ein Lächeln über sein Gesicht.

»Es ist überhaupt nichts passiert. Sicher hat Schieber sein Glück versucht, aber zumindest letzte Nacht hat er es nicht gefunden.«

»Du musst es ja wissen«, gab Teresa zurück.

»Richtig, Tessa. Ich weiß es auch. Ich kenne nämlich ganz genau den Ausdruck deiner hübschen braunen Augen nach dem Sex. Du hast dann immer so etwas leicht Verträumtes. Jetzt allerdings guckst du ein ganz klein bisschen frustriert. Aber mach dir nichts draus. Der Mann ist sowieso nicht der Richtige für dich.«

»Steven? Ich sage es ja nicht gern, aber irgendwann wird dein aufgeblasenes Ego so riesig sein, dass es dich einfach verschluckt. Die Leute werden sagen, ja, wo ist er denn, eben war er doch noch hier? Und nun ist er weg.«

Steven grinste nur. »Deine Sorgen um mich sind richtig niedlich. Aber du musst keine Angst haben, ich habe nicht vor, in der nächsten Zeit zu verschwinden. Und nun brauche ich dringend einen Kaffee. Wir sehen uns beim Seminar.« Er ging zu den Fahrstühlen. »Ach, und Teresa?«, setzte er hinterher, ohne sich umzudrehen. »Starr doch bitte nicht so auf meinen Hintern, das macht mich ganz verlegen.«

Er stieg in den Fahrstuhl und spürte für einen Moment nicht mal mehr seine Kopfschmerzen. Er hatte zuerst tatsächlich geglaubt, Teresa hätte die Nacht mit Schieber verbracht. Allein der Gedanke, wie ausgerechnet dieser Mann seine Frau anfasste, wäre kaum zu ertragen gewesen. Aber er war sehr sicher, dass da nichts gelaufen war. Das brachte ihn zu seinem zweiten Problem. Wo war Frauke?«

Er ging in den Frühstückssaal, holte sich einen Kaffee und schaute zu dem Bereich, der für die Seminarteilnehmer reserviert war. Von Frauke war nichts zu sehen. Im Stehen trank er den Kaffee und machte sich dann auf den Weg in die Bar. Die war menschenleer. Vorsichtshalber schaute Steven auch unter die Tische und hinter den Tresen, aber keine Spur von der Frau. Wenn er sich doch bloß erinnern könnte, was passiert war, nachdem sie eingeschlafen war. Aber er hatte einen richtigen Filmriss.

Er ging zurück ins Restaurant, wo sich ihm eine Frau um die vierzig in den Weg stellte. »Steven? Weißt du vielleicht, wo Frauke ist? Ihr wart doch gestern Abend noch in der Bar, als ich ins Bett gegangen bin. Wann hast du sie zuletzt gesehen?«

Steven überlegte einen Moment, woher er diese Frau kannte, dann fiel es ihm wieder ein. Das war Ellen, die Kollegin von Frauke. Nach einigen Drinks hatte gestern eine große Verbrüderung eingesetzt, und seitdem waren sie per Du.

»Zuletzt? In der Bar, das muss so gegen zwölf gewesen sein. Sie war ziemlich müde«, antwortete er wahrheitsgemäß, ohne weiter auf seine Rolle dabei einzugehen.

»Ist sie denn nicht beim Frühstück?«, fragte er scheinheilig.

»Nein, und in ihrem Zimmer ist sie auch nicht. Ich habe bestimmt fünf Minuten geklopft. Da hat sich nichts gerührt.«

»Ich frage mal nach.« Er schlenderte zur Rezeption und bedachte die Hotelangestellte mit einem, wie er hoffte, aufrichtigen Lächeln. »Guten Morgen. Ich habe eine Frage an den Barkeeper von gestern Abend. Ist der hier?«

»Guten Morgen«, lächelte die Angestellte zurück. »Leider nein, Herr Baader hat diese Woche Spätschicht. Kann ich Ihnen helfen?«

»Ja, nun, ich habe gestern Abend in der Bar etwas verloren und hatte gehofft, er hätte es gefunden.«

»Was haben Sie denn verloren?«, wollte diese neugierige Frau wissen.

»Das ist, nun ja, das ist etwas Privates. Nicht so wichtig«, wiegelte er ab. »Also, gestern Abend in der Bar, manche Leute haben wirklich Ausdauer, was? Ich habe gehört, die Feier ging bis nach Mitternacht.«

»Das weiß ich nicht, ich habe die Frühschicht. Aber wir freuen uns natürlich, wenn sich unsere Gäste bei uns wohlfühlen.«

»Und wenn die sich nicht mehr wohlfühlen? Was machen Sie dann?«

Die Frau sah ihn verwirrt an. »Nun, dann versuchen wir, Abhilfe zu schaffen. Gibt es eine Beschwerde? Haben Sie sich vielleicht gestört gefühlt?«

»Nein, nein, so meinte ich das nicht. Aber es gibt doch immer mal wieder Leute, die zu viel bei solchen Abenden trinken, verstehen Sie? Ich habe mich nur gefragt, wie Sie mit solchen Gästen umgehen. Gibt es vielleicht einen Aufwachraum?«

»Einen Aufwachraum?«, wiederholte die Hotelangestellte ratlos.

»Nun ja, wohin Sie Ihre Gäste bringen, wenn die den Kanal dicht haben.«

Sie lachte. »Sie meinen, so etwas wie eine Ausnüchterungszelle? Nein, so etwas gibt es nicht. Wenn ein Gast tatsächlich mal etwas zu viel getrunken haben sollte, wird er auf sein Zimmer begleitet.«

»Ach so. Okay, danke«, sagte er und ging zu dem Tagungsraum. Das Seminar fing in fünfzehn Minuten an, aber von Frauke war nichts zu sehen.

»Kannst du mich mal durchlassen? Ich möchte mit Matthias sprechen.«

»Das kannst du später noch. Komm mal mit«, sagte Steven zu seiner Frau und zog sie hinter sich her.

»Steven, was soll das?«, zischte sie. »Lass mich los.«

Steven nahm seine Hand weg. »Sei nicht so unfreundlich. Ich habe so schon Kopfschmerzen. Hör mal, die eine Frau aus Celle, Frauke heißt die, ist verschwunden.«

»Hast du schon mal in deinem Bett nachgeschaut?«, fragte Teresa sarkastisch.

»Du glaubst wirklich nur noch das Schlechteste von mir, oder? Die Frau war gestern Abend ziemlich besoffen, und ich habe sie zuletzt in der Bar gesehen. Glaubst du im Ernst, ich würde über eine völlig betrunkene Frau herfallen?«

»Nein«, musste Teresa zugeben. »Tut mir leid. War schon jemand in ihrem Zimmer?«

»Nein, aber eine Kollegin hat eine ganze Zeit an die Tür geklopft. Da hat sich nichts geregt.«

»Hoffentlich ist ihr nichts passiert.« Teresa machte sich nun auch Sorgen. »Ich versuche mal mein Glück an der Rezeption, vielleicht geben die mir eine Zimmerkarte.«

Kurz darauf kam sie wieder zu Steven. »Ich habe die Karte. Lass uns mal hochfahren und nachschauen.«

»Wie hast du das denn hingekriegt?«, staunte Steven.

»Einfach ein Gespräch von Frau zu Frau. Wie betrunken war sie denn?«

»Ziemlich, fürchte ich. Ich bin nicht ganz sicher, aber ich glaube, sie ist in der Bar eingeschlafen. Viel mehr weiß ich auch nicht.«

Sie stiegen in den Fahrstuhl und fuhren in den dritten Stock.

»Hier ist es.« Teresa blieb vor der Tür mit der Nummer 367 stehen, zögerte kurz, öffnete dann aber die Tür.

»Oh nein. Das sieht nicht gut aus.«

Steven folgte ihrem Blick auf das unberührte Bett und schaute sich um. »Ihre Sachen sind alle noch da, also ist sie nicht überstürzt abgereist.«

»Mensch, Steven, und wenn ihr was passiert ist? Vielleicht ist sie gestern Nacht noch rausgegangen, und da hat jemand sie sich geschnappt.«

Steven legte den Arm um Teresa. »Mach dich jetzt nicht verrückt. Bestimmt gibt es eine ganz einfache Erklärung.« Er wertete es als großen Erfolg, dass Teresa seinen Arm nicht sofort abschüttelte. Erst nach ein paar Sekunden entzog sie sich ihm.

»Wir müssen das Hotel informieren. Vielleicht hat der Barkeeper etwas gesehen.«

Sie gingen gerade zu den Fahrstühlen, als aus einer Tür neben ihnen ein mehr als gruseliges Stöhnen erklang. Teresa schrie erschrocken auf und sprang zur Seite. »Hast du das gehört? Was war das?«

»Geh zum Fahrstuhl, ich schaue nach«, sagte Steven und machte die Tür auf. Um gleich darauf seinen Augen nicht zu trauen. Hinter der Tür verbarg sich eine Kammer, in der Decken und Bettwäsche aufbewahrt wurden. Und mitten auf den Decken lag Frauke, die gerade wach wurde.

»Steven? Bist du das? Wo bin ich?«

Steven bemühte sich vergeblich, ein lautes Lachen zu unterdrücken. »Verdammt, Frauke«, lachte er. »Kann es sein, dass du die Nacht in der Besenkammer verbracht hast?« Er brachte die verwirrte Frau zu ihrem Zimmer.

»Pass auf, nimm mal eine Dusche, und dann komm runter. Ich sage Schieber, dass du etwas später kommst, okay?«

»Oh Mann, ist das peinlich. Ich werde nie wieder etwas trinken.«

»Das habe ich mir auch schon so manches Mal gedacht. Wie bist du denn bloß in der Besenkammer gelandet?«

Frauke hielt ihren Kopf. »Keine Ahnung. Ich weiß nur noch, dass wir in der Bar Tequila getrunken haben. Dann habe ich dir gesagt, dass ich ins Bett gehe, und als Nächstes bin ich in der Besenkammer aufgewacht. Sagst du Schieber, dass ich in einer halben Stunde da bin?«

»Klar, mache ich. Bis später.« Steven ging wieder zu den Fahrstühlen, wo Teresa ihm ungläubig entgegensah.

»Das ist nicht ihr Ernst, oder?«

Steven musste wieder lachen. »Ich finde es eigentlich ganz witzig. Ich habe auch schon öfter mal zu viel getrunken, aber so etwas ist mir noch nie passiert.«

»Na ja, sie kann wohl noch von Glück reden, dass Boris Becker nicht aufgetaucht ist«, gab Teresa zurück.

Steven nahm unbewusst ihre Hand und küsste sie. »Ach Tessa. Ich liebe deinen Humor.«

Als sie ihm ihre Hand so schnell entriss, als hätte sie sich verbrannt, schaute er sie erstaunt an. »Muss ich mich jetzt schon entschuldigen, wenn ich nur deine Hand berühre? Was blüht mir denn erst, wenn ich dich küsse?«, fragte er.

»Steven. Hör auf damit«, sagte Teresa entschlossen. »Ich bin sicher, es gibt eine Menge Frauen, die sich freuen, von dir geküsst zu werden. Nur, ich gehöre ganz bestimmt nicht dazu.«

»Ach Tessa. Mach es mir doch nicht so schwer. Ich will doch nur mit dir reden. Ist das zu viel verlangt?«

»Ja, das ist es. Ich will nicht mit dir reden. Und weißt du auch, warum nicht? Weil es nichts bringt. Du hast gestern Abend mehr als bewiesen, dass sich nichts geändert hat. Also lass mich einfach in Ruhe.« Mit diesen Worten ließ sie ihn stehen.

Am Mittwochabend saß Teresa bei Jennifer in der Küche und trank ein Glas Wein.

»Du glaubst nicht, wer auf dem Seminar war«, berichtete sie. »Ich war komplett geschockt. Steven war einer der Teilnehmer.«

»Nicht dein Ernst«, staunte Jennifer. »Da gehst du ihm wochenlang aus dem Weg, und dann taucht er auf einem deiner Seminare auf? Ist ja verrückt.«

»Ja«, murmelte Teresa. »Und weißt du, was noch verrückter ist? Ich hatte Sex.«

»Ist ja super«, rief Jennifer und sprang auf. »Endlich kommt ihr beide zur Vernunft. Ich freue mich so für dich.«

»Lässt du mich mal ausreden? Ich hatte ganz bestimmt keinen Sex mit Steven. Sondern mit dem anderen Referenten. Matthias Schieber vom BKA.«

»Oh.« Jennifer setzte sich wieder hin. »Das ist ja toll«, fügte sie lahm hinterher. »Es war doch toll, oder?«

»Ehrlich? Eigentlich nicht. Es war ein Fehler, denn ich war ziemlich betrunken. Sonst wäre es gar nicht dazu gekommen. Und eigentlich ist das auch alles Stevens Schuld.«

Jennifer machte ein neutrales Gesicht. »Aha. Und warum?«

»Du glaubst nicht, was er getan hat. Der hat tatsächlich abends mit einer der Seminarteilnehmerinnen rumgeknutscht. Ganz offen. Kannst du dir das vorstellen?«

»Eigentlich nicht«, gab Jennifer zu. »War bestimmt kein schöner Anblick, oder?«

»Ich habe es zum Glück nicht selbst gesehen, Matthias hat mir diesen Anblick erspart. Dann haben wir bei mir im Zimmer noch etwas getrunken, geredet und eine Menge Gemeinsamkeiten entdeckt. Matthias hat das Gleiche durchgemacht wie ich, seine Frau hat ihn auch betrogen. Mittlerweile ist er geschieden.«

»Aber anscheinend habt ihr nicht nur geredet.«

Teresa verzog das Gesicht. »Nein, irgendwann führte eines zum anderen. Aber er hat sich toll verhalten. Als ich ihm danach gesagt habe, dass so etwas überhaupt nicht meine Art ist und ich nicht weiß, wie ich damit umgehen soll, war er wirklich süß. Er meinte, dass er das gut verstehen kann und wir, solange ich nicht weiß, was ich will, einfach so tun, als wäre nichts passiert. Und so hat er sich auch am nächsten Tag verhalten.«

Jennifer erwiderte darauf lieber nichts. Für sie hörte es sich so an, als hätte dieser Schieber Teresas Stimmung ausgenutzt und war hinterher froh, dass er einfach nur Sex ohne Komplikationen hatte haben können. Darum wechselte sie schnell das Thema. »Aber trotzdem hängst du noch an Steven, oder? Ich würde an deiner Stelle wirklich mal mit ihm reden. Bevor du etwas Neues anfangen kannst, musst du die Sache mit Steven geklärt haben.«

»Was gibt es da noch zu klären? Wenn er vor meinen Augen mit einer anderen Frau rummacht, ist doch wohl alles gesagt.«

»Du hast es doch gar nicht gesehen. Vielleicht hat dieser Schieber das ja auch falsch interpretiert. Denn ehrlich gesagt, kann ich mir nicht vorstellen, dass Steven sich so verhalten würde. Ganz besonders nicht, wenn du in der Nähe bist. Denn er will dich doch zurück. Weißt du, ehrlich gesagt, ich habe dich immer ein wenig um Steven beneidet. Ich habe ihn oft beobachtet, wenn wir zu viert weggegangen sind. Und habe mir immer gewünscht, Lars wäre nur ein ganz kleines bisschen so wie er.«

Der Exmann von Jennifer, Lars, hatte sich schon kurz nach der Hochzeit als absolute Niete erwiesen. Warum Jennifer auch mehr als erleichtert war, als vor einem Jahr die Scheidung ausgesprochen wurde.

»Wie meinst du das?«, fragte Teresa neugierig.

»Er hatte dich immer im Blick. Egal, womit er gerade beschäftigt war, mit einem Auge war er immer bei dir. Und er hat dich angesehen, als wärst du die einzige Frau auf der ganzen Welt. Klar, er ist schon ein ziemlicher Macho, aber bei ihm kam das nie herablassend rüber, eher sexy. Darum habe ich auch nie kapiert, warum er dich betrogen hat. Das war immer so eindeutig, dass du für ihn das Wichtigste überhaupt bist.«

»Tja, das hat ihn aber nicht davon abgehalten, mit anderen Frauen ins Bett zu steigen«, sagte Teresa bitter. »Gut, vielleicht hast du recht, und ich sollte das wirklich mal klären. Ich werde das auch tun. Also, nicht jetzt sofort. Aber demnächst. Momentan habe ich etwas Stress auf der Arbeit, aber sobald sich da alles etwas beruhigt hat, tue ich es.«

»Du hast letztens schon so eine Andeutung gemacht. Was ist denn los.«

»Ach, einfach nur Stress. Lass uns lieber von deinem Buch reden. Wie geht es voran?«

»Sehr gut. Du kannst es gerne lesen. Ich muss sowieso dringend bügeln.«

Sie verschwand im Schlafzimmer, und Teresa zog sich den Laptop heran und vertiefte sich in das Manuskript. Schon nach wenigen Seiten wusste sie, dass es das Beste war, was Jennifer je geschrieben hatte. Manchmal traurig, dann aber wieder so lustig, dass sie laut lachte. Jedenfalls, bis sie zu Seite dreiundvierzig kam.

»Jennifer«, rief sie Richtung Schlafzimmer. »Komm mal, bitte.« Sobald ihre Freundin im Zimmer war, fragte sie: »Sag mal, hast du mit Steven gesprochen? Woher weißt du das denn alles?«.

»Was? Nein, natürlich nicht. Ein bisschen Fantasie kannst du mir schon zutrauen.«

»Oh. Entschuldigung. Ich wollte dich nicht so anfahren. Das war nur ein echter Schock, das zu lesen. Es klingt so wahr.«

»Dann habe ich es ja richtig gemacht. Wo genau bist du denn gerade?«

»Auf Seite dreiundvierzig. Wo du ziemlich genau schilderst, warum Steven mich betrogen hat. Glaubst du wirklich, dass das der Grund ist?«

»Ich weiß es nicht«, gab Jennifer zu. »Aber ich kann es mir vorstellen. Du musst zugeben, dass er nicht wirklich gut damit zurechtgekommen ist, dass du so schnell Karriere gemacht hast. Und ihr hattet diesen Riesenstreit wegen eures geplanten Hausbaus.«

Teresa verzog das Gesicht. »Ja, das stimmt. Damals hatte ich mich wirklich ziemlich unsensibel verhalten. Während er über ein Reihenhaus nachgedacht hatte, war ich schon bei einem großen Einfamilienhaus. Und habe ihm auch noch gesagt, ich würde schließlich mehr als genug für die Finanzierung verdienen.«

»Genau das meine ich. Du warst vielleicht ein ganz kleines bisschen abgehoben. Und ich glaube, Steven hatte ein ziemliches Problem damit, dass du mittlerweile das Dreifache von ihm verdient hast. Und was machen Männer, wenn sie sich unsicher fühlen? Sie suchen sich woanders Bestätigung. Darum habe ich das so geschrieben. Dass er mit anderen Frauen geschlafen hat, um sein Selbstbewusstsein aufzumöbeln.«

»Wenigstens hast du es nicht so beschrieben, dass es letztendlich meine Schuld war. Dass ich ihn sozusagen in die Arme anderer Frauen getrieben habe.«

»Nein, natürlich nicht. So was würde ich selber nicht gern lesen. Es ist ja nur als Erklärung gedacht, nicht als Entschuldigung.«

»Vielleicht hast du sogar recht damit, vielleicht war das wirklich der Grund. Nur, ändern tut das auch nichts. Auch wenn es stimmt, was du sagst. Ich war wirklich ein bisschen abgehoben. Sonst hätte ich nie so eine dämliche Bemerkung gemacht.«

»Nur ganz wenig. Und das ist ja auch nachvollziehbar, dass du anfangs von deinem Gehalt ziemlich beeindruckt warst. Aber du bist ganz schnell wieder normal geworden. Ganz bestimmt.«

»Danke«, lächelte Teresa. »Allerdings, ich finde, ich komme bisher in deinem Buch nicht so besonders gut weg. Irgendwie unsympathisch.«

»Das ist nur am Anfang so. Glaub mir, du wirst noch der hellste Stern am Himmel.«

»Ehrlich? Und kriege ich auch Pradastiefel?«

»Tut mir leid«, bedauerte Jennifer. »Aber das ist so klischeehaft wie *Sex and the City*. Ich möchte über eine ganz normale Frau schreiben, die zwar im Job tough ist, aber auch ganz weiche Seiten hat. Eben keine Superfrau, sondern eine mit Ecken und Kanten. So wie wir alle.«

»Na gut, ich vertraue dir. Hast du eigentlich schon einen Vertrag für das Buch?«

»Nein, den hatte ich nur für die ersten beiden. Aber

wenn dem Verlag das Manuskript gefällt, dann werden sie es kaufen.«

»Ich glaube, du solltest es denen gar nicht schicken«, überlegte Teresa. »Weißt du was? Du brauchst einen Agenten. Ehrlich gesagt, deine Selbstvermarktungsfähigkeiten sind etwas schwach. Ein Agent könnte für dich bestimmt viel bessere Konditionen rausschlagen.«

»Habe ich auch schon mal drüber nachgedacht«, antwortete Jennifer. »Aber was, wenn der Verlag dann sauer ist? Und gar nichts mehr mit mir zu tun haben will?«

»Glaub ich nicht«, versicherte Teresa. »So ein Verlag ist ja auch nichts anderes als ein gewinnorientiertes Unternehmen. Denen geht es um Profit, nicht um persönliche Gefühle. Kennst du einen Literaturagenten?«

»Nicht persönlich. Aber ich habe nur Gutes über eine Agentur in Niedersachsen gehört. Die werden zu den Besten gezählt. Ob ich das Manuskript da einfach mal hinschicke?«

»Auf alle Fälle. Dann schreibst du dazu, dass du bereits zwei Bücher veröffentlicht hast, das macht dich bestimmt interessanter. Komm schon, Jenny, was hast du zu verlieren?«

Die nickte. »Du hast recht. Ich versuche das einfach mal. Drück mir die Daumen.«

»Mache ich. Aber brauche ich gar nicht. Die werden dankbar sein, so eine gute Autorin wie dich vertreten zu dürfen. Wahrscheinlich köpfen sie sofort, nachdem sie dein Manuskript gelesen haben, die Champagnerflaschen. Und jetzt«, sagte sie verlegen, »gehe ich mal auf den Balkon.«

»Oh nein, Teresa. Diesmal hast du es bestimmt schon drei Wochen durchgehalten, oder?«

»Fast vier«, seufzte Teresa. »Und irgendwann schaffe ich es auch für immer. Nur jetzt noch nicht.« Sie ging auf den Balkon und zündete sich eine Zigarette an. Himmlisch. Warum musste etwas, das sich so gut anfühle, so schädlich sein?

Als sie zurück ins Wohnzimmer kam, ging Jennifer zum Glück nicht weiter auf ihren Rückfall ein.

»Was hast du heute noch so vor?«, fragte sie.

»Bis jetzt noch nichts. Hast du eine Idee?«

»Ja, lass uns schwimmen gehen. Im Hallenbad haben sie jetzt eine große Saunalandschaft. Wir können anstandshalber zwei, drei Bahnen schwimmen und danach mindestens drei Saunagänge machen. Die servieren sogar Sekt im Ruheraum. Natürlich nur für den Kreislauf.«

»Natürlich«, grinste Teresa. »Hört sich gut an. Ich hole eben meine Sachen, dann können wir los.«

Abends lag Teresa entspannt auf dem Sofa, und seit Langem kreisten ihre Gedanken weder um den Job noch um Steven. Angenehm müde schaute sie ein bisschen fern und überlegte, ob sie einfach mal früh ins Bett gehen sollte, als das Telefon klingelte. Misstrauisch sah sie auf das Display, aber das zeigte eine unbekannte Nummer.

»Teresa? Hallo, hier ist Matthias Schieber.«

»Oh. Hallo«, antwortete Teresa verlegen.

»Ich hoffe, es ist okay, dass ich dich anrufe. Ich glaube, wir haben die Dinge etwas überstürzt. Können wir noch mal neu anfangen? Vielleicht einfach essen gehen oder so?«

»Also, ich weiß nicht«, stotterte Teresa, der das ganze furchtbar peinlich war. Da hatte sie das erste Mal in ihrem

Leben einen One-Night-Stand, und dann wurde sie von dem Mann zum Essen eingeladen. War es nicht Sinn der Sache, dass man sich danach nie wieder sah?

»Nur ein Essen, ja? Ich würde mich wirklich freuen.«

»Okay«, willigte Teresa nach einigem Nachdenken ein. Es war eigentlich keine schlechte Idee. Sollten sie noch mal ein Seminar zusammen leiten, wäre es besser, die Fronten wären vorher schon geklärt. Und außerdem war er ihr auch sympathisch.

»Super. Ich bin dieses Wochenende in Hamburg. Wenn du mir deine Adresse gibst, hole ich dich morgen gegen sieben ab.«

Teresa legte nach einer Weile den Hörer auf und lächelte. Wow. Ihr erstes Date seit sieben Jahren. Sie würde einfach so tun, als wäre diese Sache zwischen ihnen nie passiert. Einfach gründlich verdrängen. So ein erstes Date war schließlich immer spannend.

Unwillkürlich wanderten ihre Gedanken zu dem Tag zurück, an dem sie Steven kennengelernt hatte. Sie war in ihrer Mittagspause in die Innenstadt gefahren, um ein Geburtstagsgeschenk für ihre Mutter zu besorgen. Da es dort kaum Parkplätze gab, hatte sie den Bus genommen. Sie wusste, dass ihre Mutter sich sehr über eine bestimmte Handtasche freuen würde, doch es dauerte, bis sie die richtige gefunden hatte. Als sie aus dem Laden trat, sah sie um die Ecke schon den Bus kommen, also war sie losgerannt. Doch dabei stolperte sie frontal in Steven, der gerade aus einem Restaurant gekommen war.

Beide waren ins Straucheln geraten, doch Steven hatte schnell sein Gleichgewicht wiedergefunden und Teresa an den Armen gepackt, damit sie nicht hinfiel.

»Hey«, hatte er gelächelt und ihr zugezwinkert. »Du musst dich nicht auf mich stürzen. Meine Telefonnummer hätte ich dir auch so gegeben.«

Teresa war nach einem Blick in seine blauen Augen erst mal gar nichts eingefallen, dann wurde sie peinlicherweise auch noch rot.

Steven tat, als würde er das nicht bemerken. »Ich glaube, du hast mir meine Wirbelsäule verstaucht. Aber wenn du heute Abend mit mir essen gehst, überlege ich es mir noch einmal, ob ich dich auf Schmerzensgeld verklage.«

Teresa lächelte unbewusst, als sie an das erste Date mit Steven noch am selben Abend dachte. Sie war so aufgeregt, dass es ihr vorkam, als würde sie nur Blödsinn von sich geben. Aber entweder stimmte das nicht, oder Steven stand auf Blödsinn. Jedenfalls hatten sie sich Hals über Kopf ineinander verliebt.

5

Steven war am Donnerstag wieder im Büro und schilderte Nick seine Begegnung mit Teresa. »Das ist wirklich dämlich gelaufen. Und weitergekommen bin ich immer noch nicht. Stattdessen schmeißt sich Schieber an sie ran. Dem hätte ich schon damals eine reinhauen sollen.

»Kann sein. Aber abgesehen von Schieber, für mich hört sich das nach einer ziemlich verpassten Gelegenheit an. Warum besäufst du dich mit einer Frau, die dich nicht interessiert, statt dein Glück bei Teresa zu versuchen?«

»Was hätte ich denn machen sollen? Sie mir in der Bar über die Schulter werfen und in meine Höhle tragen?«

Nick lächelte. »Wäre nicht das erste Mal, dass so etwas funktioniert. Aber dann wohl doch nicht so ganz dein Stil, was?«

»Nein. Sicher nicht. Das muss man Schritt für Schritt angehen. Und der erste ist gemacht.«

Nick zuckte nur mit den Schultern. Er selbst wäre das ganz anders angegangen, aber Steven musste ja wissen, was er tat. Oder was nicht.

»Und was ist mit deinem Date heute Abend? Diese so ›scharfe Frau‹ aus der *Billardhalle*? Triffst du sie trotzdem?«

»Klar. Das eine hat ja mit dem anderen nichts zu tun. Außerdem, es wird ja nicht gleich am ersten Abend etwas passieren. Das ist ein ganz unverbindliches Treffen.«

Gegen halb neun stand Steven von seinem Barhocker auf und sah Carla entgegen. Konnte man mal sehen, selbst wenn er besoffen war, hatte er noch einen guten Geschmack. Sie war mittelgroß, hatte lange, dunkle Haare und grüne Augen.

»Hallo, schön, dich zu sehen«, sagte er und gab ihr einen leichten Kuss auf die Wange.

»Ebenfalls«, sagte sie und lächelte ihm verheißungsvoll zu.

Zwei Stunden später stellte Steven fest, dass diese Frau erstaunlich viel Alkohol vertragen konnte. Während ihm so allmählich leicht schummerig wurde, merkte man ihr die zahlreichen Drinks kaum an. Als er gerade überlegte, ob er sich, wenn er nur noch Wasser bestellen würde, als Weichei outete, legte Carla ihm die Arme um den Hals.

»Was hältst du von einem Absacker bei mir? Ich wohne nur eine Straße weiter.«

Mittlerweile war der ganze Alkohol Steven so zu Kopf gestiegen, dass sich sein Verstand bei diesem Angebot einfach abschaltete. Und hieß es nicht, einmal sei keinmal?

»Wie praktisch«, lächelte er. »Und von einem Absacker halte ich eine ganze Menge.«

Von ihrer Wohnung sah er nicht viel, da sie ihn sofort in ihr Schlafzimmer bugsierte und gleich zur Sache kam. Sie schaffte es in beängstigender Geschwindigkeit, sowohl ihre als auch seine Klamotten auszuziehen. Kaum lag er auf dem Bett, robbte sie auch schon auf ihm herunter.

»Hey«, sagte Steven. »Immer langsam. Wir haben Zeit.« Schließlich kannte er diese Frau kaum. Und wie er in der Billardhalle gesehen hatte, waren ihre Zähne ziemlich spitz.

Er streichelte ihr über die Haare und zog ein ganz kleines bisschen daran, um sie aufzuhalten. Um keine Sekunde später entsetzt auf seine Hände zu starren.

»Oh mein Gott. Das wollte ich nicht. Geht es dir gut?«

»Alles gut«, stöhnte Carla. »Sind nur meine Extensions.«

»Deine was?«, keuchte Steven und schaute auf die Haare in seiner Hand.

»Meine Haarverlängerungen. Was ist jetzt, wollen wir diskutieren oder vögeln?«, fragte sie, um sich sofort darauf auf ihn zu setzen. Allerdings stieß sie auf wenig Widerstand, Stevens Lust hatte sich in dem Moment verabschiedet, in dem er glaubte, er hätte die Frau skalpiert.

»Was ist los, machst du schlapp?«, provozierte sie ihn und nahm sein bestes Stück in ihre Hand. Sie rieb ihn mit so viel Anstrengung, dass ihr ganzer Körper mitwippte.

»Hey, stopp mal«, rief Steven, als ihm gleichzeitig etwas Haariges und etwas Glitschiges auf die Brust fiel.

»Was ist das?«, fragte er entsetzt.

»Stell dich nicht so an. Das sind nur falsche Wimpern und eine Kontaktlinse. Können wir jetzt mal zur Sache kommen?«

Steven schob sie entschlossen von sich. »Nein. Können wir nicht. Tut mir leid, aber mit uns, das passt nicht. Ich werde jetzt gehen.«

»Was hast du denn für ein Problem, bist du einer von diesen neuen Männern? Brauchst du erst eine halbe Stunde Vorspiel?«

»Vergiss es einfach«, sagte Steven nur und sah zu, dass er in seine Klamotten und raus aus der Wohnung kam.

Mittlerweile war er nüchtern genug, um sich ein Taxi zu

rufen und nach Hause zu fahren. Dort ging er zuerst unter die Dusche und hoffte, dass nicht noch mehr Ersatzteile dieser Frau an ihm klebten. Was für ein Albtraum.

Am nächsten Morgen sah Nick schon bei Reinkommen, dass Stevens Date wohl ein Reinfall gewesen sein musste. »Erzähl«, sagte er. »Nicht gut gelaufen?«

»Absolut nicht gut gelaufen. Die Frau war eine Irre«. Er gab Nick die Geschichte in Kurzform wieder.

»Ich meine, ich habe ja nichts gegen Emanzipation. Aber doch nicht im Bett«, entrüstete sich Steven.

»Was hat die denn beruflich gemacht?«

»Autoverkäuferin. Wieso?«

»Großer Fehler. Viel zu aggressiv. Ich hatte mal was mit einer Kindergärtnerin. Die war niedlich.«

»Schön für dich. Und wie hilft mir das? Soll ich mich vor Kindergärten rumdrücken und da auf meine Chance warten?«

»Das könnte wohl merkwürdig wirken«, gab Nick zu.

»Egal. Eigentlich will ich sowieso nur meine Frau zurück. Ich hatte nur gedacht, ich könnte mir die Wartezeit etwas angenehmer gestalten. Aber angenehm war das gestern Abend sicher nicht.«

»Dann müssen wir uns etwas überlegen, wie du Teresa wiederbekommst.«

»Nein. Du hältst dich da raus. Deine Ratschläge sind bisher alle in die Hose gegangen. Besonders der erste. Warte einfach vor der Bank auf sie und lächle sie an. Sie hätte mir fast ihr Knie in die Eier gerammt.«

»Dann ist mein Lächeln wohl besser als deins«, grinste Nick. »Bei mir funktioniert das immer.« Nicks Einsatzhandy klingelte, und er hielt den Daumen hoch. »Herr Biedermann. Guten Morgen.«

Nach einer Weile legte er auf und grinste. »Alles klar. Heute Abend um neun Uhr ist Biedermann fällig.«

»Hört sich gut an. Sobald du drin bist, höre ich jedes Wort. Ist das Handy präpariert?«

»Ja, ist erledigt«, erwiderte Nick und hielt ein unauffälliges Smartphone hoch. »Das Mikro ist installiert. Ich sag mal Hans wegen dem SEK Bescheid. Ich habe so das Gefühl, dass wir die Jungs brauchen werden.«

»Gut gemacht«, lobte der. »Geht Biedermann auf das Geschäft ein, können die stürmen und euch festnehmen. Und, Nick, nicht wieder so eine Nummer wie das letzte Mal, ist das klar?«

Nick verbiss sich ein Grinsen. Bei solchen Festnahmen wurde auch der verdeckte Ermittler einkassiert, um seine Tarnung nicht auffliegen zu lassen. Bei der letzten Festnahme hatte er den Widerstand gegen seine Verhaftung äußerst gelungen gespielt. Aber der Beamte, der ihm die Handschellen angelegt hatte, war solch ein Weichei gewesen, dass er sich dabei die Hand verstaucht hatte.

Später am Abend saß Steven entspannt im Kombi und sah zu, wie das Mobile Einsatzkommando das Haus stürmte, vor dem sie standen. Nick hatte mit seiner Einschätzung recht gehabt, Biedermann war tatsächlich auf Nicks Angebot eingegangen und hatte ihm auch noch detailliert erklärt, auf welche Weise das Geld von Nicks angeblicher Connection gewaschen würde. Kurz darauf hatte er den Einsatzleiter, der mit seinen Männern eine Straße weiter wartete, informiert, dass der Zugriff jetzt erfolgen sollte.

Grinsend sah Steven nun zu, wie ein wütender, pöbelnder Nick in Handschellen aus dem Haus geführt wurde, dicht gefolgt von Biedermann, dem das Entsetzen ins Gesicht geschrieben stand.

»Verdammter Schwachmat«, schrie Nick ihn an. »Hast die Bullen am Hals und lässt mich hier auflaufen. Ich werde dir dermaßen die Fresse polieren.« Vergeblich versuchte er, sich aus dem Griff der Polizisten zu befreien. Die hatten ihre Lektion gelernt und schubsten ihn nach vorne.

»Schnauze halten jetzt. Und ab ins Auto.«

Sie drückten Nick in ein Zivilfahrzeug, während Biedermann in einen anderen Wagen verfrachtet wurde. Sobald der um die Ecke verschwunden war, nahmen die Beamten Nick die Handschellen ab.

»Danke, Jungs. Guter Job«, lobte er. »Ich wünsche euch einen schönen Feierabend.«

Steven war ausgestiegen und klatschte Nick ab. »Gut gemacht. Ich habe alles auf Band, der Typ geht in den Knast.«

»Davon kannst du ausgehen.« Nick lachte. »Was meinst du, was der jetzt am Grübeln ist, wer ihn verraten hat? Du hättest mal sein Gesicht sehen sollen, als das Einsatzkommando das Haus gestürmt hat. Unbezahlbar.«

»Kann ich mir vorstellen. Dann gehen wir jetzt Billard spielen?«

»Gute Idee.«

Ein paar Tage später packte Steven schon um halb vier seine Sachen zusammen.

»Ich haue heute früher ab«, informierte er Nick. »Ich

muss ein bisschen was besorgen. Ich habe kaum Handtücher, kein Geschirr und nur einen Milchtopf. Zu wenig zum Kochen.«

»Habt ihr davon nicht noch genug bei Teresa? Die braucht doch jetzt auch nicht mehr so viel.«

Steven blieb eine Weile stumm, dann setzte er sich wieder hin. »Stimmt eigentlich, daran habe ich überhaupt nicht gedacht. Wie blöd bin ich eigentlich? Wenn das kein Grund ist, Teresa zu besuchen.«

»Und du meinst, darauf geht sie ein?«, fragte Nick zweifelnd. »Ich erinnere dich ja nicht gern daran, aber seit dem Seminar hat sie sich nicht bei dir gemeldet, oder?«

»Nein. Hat sie nicht. Aber dagegen, mir ein paar von den Küchenutensilien zu geben, kann sie nichts einwenden. Die gehören ja auch uns beiden. Wirst schon sehen.« Sofort griff er zum Telefon und wählte Teresas Büronummer. Sobald sie sich gemeldet hatte, kam er zur Sache. »Teresa, hier ist Steven. Ich will einen Termin vereinbaren, damit wir unseren Haushaltskram aufteilen können. Wann passt es dir?«

Einen Moment blieb die Leitung still. »Was soll das?«, fragte Teresa nach einer Weile. »Was willst du denn aufteilen? Du hast doch schon den Großteil der Möbel.«

»Ja, weil du sie nicht haben wolltest. Ich habe ein Anrecht auf die Hälfte aller Haushaltssachen, und dieses Recht nehme ich jetzt wahr. Also, morgen um acht bei dir?«

Wieder blieb es still. »Na gut«, sagte Teresa endlich. »Wenn du es so haben willst, streiten wir eben über Kuchengabeln und Teetassen. Von mir aus. Musst du ja wissen.« Ohne Abschied legte sie auf, und Steven hielt etwas bedröppelt den Hörer in der Hand.

»Hm. Also, das ist jetzt wohl nicht so gut gelaufen. Aber immerhin sehe ich sie morgen.«

»Oh Mann, Steven«, stöhnte Nick. »Du nimmst *dein Recht* jetzt wahr? Was für eine Ansage war das denn? Jetzt hält sie dich nicht nur für einen Fremdgeher, sondern auch noch für ein ausgemachtes Arschloch.«

»Du verstehst das nicht. Da steckt ein äußerst genialer Plan dahinter. Also, wir gucken gemeinsam die Sachen durch, ja? Und dann kommen Erinnerungen hoch, wenn ich frage: ›Haben wir diese Schale nicht in unserem ersten Urlaub in Marokko gekauft? Oder diese Töpfe, die haben wir doch zu unserer Hochzeit bekommen.‹ So erinnere ich sie an die schönen Seiten unserer Ehe.«

»Aha. Indem du ihr die Hälfte aller Sachen wegnimmst?«

»Das habe ich doch gar nicht vor, sie soll das doch nur denken. Also, am Anfang. Glaub mir, der Plan ist wasserdicht.«

»Wenn du meinst. Viel Glück.«

Am nächsten Abend hätte Teresa sich lieber einen Weisheitszahn ziehen lassen, als mit Steven über Haushaltsgegenstände zu streiten. Sie hatte nach wie vor nichts von Murango gehört und wurde allmählich zu einem nervlichen Wrack. Wenn Murango sie mit dem Ciapri-Deal über den Tisch gezogen hatte, dann konnte sie sich wahrscheinlich gleich einen Strick nehmen. Zumindest jedoch ihren Schreibtisch räumen. Sie überlegte, ob sie Steven nicht einfach ganz kurzfristig absagen sollte. Aber nach seiner komischen Ansprache gestern von wegen »seiner Rechte« würde er wohl gleich mit einem Anwalt drohen.

Es war ihr ein Rätsel, warum er sich auf einmal so aufführte.

Gut, sie wusste, dass sie über kurz oder lang mit ihm reden musste. Aber sie machte sich solche Sorgen wegen Murango, dass sie sich auf ein Gespräch mit Steven überhaupt nicht konzentrieren könnte. Und nun war er so sauer, weil sie sich noch nicht gemeldet hatte, dass er jetzt die Trennung vorantreiben wollte? Das war ja mal richtig mies von ihm. Dann würde sie eben auch weiter auf stur schalten. Auch wenn er ihr blöderweise immer noch so sehr fehlte.

Zur Beruhigung holte sie sich eine Flasche Wein aus dem Kühlschrank und goss sich ein großes Glas ein. Ob noch Zeit war, um etwas zu essen? Sie hatte schon wieder so einen Hunger. Aber als sie das Glas Wein ausgetrunken hatte, klingelte es schon an der Tür.

»Du siehst toll aus«, bemerkte Steven und hörte nicht auf, sie anzusehen. Irgendwas war anders mit ihr. Sie sah so, so weiblich aus, irgendwie.

Teresa ging nicht darauf ein, sondern deutete nur in die Küche. »Also, du willst Sachen teilen, dann teile. Hol dir alles raus, was du haben willst, ich gehe so lange ins Wohnzimmer.«

»Aber das geht nicht«, rief Steven. »Du musst dabei sein.«

»Warum? Ich will keinen Rosenkrieg mit dir, Steven. Ich werde mich ganz bestimmt nicht über Kaffeelöffel streiten.

»Das will ich auch nicht. Aber ich brauche nun mal einige Sachen, ich kann mir ja noch nicht mal ein Ei braten, so ohne Pfanne. Lass uns doch einfach zusammen gucken, worauf du verzichten kannst.«

»Na gut. Dann komm mit in die Küche.«

Steven sah sich im Flur um und stutzte. Ohne auf Teresa zu achten, ging er ins Wohnzimmer und sah sich um. »Was hast du aus unserer Wohnung gemacht?«, fragte er entsetzt. Während der Flur rosa gestrichen war und merkwürdige Kommoden darin standen, war das Wohnzimmer komplett mit einer Blümchentapete tapeziert. Dazu kamen auch noch geblümte Sofas, weiße Regale und sehr viel Deko.

»Mir gefällt es so«, behauptete Teresa. Das allerdings war gelogen. Nachdem Steven die Möbel abgeholt hatte, wollte sie jede Erinnerung an ihn auslöschen. Daher hatte sie sich für den kompletten Mädchenstil entschieden, der ihr allerdings bereits nach drei Tagen furchtbar auf die Nerven ging. Nun erinnerte zwar nichts mehr an Steven, dafür sah die Wohnung aus, als ob Paris Hilton sie eingerichtet hätte.

»Das sieht hier aus wie das Haus von Barbie.« Steven schüttelte sich.

»Das ist ja nicht mehr dein Problem. Können wir jetzt in die Küche gehen? Hier drinnen findest du keine Pfannen.«

Steven folgte ihr und sah vorsichtig in die Küche. Hier sah zum Glück alles aus wie immer, inklusive des alten Tisches, auf dem ein fast leeres Weinglas stand.

»Hast du für mich auch etwas zu trinken?«, fragte Steven.

Wortlos ging Teresa zum Kühlschrank, holte eine Flasche Bier raus und stellte sie vor Steven hin. Dann goss sie ihr Glas wieder voll.

»Also, du bist hier, weil du, wie war das noch mal? Ach

ja, weil du ›dein Recht‹ willst. Also, sag mir einfach, was ist dein Recht? Die Hälfte des Bestecks? Zweieinhalb Frühstücksbretter?«

Steven sah sie zerknirscht an. »Hör zu, ich habe mich ziemlich blöd ausgedrückt, das tut mir leid. Bei uns ist zurzeit viel Stress. Okay?«

Teresa nickte nur.

»Darf ich dann einfach mal in die Schränke gucken? Um zu sehen, was ich brauche?«

»Von mir aus.«

Steven holte zielgerichtet die Schale aus Marokko aus dem Schrank. »Guck mal. Weißt du noch? Die haben wir in Marokko gekauft. Das war unser erster gemeinsamer Urlaub.«

»Steven, ich will hier bestimmt nicht mit dir …« Weiter kam sie nicht, denn es klingelte an der Tür. Teresa zuckte zusammen und sprang auf. »Warte bitte hier. Ich bin sofort wieder da«, sagte sie nervös und zog die Küchentür hinter sich zu. Steven stand sofort auf und stellte sich an die angelehnte Tür.

Teresa öffnete und stand kurz darauf einem Mann, der trotz der Dunkelheit eine Sonnenbrille trug, gegenüber.

»Sie sind Teresa Niemeyer?«, fragte er.

»Ja. Haben Sie Unterlagen für mich?«

»Gehen Sie in die Wohnung«, sagte er, schob sie in den Flur und schloss die Tür hinter sich. Dann zog er einen schmalen Ordner aus seiner Tasche. »Habe ich. Vorher brauche ich eine Unterschrift.«

»Ja. Einen Moment. Ich hole einen Stift.« Sie kramte in ihrer Handtasche, die im Flur lag und holte einen Kugelschreiber heraus. Schnell quittierte sie das Stück Papier, das der Mann ihr entgegenhielt, und atmete auf, als er verschwand. Sie nahm den Ordner und rannte damit fast ins Badezimmer.

Nachdem sie die Tür hinter sich abgeschlossen hatte, setzte sie sich mit zitternden Knien auf die Toilette und öffnete den Ordner. Vor Erleichterung hätte sie fast geweint, als sie genau die Unterlagen sah, auf die sie seit einer Woche sehnlichst gewartet hatte. Der komplette Wohlmeyer-Vorgang lag in dem Ordner. Sie schob ihn in den Schrank unter die Handtücher und ging zurück zu Steven.

»Wer war das?«, fragte er.

»Das? Ach, nur ein Kurier. Ist geschäftlich.«

»Um diese Zeit?«, fragte Steven nach. »Wer schickt dir um diese Zeit noch Unterlagen? Und warum hierher, warum nicht in die Bank?«

»Das ist, äh, das ist geheim. Vertrauliche Kundenangelegenheiten, verstehst du? So, also unser Urlaub in Marokko, ja? Der war wirklich lustig, oder? Weißt du noch, wie ich vom Kamel gefallen bin?«

Steven fixierte sie misstrauisch. »Du willst plötzlich über unseren Urlaub sprechen?«

»Klar, warum nicht. Möchtest du noch ein Bier?«, fragte sie, sprang auf und holte ein neues aus dem Kühlschrank. »Hier, ist ganz kalt. Ja, da sitzen wir beide nun, schon komisch. Aber nett. Doch, ja, wirklich nett.«

Steven taxierte sie mit zusammengekniffenen Augen. »Wirklich nett? Was ist hier los? Und warum bist du so nervös?«

»Ich? Ich bin doch nicht nervös«, behauptete sie und stieß ihr Weinglas um. »Hoppla. Na so was. Diese neuen Gläser sind aber auch rutschig.«

Sie holte ein bisschen Küchenpapier, tupfte den Tisch trocken und goss ihr Glas wieder voll. So ein Mist, so ein verdammter. Die ganze Woche hatte sie auf den Mann von Murango gewartet, und ausgerechnet jetzt, wo Steven in ihrer Küche saß, musste er kommen. Und wie sie ihren Mann kannte, war der sicher nicht auf seinem Stuhl sitzen geblieben.

Beruhige dich, sprach sie sich selbst Mut zu. Selbst, wenn er uns belauscht hat, es ist ja nichts Verdächtiges gesagt worden. Sie musste nur so tun, als wäre es ganz normal, abends um halb neun berufliche Unterlagen nach Hause geschickt zu bekommen. Auch, wenn Steven ihr das nicht glaubte, das Gegenteil konnte er ihr auch nicht beweisen. Bei jedem anderen wäre es ihr egal, nur Steven war nicht umsonst so gut in seinem Job. Der Mann hatte den siebten Sinn. Also musste sie ihn einfach ablenken, damit er nicht mehr daran dachte.

»Weißt du, Steven, du hast recht«, sagte sie deshalb. »Natürlich brauchst du ein paar Sachen, und es gibt keinen Grund, das in einer feindlichen Atmosphäre zu regeln. So erwachsen sollten wir schon sein, dass wir wieder normal miteinander reden können. Ach ja, von wegen reden. Das Sortieren der Sachen hat ja auch noch ein wenig Zeit, nicht? Was gibt es denn so Neues bei dir im Job?«

Steven ging leider überhaupt nicht auf ihr Ablenkungsmanöver ein. »Das waren keine normalen Unterlagen. Außerdem nennt er dich bei deinem Mädchennamen. Und überhaupt, ich habe diesen Mann gesehen und irgendwoher kenne ich den. Ich komme nur nicht drauf, woher, aber das war bestimmt nichts Gutes. Und übrigens, deine

Kehrtwendung nehme ich dir auch nicht ab. Was ist los, Teresa? Hast du Probleme, kann ich dir helfen?«

»Wie kommst du denn darauf? Also wirklich, Steven, du benimmst dich unmöglich. Trotz allem, was passiert ist, versuche ich, nett zu sein. Und du unterstellst mir sonst was. Fair ist das nicht.«

Steven beugte sich vor und nahm ihre Hände in seine. »Ich kenne dich. Ich kenne dich sogar ziemlich gut. Ich weiß, wie du aussiehst, wenn du glücklich bist. Oder traurig. Und im Moment bist du völlig aufgewühlt von deinem merkwürdigen Besucher. Rede mit mir. Bitte.«

»Es ist nichts«, behauptete Teresa. »Und wenn du dich nicht mit mir unterhalten willst, dann sag mir eben, welche Sachen du haben willst.«

Steven stand auf. »Hast du gar kein Vertrauen mehr zu mir? Und ich meine das jetzt nicht als Ehemann. Da habe ich wirklich Scheiße gebaut. Sondern als dein Freund. Übrigens als dein bester Freund, wie du mir mal gesagt hast. Irgendwas ist los mit dir, und du weißt, egal was zwischen uns passiert ist, ich bin trotzdem für dich da. Sagst du es mir?«

»Es gibt nichts zu sagen«, rief Teresa verzweifelt. »Nichts, rein gar nichts.«

Da war Steven mal so ganz anderer Meinung. Aber wenn sie nicht mit ihm darüber reden wollte, zwingen konnte er sie schlecht. Also würde er auf ihr Ablenkungsmanöver eingehen. Er mochte zwar blond sein, aber doof war er nicht. Das hier war wohl so ein geschenkter Gaul, dem man nicht ins Maul schauen sollte. Also setzte er sich wieder hin.

»Na gut. Wenn du es dir anders überlegst, weißt du ja,

wo du mich findest. Du willst also etwas über meinen Job hören?«

»Ja«, sagte Teresa eifrig. »Ja, das will ich.«

Steven erzählte ihr von einem kurzen Undercoverjob, den er zusammen mit einem Hund gemacht hatte. Das schilderte er so komisch, dass Teresa laut lachen musste. Was womöglich auch daran lag, dass sie mittlerweile das vierte, sehr große Glas Wein geleert hatte. Aber dafür war wenigstens ihre Nervosität weg. Das war doch schon mal was, darum stand sie auf und ging an Steven vorbei zur Vorratskammer, um sich eine neue Flasche zu holen. So ganz sicher war sie nicht mehr auf den Beinen, darum stieß sie auf dem Weg zurück zum Tisch leicht an Steven.

Der stand auf und zog sie an sich. »Wir können auch etwas anderes machen als reden«, schlug er mit einem schmutzigen Lächeln vor und begann, sie zart auf den Hals zu küssen.«

»Ich glaube nicht«, murmelte Teresa, blieb jedoch an Steven gelehnt.

Der küsste sie weiter. »Weißt du, es macht mehr Spaß, wenn du mitmachst.«

Teresa atmete seinen Geruch ein und verbot gleichzeitig ihren Händen, sich um Stevens Hals zu legen. Oder ihn auszuziehen und ihn in ihr Bett zu legen. Stattdessen kramte sie alle Willenskraft, die sie nur finden konnte, zusammen und trat einen Schritt zurück. »Keine gute Idee.« Schnell rettete sie sich mit der Flasche auf ihre Seite des Tisches und goss sich das nächste Glas ein.

Steven zwinkerte ihr zu. »Du musstest dich ziemlich anstrengen, um mich nicht zu küssen, stimmt's?«

Dummerweise wurde Teresa rot. »Natürlich nicht«, erwiderte sie. Das sollte ruhig und beherrscht rüberkommen, warum sie allerdings so schnell atmete und ihre Stimme um einige Oktaven nach oben gerutscht war, wusste sie selber nicht. Schnell lenkte sie ab und brachte das Thema wieder auf seinen Job. Nach einer Weile fiel ihr ein, warum Steven überhaupt da war.

»Aber du wolltest ja Sachen haben«, erinnerte sie ihn und stand auf. Wobei sie das zweite Mal an diesem Abend ihr Glas umstieß. War aber nicht schlimm, das war sowieso schon wieder leer. Allerdings fing jetzt die Küche an, sich leicht zu drehen.

»Upps«, sagte sie und schwankte leicht. »Ich glaube, die Möbel sind nicht richtig verschraubt. Die bewegen sich ja.«

Steven stand auch auf und lachte. »Und ich glaube, du gehörst ins Bett. Ich hole mir die Sachen ein anderes Mal.«

»Ja. Ich bin so müde. Warum bin ich bloß immer so müde?«, wunderte sich Teresa und lehnte sich an Steven.

»Ich bringe dich ins Bett. Komm mit«, sagte er, nahm ihren Arm und ging mit ihr ins Schlafzimmer, wo er sie aufs Bett legte.

»Schlaf gut, meine Schöne«, sagte er leise und küsste sie sanft auf den Mund. Sie kicherte und küsste zurück.

»Ich habe ein großes Bett. Da passen wir beide rein.« Die letzten Worte kamen nur noch lallend, und dann gingen bei ihr die Lichter aus. Steven betrachtete sie noch eine Weile liebevoll, bis er widerwillig die Wohnung verließ. Dieses Angebot hätte gern eine halbe Stunde früher kommen können.

Am nächsten Morgen wachte Teresa mit heftigen Kopfschmerzen auf. Vorsichtig drehte sie ihren Kopf und sah erleichtert, dass sie alleine im Bett lag. Gut, Steven war zum Glück kein Mann, der ihren gestrigen Zustand ausnutzen würde. Sie konnte sich zwar nicht mehr genau erinnern, aber irgendwie war ihr, als hätte sie Steven zu sich ins Bett eingeladen. Ach was, beruhigte sie sich selbst. Das bildete sie sich nur ein. Auch wenn ihr seine Küsse noch äußerst gut im Gedächtnis waren. Wie konnte es sein, fragte sie sich, dass sie zwar nach wie vor unglaublich sauer auf Steven war, aber dennoch gestern Abend am liebsten heißen, verschwitzten Sex mit ihm gehabt hätte? Das ergab keinen Sinn. Aber wenn eines zwischen ihnen beiden schon immer funktioniert hatte, dann war es der Sex. Erst durch Steven hatte sie gelernt, Sex zu genießen. Er war der erste Mann, bei dem sie sich total fallen lassen konnte. Bei dem sie sich selbst sexy fand. Insofern war es kein Wunder, dass es ihr gestern Abend schwergefallen war, ihm zu widerstehen.

Nach einer langen Dusche und zwei Aspirin hörten die Kopfschmerzen langsam auf. Sie zwang sich, nicht länger an Steven, sondern an ihre Arbeit zu denken, und nahm die Unterlagen über Wohlmeyer aus dem Badezimmerschrank. Die waren zum Glück sehr detailliert, Murango hatte ganze Arbeit geleistet. Wohlmeyer wäre nach Ciapri der zweite Kunde, der ihr von Murango vermittelt wurde. Und vielleicht noch wichtiger als Ciapri.

6

»Na?«, fragte Nick am nächsten Morgen. »Hat dein Plan funktioniert?«

Steven gab ihm einen kurzen Abriss. »Ich komme einfach nicht darauf, woher ich diesen Typen kenne. Ein Kurier war er auf alle Fälle nicht, die lassen sich den Empfang auf diesen Scannergeräten quittieren und nicht auf einem Zettel. Irgendwas läuft da, und das kann nichts Gutes sein.«

»Und was ist dann passiert?«, fragte Nick gespannt.

Steven lachte. »Dann hat sie so getan, als ob sie sich für meinen Job interessiert. Allerdings nur, damit ich nicht weiter nachfrage. Und sie hat in einer rekordverdächtigen Geschwindigkeit eine Flasche Wein geleert und war hinüber.«

»Lass mich raten«, grinste Nick. »Sie war betrunken, du hast angeboten, sie ins Bett zu bringen, und dann führte eines zum anderen.«

»Sag mal, spinnst du? Wieso glaubt jeder, ich falle über betrunkene Frauen her?«, regte Steven sich auf.

»Mann, Steven.« Nick schüttelte den Kopf. »Du hast einfach zu wenig Fantasie. Du hättest dich einfach neben sie legen müssen. Irgendwann wacht sie wieder auf, ist nicht mehr betrunken, aber du bist da. Richtige Zeit, richtiger Ort, verstehst du?«

»Nein. So was mache ich nicht. Das ist unfair.«

»Okay, musst du ja wissen. Ich glaube zwar nicht, dass du bei ihr mit Fairness viel weiterkommst, aber gut. Dann lass uns mal zu Hans, der will was mit uns besprechen.«

Kurz darauf saßen sie in Schlüters Büro, der ungewohnt aufgeregt wirkte. »Wir haben heute einen Tipp reingekriegt. Der neue Besitzer vom *Big Easy*, diesem Club am Hafen, soll da in großem Umfang mit Drogen dealen.«

»Ist das dann nicht ein Fall für das Drogendezernat?«, fragte Steven nach.

»Normalerweise ja. Aber Kuzmarek, der Besitzer, soll den Stoff von Murango bekommen. Und für den sind immer noch wir zuständig.«

»Also kommt wirklich Bewegung in die Sache? Das wäre fantastisch, wenn wir ihm endlich etwa nachweisen könnten.«

»Genau. Du hattest nie persönlich mit ihm zu tun, oder? Er kennt dich nicht?«

»Nein, wir sind uns nie begegnet.«

»Gut. Denn diesmal will ich das Pferd mal von hinten aufzäumen. Du ermittelst vor Ort und schnappst dir, wenn alles in trockenen Tüchern ist, Kuzmarek. Der hat genug Dreck am Stecken, sodass wir mit ihm einen Deal machen können. Und im Gegenzug liefert er uns Murango.«

»Guter Plan«, stimmte Steven zu. »Und, hast du schon eine Idee, wie wir das anstellen sollen?«

»Ja. Ist zwar etwas langfristiger angelegt, aber Erfolg versprechend. Du, Steven, bekommst eine Kollegin aus der Drogenfahndung zugeteilt, und ihr geht zunächst als normale Gäste in den Club. Der ist nicht groß, du wirst also immer mal wieder Kuzmarek über den Weg laufen. Du lernst ihn kennen, gewinnst sein Vertrauen und so weiter, das Prozedere ist dir ja bekannt. Wir müssen dein Äußeres ein bisschen anpassen, aber das kennst du ja auch.«

»Okay, und an welche Kollegin hast du gedacht?«

»Weiß ich noch nicht, muss ich noch mit Karsten Schubert, dem Abteilungsleiter, besprechen. Ich sag dir Bescheid.«

Am Nachmittag bat Schlüter Steven wieder in sein Büro. »Schubert hat mich eben angerufen, er hat eine Kollegin für dich. Für den Job im *Big Easy*. Lisa Schuhmann ist eine äußerst fähige Kollegin vom Drogendezernat, die hauptsächlich verdeckt ermittelt. Karsten hat sie uns sehr empfohlen, und ich glaube, sie ist für die Rolle als deine Freundin perfekt. Sie kommt morgen um neun hierher, dann könnt ihr euch kennenlernen.«

Mittags saßen Nick und Steven in der Kantine, als Gabriel hereinkam, ein Freund der beiden aus dem Drogendezernat.

»Hi, Gabriel, setz dich mal zu uns. Wir müssen was besprechen.«

»Komme sofort«, antwortete der. »Ich hol mir nur schnell was zu essen.«

Sie beobachteten, wie er mit seinem Teller zurück an den Tisch kehrte. Dabei wurde er von einer Frau aufgehalten, die sich ihm in den Weg stellte. Leider konnten sie nicht hören, was diese hübsche Blondine zu ihm sagte. Sie sahen nur, wie Gabriel unbehaglich von einem Fuß auf den anderen trat und sich erst nach einer Weile von der Frau lösen konnte.

Nick grinste ihn an, als er sich zu ihnen an den Tisch

setzte. »Hast du immer noch nicht kapiert, dass man nichts mit Frauen anfängt, die im selben Gebäude arbeiten? Kann manchmal kompliziert werden.«

Gabriel stöhnte genervt. »Das kannst du laut sagen. Und es war mit Sicherheit das letzte Mal.« Er aß ein Stück von seinem Schnitzel. »Was gibt's? denn«, fragte er, als er es heruntergeschluckt hatte.

»Bei uns steht ein Job an, den wir undercover zusammen mit einer Kollegin von dir machen werden. Wir wollen vorab schon mal ein paar Infos über die Frau.«

»Kein Problem. Um wen geht es?«

»Lisa Schuhmann«, erklärte Steven.

Gabriel fiel fast der Kartoffelsalat von der Gabel. »Die Schuhmann? Oha. Na dann viel Spaß.«

»Was ist mit der?«, fragte Steven alarmiert.

»Also, fachlich kann man nichts gegen sie sagen, da ist sie echt top. Nur, irgendwie hat die ein Problem mit Männern. Sie ist eine echte Zicke.«

»Ist sie allgemein eine Zicke oder nur bei dir?«, fragte Nick grinsend. »Es soll da ja so die eine oder andere Frau geben, bei der du etwas verbrannte Erde hinterlassen hast.«

Gabriels Frauengeschichten waren selbst im testosterongeschwängerten Präsidium legendär.

»Ich habe nie verbrannte Erde hinterlassen«, stellte Gabriel klar. »Es gibt vielleicht ein paar Frauen, die andere Vorstellungen von der Zukunft haben als ich, aber das ist ja nicht meine Schuld. Und ich und die Schuhmann? Nicht in hundert Jahren.«

»Mist«, meinte Steven. »Der Job wäre ja sonst auch zu einfach gewesen. Ich mag keine Zicken.«

»Wer schon?«, stimmte Gabriel zu. »Aber vielleicht kommst du ja besser mit ihr klar. Wie gesagt, von ihrem Job versteht sie was.«

»Schau'n wir mal«, sagte Steven etwas resigniert. »Und sonst? Was läuft bei euch im Moment?«

Sie unterhielten sich noch ein paar Minuten über ihre Arbeit, bis Steven mit Nick zurück ins Büro ging.

»Die will ich auch sehen«, beschloss Nick. »Ruf mich wegen irgendwas dazu, ja?«

»Klar. Hoffentlich hat Gabriel übertrieben. So einen Job mit jemandem zu machen, mit dem man nicht kann, ist schwierig.«

Doch am nächsten Morgen sah Steven mit dem ersten Blick auf Lisa Schuhmann, dass Gabriel eher noch untertrieben hatte. Die Frau sah aus wie ein Terrier. Sie war klein, dünn und komplett ungeschminkt. Der strenge Kurzhaarschnitt passte wunderbar zu ihr. Dazu legte sie ein fast militärisches Verhalten an den Tag.

»Schuhmann«, knurrte sie und streckte die Hand aus.

Steven versuchte es mit Charme. »Hallo. Wie angenehm, Sie kennenzulernen. Ich bin Steven Suttner. Ich freue mich sehr auf unsere Zusammenarbeit.«

»Ja, ja«, antwortete sie bloß. »Herr Schlüter, wann geht der Job los, und was ist meine Rolle?«

Schlüters linkes Auge begann zu zucken, ein eindeutiger Beweis, dass er zumindest irritiert war. »Wir haben den genauen Zeitpunkt noch nicht festgelegt, das Ganze wird wohl Mitte nächster Woche starten. Ich habe hier die Viten. Steven, geh doch bitte mit Frau Schuhmann in den Konferenzraum und tauscht euch da schon mal aus, ja?«

Steven konnte es ihm nicht verdenken, dass er mit dem Terrier nicht länger in einem Raum sein wollte. »Kommen Sie, wir gehen zwei Türen weiter«, sagte er zu seiner neuen Kollegin und hielt ihr die Tür auf.

»Danke. Ich bin durchaus in der Lage, mir selbst die Tür aufzumachen«, antwortete sie und nahm Kurs auf den Besprechungsraum. Steven ignorierte das und legte zwei Mappen auf den Tisch.

»Hier, unsere Lebensläufe. Vielleicht schauen wir sie einfach mal durch und reden anschließend darüber. Ich muss nur einmal kurz telefonieren.«

Er drückte Nicks Durchwahl. »Nick? Ich bin im Konfi und habe meine Lesebrille vergessen. Kannst du mir die mal bitte bringen?«

Keine zehn Sekunden später wurde die Tür geöffnet.

»Tut mir leid, ich habe sie nicht gefunden. Muss wohl ohne Brille gehen«, sagte er zu Steven und wandte sich dann an Lisa Schuhmann. »Hallo. Ich bin Nick Wegener, der Partner von Steven.«

Widerwillig nahm sie flüchtig seine Hand. »Schuhmann. Können Sie die Tür wieder hinter sich schließen? Wir müssen hier arbeiten.«

Nick verzog hinter ihrem Rücken das Gesicht. »Echte Zicke«, sagte er lautlos zu Steven.

»Und, Herr Wegener? Ich kann Ihr Gesicht in der Scheibe sehen. Nicht lustig.« Nick sah zu, dass er rauskam, und sie wandte sich an Steven. »So, können wir jetzt anfangen oder kommen noch weitere Störungen?« fragte sie, um sich sofort in ihren neuen Lebenslauf zu vertiefen.

Steven tat es ihr nach, und die nächsten zehn Minuten verbrachten sie schweigend. Die zuständige Abteilung war wirklich kreativ. Sein Name war Steve Huttner, er war nach zwei abgebrochenen Ausbildungen jahrelang durch Europa getrampt, hatte in verschiedenen Clubs als Rausschmeißer und hier und da auch mal als Bodyguard gearbeitet. Nun war er zurück und suchte einen neuen Job.

Lisa las ebenfalls und informierte danach Steven. »Also, ich bin Liza Schuhmacher, gelernte Kosmetikerin und vor einiger Zeit mit einem eigenen Studio pleite gegangen. Seitdem kellnere ich, hauptsächlich schwarz. Unsere Liebe ist noch ganz frisch, wir haben uns vor zwei Monaten auf dem Arbeitsamt kennengelernt.«

»Wie romantisch. Aber zuerst einmal, wir sollten uns duzen. Wenn wir schon ein Liebespaar sind, würde es komisch wirken, wenn wir uns siezen, oder?«

»Kein Problem«, gab der Terrier zurück. »Also, Steven, was ist deine Vita?«

Lisa hörte zu und rieb sich nachdenklich das Kinn. »Okay. Wir sind also eher etwas billig, ja? Dich sehe ich in Jogginghosen oder dunklen Jeans. Dazu keine Hemden, eher T-Shirts mit blöden Sprüchen drauf oder bunte Sweatshirts. Deine Haare sind viel zu lang, die müssen entweder ganz ab oder aber sehr viel kürzer werden. Turnschuhe, aber keine No Names, nur Markenschuhe. Deine Art ist leicht prollig, überheblich und machomäßig. Stimmst du mir zu?«

Steven war einen Moment sprachlos. Okay, auch da hatte Gabriel recht gehabt. Fachlich war die Frau wirklich gut. »Ja«, sagte er dann. »Hört sich gut an.«

»Gut. Die Rolle wird dir ja nicht schwerfallen. Weiter. Ich bin eine echte Tussi. Lange weißblonde Haare, falsche

Nägel, zu viel Make-up, nuttige Klamotten. Ich steh auf solche Gorillas wie dich, bin nicht das hellste Licht auf der Torte und finde alles supi.«

»Moment mal. Was meinst du damit? Dass mir die Rolle nicht schwerfallen wird?«

»Junge, du bist bei der OK. Ihr seid hier nun mal überhebliche Machos.«

»Geht's noch?«, regte Steven sich auf. »Du kennst mich doch überhaupt nicht. Was sollen denn solche Vorurteile?«

»Oh. Jetzt ist der Kleine beleidigt. Gut, wenn du so verletzlich bist, dann streich die Bemerkung. Für so etwas haben wir keine Zeit. Also, sind wir uns, was die Rollen angeht, einig?«

»Ich bin weder beleidigt noch *verletzlich*. Aber vielleicht arbeitest du mal an deiner Sozialkompetenz. So machst du dich hier nicht beliebt.«

»Das macht mich jetzt aber echt betroffen. Wo wir Frauen doch im Leben nichts anderes wollen, als uns beliebt zu machen.«

»Das ist mir jetzt zu blöd. Also, wir sind uns einig, was die Rollen angeht, in allem anderen nicht. Kann ich mit leben.«

»Wunderbar«, knurrte Lisa. Auch wie ein Terrier. »Noch mal zu deinen Haaren. Die machen den Look kaputt. Da solltest du dir was einfallen lassen. Dann sind wir fürs Erste fertig. Ich schlage vor, wir treffen uns am Montag um dreizehn Uhr wieder hier. Dann schon im neuen Style. Und pünktlich.«

Ohne ein weiteres Wort verließ sie den Konferenzraum, und Steven sah ihr verwirrt hinterher. In welcher Armee hatte die denn gedient? Und, vor allem, wie sollte er mit der überzeugend ein Liebespaar spielen?

Nick sah hoch, als er zurück ins Büro kam. »Herr Wegener. Ich kann ihr Gesicht in der Scheibe sehen. Nicht lustig«, äffte er sie nach und lachte. »Meine Fresse, was für ein Drachen. Wo hat Schubert denn die ausgegraben?«

»Keine Ahnung«, seufzte Steven. »Ich kann mir überhaupt nicht vorstellen, dass mir eine Tarnung mit dieser Frau gelingt. Andererseits, die hat echt was drauf. Unsere Rollen hat sie innerhalb von zwei Minuten entworfen. Und das auch noch richtig gut. Hör mal, was sie sich vorstellt.«

Nick hörte zu und musste anschließend zugeben, dass die Frau gute Ideen hatte. »Nicht schlecht. Und ich fürchte, sie hat auch recht mit deinen Haaren. Die müssen ab.«

Selbstverständlich war Steven nicht eitel. Kein bisschen. Aber er mochte seine Haare. »So ein Mist«, murrte er. »Das dauert mindestens ein Jahr, bis die nachgewachsen sind. Aber eine Glatze kommt nicht in Frage. Kurz, okay, aber nicht ganz ab.«

Teresa konzentrierte sich bereits den ganzen Morgen auf die Besprechung mit Dr. Benthoff. Nach langen Überlegungen, wie sie dieses Gespräch am besten angehen sollte, hatte sie sich dazu entschieden, sich die männliche Eitelkeit zunutze zu machen. Darum lächelte sie bereits schüchtern, als sie ihren Vorgesetzten in dessen Büro begrüßte.

»Dr. Benthoff, vielen Dank, dass Sie sich Zeit für mich nehmen. Ich habe zwei Anträge auf dem Tisch, die mir

Kopfzerbrechen bereiten. Ich hoffe, Sie mit Ihrer Erfahrung und Kompetenz können mir helfen?«

Dr. Benthoff straffte die Schultern. »Aber gern doch, Frau Suttner, sehr gern. Um was geht es denn?«, fragte er jovial.

»Um zwei Kreditanträge. Herr Jörgensen ist schon länger Kunde bei uns, Herr Wohlmeyer ist noch relativ neu. Beide möchten einen größeren Kredit. So weit ist der Fall eigentlich klar, und es gibt bei beiden ein geregeltes Einkommen. Allerdings bin ich mir nicht sicher, ob das tatsächlich hoch genug ist, um diese hohen Kredite verlässlich zu bedienen. Zumal Herr Wohlmeyer auch noch um eine Barzahlung bittet. Und das ist natürlich sehr ungewöhnlich, darum brauche ich Ihren Rat.«

»Ja, in der Tat, das ist ungewöhnlich. Mit welcher Begründung soll der Kredit denn bar ausgezahlt werden?«

»Herr Wohlmeyer möchte sich in Kroatien eine Ferienwohnung kaufen und ist der Meinung, mit Bargeld in der Tasche würde er weniger dafür zahlen müssen«, antwortete Teresa und wartete gespannt ab. Nun sollten eigentlich eine Menge Fragen folgen.

Allerdings, anstatt Fragen zu stellen, nickte Dr. Benthoff nur. »Hm, ja, wie gesagt, eher ungewöhnlich. Aber dennoch nicht ganz unüblich. Unser Interesse gilt in diesem Fall nur unseren Kunden. Lassen Sie mir bitte die Vorgänge hier, ich schaue sie mir in Ruhe an. Liegen Gehaltsabrechnungen oder Einkommensteuerbescheide schon vor?«

»Ja, die finden Sie auch in der Akte. Dr. Benthoff, vielen Dank für Ihre Hilfe. Ich komme alleine einfach nicht zu einer Entscheidung. Lassen Sie mich wissen, wie Sie die Sache sehen?«

»Natürlich. Das mache ich gern. Und sonst, alles im grünen Bereich?«

»Alles bestens«, bestätigte Teresa.

»Gut, gut. Sie hören dann von mir, ich sehe die Akten bis morgen durch.«

Teresa ging zufrieden zurück in ihr Büro. Sie hatte ihre Karten auf alle Fälle richtig ausgespielt.

Tatsächlich rief Dr. Benthoff sie bereits am nächsten Morgen an und bat sie, zu ihm zu kommen. »Also, ich habe beide Fälle geprüft und kann Ihnen dazu meine Einschätzung geben. Der erste Fall, Herr Wohlmeyer. Ein zwar neuer Kunde, aber ein Mitarbeiter von Herrn Ciapri. Der lobt ihn in den höchsten Tönen und sieht ihn reif für eine Beförderung. Hier würde ich den Barkredit gewähren. Bei dem anderen Kunden allerdings, diesem Herrn Jörgensen, da habe ich Bedenken. Natürlich, auch hier ist die Bonität gegeben, aber dennoch, ich weiß nicht so recht. Lachen Sie mich nicht aus, wenn ich als Banker von Bauchgefühl rede. Aber genau das habe ich bei Herrn Jörgensen, und zwar kein gutes. Insofern würde ich einen Kredit in dieser Größenordnung nicht genehmigen.«

Teresa lächelte ihn an. »Dr. Benthoff, ich danke Ihnen. Das war auch meine Tendenz. Ich werde eine Barauszahlung für Herrn Wohlmeyer bewilligen und Herrn Jörgensen über unsere Ablehnung informieren. Ich werde das gleich in die Wege leiten.«

An ihrem Schreibtisch atmete sie tief durch. Die Hürde war genommen. Sie vertiefte sich gerade wieder in ihre Arbeit, als ihr Telefon klingelte und eine aufgeregte Jennifer in den Hörer kreischte. »Er hat angerufen. Er hat tatsächlich angerufen. Ich bin die neue Klientin von Jochen Hesse.«

»Glückwunsch«, rief Teresa. »Hesse, das ist der Literaturagent, nehme ich an?«

»Ja, genau. Und er findet das Manuskript richtig gut. Das war eine so geniale Idee von dir, das müssen wir feiern. Hast du heute Abend Zeit?«

»Die nehme ich mir auf alle Fälle. Ich bin so gegen halb acht bei dir. Und, Jenny, ich freue mich für dich. Das hast du wirklich verdient.«

Mit zwei Flaschen Sekt in der Hand stand sie abends vor Jennifers Tür.

»Ich bin immer noch total aufgeregt«, erklärte Jennifer und hopste durch den Flur. »Von dieser Agentur vertreten zu werden, das ist wie ein Ritterschlag.« Jennifer gab das Gespräch mit dem Agenten wieder. »Ich habe ihm siebenundachtzig Seiten geschickt. Und er will das nicht nur an meinen Verlag, sondern auch an andere schicken. Und er glaubt, dass die sich alle dafür interessieren werden.«

»Das ist fantastisch. Und siebenundachtzig Seiten hast du schon? Das ist ziemlich viel für so einen kurzen Zeitraum, oder?

»Ja, es läuft einfach. Ich hole uns Gläser für den Sekt.«

Kurz darauf kam sie wieder, und Teresa stieß mit ihr an. »Darauf kannst du wirklich stolz sein. Du hast es echt verdient.«

»Danke«, strahlte Jennifer. »Das ist so ein tolles Gefühl. Ich glaube wirklich fast, dass dieses Buch ein Erfolg wird. Und bei dir? Was gibt es Neues?«

»Matthias hat angerufen. Wir treffen uns am Sonntag zum Essen. Aber erzähl mir lieber mehr von deinem Buch.«

Am Sonntagabend klingelte Matthias pünktlich an der Tür. Teresa nahm ihre Tasche und ging nach unten. Sie wollte nicht, dass er ihr Barbie-Paradies sah. Matthias sah ihr mit einem warmen Lächeln entgegen, und auch, wenn ihr Bauch daraufhin nicht mit flatternden Schmetterlingen reagierte, freute sie sich, ihn zu sehen.

»Schön, dass du da bist«, begrüßte sie ihn. »Ich habe schon einen riesigen Hunger. Wohin gehen wir?«

»Hallo Teresa. Ja, nun, das wird jetzt peinlich. Ich wollte dich beeindrucken und mit dir in dieses Restaurant von Tim Mälzer gehen. Allerdings wusste ich nicht, dass man da mindestens zwei Wochen im Voraus reservieren muss. Was übrigens auch für alle anderen Restaurants gilt, die gerade in sind. Ich fürchte, es bleibt nur der Grieche da vorn an der Ecke.«

»Das macht überhaupt nichts. Ich esse sehr gerne griechisch. Und für ein Szene-Restaurant bin ich sowieso nicht richtig angezogen.«

Teresa hatte lange überlegt, was sie anziehen sollte. Auf keinen Fall wollte sie wirken, als würde sie es auf eine Wiederholung der Nacht in Braunschweig anlegen. Letztendlich hatte sie daher zu Jeans und einem längeren Oberteil gegriffen. Das praktischerweise auch ihren Bauch etwas verhüllte.

Im Restaurant nahm Matthias ihre Hand und sah ihr in die Augen.

»Teresa, ich weiß, wir wollten nicht über den Abend

beim Seminar reden. Aber ich muss dir trotzdem etwas sagen. Ich fühle mich ziemlich mies. Wir hatten beide zu viel getrunken, trotzdem hätte ich die Situation nicht ausnutzen dürfen. Das war nicht richtig von mir.«

Teresa entzog ihm beiläufig ihre Hand. »Es ist nett, dass du das sagst. Aber ich fürchte, die Initiative ging von mir aus, insofern brauchst du dich nicht mies zu fühlen.« Schnell wechselte sie das Thema. »Sag mal, du und Steven, ihr seid nicht unbedingt die besten Freunde, oder?«

»Nein, das sind wir sicher nicht. Aber glaub mir, du willst gar nicht wissen, woran das liegt.«

»Doch, das würde ich sogar sehr gerne wissen.«

In dem Moment kam der Kellner und brachte ihnen zwei bis zum Rand gefüllte Teller mit bergeweise gebratenem Fleisch und Pommes. Teresa seufzte. Wie sollte eine Frau eine Diät durchhalten, wenn das Essen so wunderbar roch und aussah?

Als der Kellner ihren Tisch verließ, begann Matthias zu reden. »Wenn du es wirklich hören willst … Ich darf eigentlich nicht über alte Fälle reden. Aber so viel kann ich dir sagen: Ich habe vor Jahren mal als Staatsanwalt zusammen mit Steven an einem Fall gearbeitet. Dabei hat er ziemlichen Mist gebaut, und darum konnte der Anwalt des Verdächtigen einen Freispruch erwirken.«

»Du bist Staatsanwalt?«, fragte Teresa erstaunt. »Ich dachte immer, die arbeiten nur bei Gericht, nicht beim BKA.«

»Doch, beides ist möglich. Ich hatte vor Jahren eine private Krise«, vertraute Matthias ihr an. »Damals brauchte ich unbedingt einen Tapetenwechsel, und das Angebot vom BKA, das jemanden mit meiner Erfahrung suchte, kam da gerade richtig. Aber das ist eine andere Geschichte. Du wolltest etwas über Steven hören.«

»Was hat er gemacht?«, fragte Teresa.

Matthias beugte sich ein wenig vor. »Das bleibt wirklich unter uns?«

»Ich verspreche es«, sagte Teresa.

»Okay. Also, Steven hat mit der Frau des Verdächtigen geschlafen. Daraus hat sein Anwalt eine Dreiecksgeschichte gebastelt und vor Gericht behauptet, Steven wolle seinem Mandanten etwas anhängen, um freie Fahrt bei seiner Frau zu haben. Tja, und das war es für uns«, erklärte Matthias bitter. »Ich hatte so viel Zeit und Kraft in diesen Fall gesteckt, und am Ende standen wir mit leeren Händen da. Weil Steven mal wieder nicht mit dem Kopf gedacht hatte.«

Fassungslos sah Teresa ihn an. »Das ist wirklich passiert? Aber Steven nimmt seinen Job so ernst. Wie konnte er nur so etwas Blödes machen?«

Matthias zuckte mit den Schultern. »Ich weiß es nicht. Aber es gibt einen Grund, warum ich es dir erzählt habe. Wir kennen uns noch nicht lange, dennoch mag ich dich sehr gern. Und ich möchte dich daher davor bewahren, einen Fehler zu machen. Denselben Fehler, den ich gemacht habe.« Teresa sah ihn fragend an, und er redete weiter: »Ich gehe mal davon aus, dass eure Trennung von dir ausging, richtig? Und dass der Grund dafür Stevens Seitensprünge waren.«

»Woher weißt du das?«

»Ich habe es vermutet. Wie gesagt, ich kenne Steven von früher. Und schon damals war er ein Frauenheld, der keiner einzigen seiner Freundinnen treu war. Es mag vielleicht zu simpel klingen, aber ich glaube, es gibt zwei Arten von Menschen. Treue und Untreue. Und wir Treuen machen es den Untreuen leicht, weil wir immer wieder Entschuldigungen für ihr Verhalten suchen. Und hoffen, dass sie sich ändern. Wir gehen dabei so weit, uns selbst die Schuld zu geben.« Er trank einen Schluck Wasser, dann sprach er weiter. »Meine Frau hat mich auch betrogen. Das erste Mal habe ich ihr verziehen, weil ich glaubte, es läge an mir. Zu lange Arbeitszeiten, zu wenig Zeit für sie. Ich habe versucht, weniger zu arbeiten, mehr für sie da zu sein. Trotzdem hat sie mich wieder betrogen. Ich habe über ein Jahr gebraucht, bis ich eingesehen habe, dass sie sich nicht ändern wird. Ein Jahr, das sehr schmerzhaft war.«

»Das tut mir leid«, sagte Teresa leise. »Ich weiß, wie weh so etwas tut. Darum wolltest du einen neuen Job in einer neuen Stadt?«

»Genau. Und ich will überhaupt nicht sagen, dass Steven ein schlechter Kerl ist. Im Gegenteil, bevor er unseren Fall versaut hat, mochte ich ihn sogar richtig gern. Aber schon damals hatte er eine Frauengeschichte nach der anderen. Er konnte keiner Herausforderung widerstehen.«

Teresa war der Appetit vergangen, und sie schob ihren Teller von sich.

Matthias schüttelte den Kopf. »Meine Güte, entschuldige bitte. Ich hätte dir all das überhaupt nicht erzählen sollen. Und vielleicht hat Steven sich ja auch geändert. Es tut mir wirklich leid, wenn ich dich traurig gemacht habe. Es ist nur, dass dieses Thema einen wunden Punkt bei mir berührt. Hör einfach nicht auf mich. Du wirst schon selber wissen, was für dich oder für euch beide das Richtige ist.«

Teresa versuchte ein Lächeln. »Trotzdem, danke für deine Offenheit. Nur, jetzt würde ich gerne das Thema wechseln, okay?«

Der Rest des Abends verlief wesentlich entspannter. Sie stellten fest, dass sie viele Gemeinsamkeiten hatten, und Teresa hatte das Gefühl, sich lange nicht mehr so gut unterhalten zu haben. Der Abend ging irgendwie viel zu schnell zu Ende.

7

Steven besprach sich mit Schlüter, der von der Entwicklung der Rollen sehr angetan war. »Und Nick hat recht, was den Haarschnitt angeht. Sag eurer Frau Hellmich Bescheid, dass sie einen Friseurtermin vereinbaren soll, am besten für so bald wie möglich. Wie viel Geld brauchst du für die neue Kleidung?«

»Nicht so viel. Schätze mal, so fünf-, sechshundert Euro.«

»Gut, das kriege ich durch. Und ich bin sicher, wenn du Frau Schuhmann erst mal näher kennst, klappt das schon mit ihr.«

»Ganz bestimmt. Harte Schale und noch härterer Kern. Ich lass mich überraschen«, sagte Steven und ging zurück zu seinem Schreibtisch. Im Büro empfing ihn Nick in Unterhosen. »Willst du mich heiß machen?«, fragte Steven. »Falls ja, tut es mir echt leid, aber du bist einfach nicht mein Typ.«

»Wie schade. Du verpasst was. Gib mir mal die Anzughose rüber«, antwortete Nick und deutete auf eine Hose, die über Stevens Stuhl lag.

Steven nahm sie in die Hand und nickte anerkennend. »Das ist der Armani-Anzug? Anfühlen tut er sich schon mal gut«, befand er und warf Nick die Hose rüber.

»Und passt genau«, freute der sich und zog über ein seidenes graues Shirt das Jackett. »Franzi hat den aus einem Kostümverleih. Weil die Beschaffungsstelle mindestens vier Wochen braucht, bis sie über einen Kauf entscheiden. Dämliche Bürokraten, glauben die, man nimmt mir meine Rolle in einem Anzug von C&A ab? Ich musste schon bei Biedermann in einem alten Anzug antanzen. Das werde ich mir bei Terenzo nicht erlauben können.«

Auch Nick hatte einen neuen Auftrag und musste dafür mal wieder wie ein wohlhabender Geschäftsmann aussehen. Mit Bedauern zog er das teure Teil wieder aus und stieg in Jeans und Hemd. Franzi kam rein und wedelte mit einem Zettel.

»Ich habe beim Friseur angerufen. Du kannst entweder jetzt gleich kommen oder Samstagmorgen einen Termin haben.«

»Nicht gleich heute. Wenn es unbedingt sein muss, dann am Samstag.«

»Gut, dann mache ich das fest. Hier ist die Adresse, musst um neun Uhr da sein.«

Am Samstagmorgen saß Steven beim Friseur und hatte fast körperliche Schmerzen, als er seine schönen blonden Haare auf dem Fußboden landen sah. In kürzester Zeit wurde ihm ein militärischer Kurzhaarschnitt verpasst. Anschließend zog er durch die Läden und kaufte alles, was billig und prollig aussah. Als er sich in der Umkleidekabine im Spiegel sah, schüttelte er nur resigniert den Kopf. In dieser Tarnfarbenhose und dem schwarzen Shirt mit dem Terminator drauf, sah er einfach nur bescheuert aus.

Am Montagmorgen hatte sich seine Laune nicht viel

verbessert, als er in seinen neuen Klamotten und mit dem Kurzhaarschnitt zur Arbeit ging.

»Wow, Steven«, staunte Franzi mit großen Augen. »Also, über die Klamotten lässt sich streiten, aber kurze Haare stehen dir ja richtig gut. Das sieht klasse aus.«

»Findest du?«, fragte Steven geschmeichelt. »Ich bin da gar nicht so begeistert von.«

»Doch, sieht super aus. Vielleicht noch einen Ohrring?«

»Auf keinen Fall. Ich lasse mir keine Löcher in den Körper stechen.«

Franzi lachte. »Stimmt. Jetzt, wo du es sagst. Wie viele Termine zur ärztlichen Routineuntersuchung musste ich damals verschieben? Als du erfahren hast, dass du da eine Spritze bekommen sollst, hast du Himmel und Hölle in Bewegung gesetzt, um da nicht aufkreuzen zu müssen.«

»Blödsinn. Es passte einfach terminlich nicht«, behauptete Steven und ging schnell in sein Büro.

Nick kam gegen zehn ins Präsidium und musterte Steven von oben bis unten. »Passt«, stellte er dann fest. »Siehst aus wie ein großer, böser Junge. Wir müssen gleich in den Knast, Ronny Schweder will mit uns reden.«

»Ach. Kriegt der endlich mal den Mund auf? Ist ja interessant.«

Ronny Schweder war ein Biker, in dessen Vereinsheim vor einer Weile jede Menge Waffen gefunden worden waren. Seitdem saß er in Untersuchungshaft und hatte bisher jede Aussage verweigert.

»Ja«, antwortete Nick etwas nervös und sah Steven an. Seine Freundin Alice hatte ihn gestern Nachmittag als unsensiblen Klotz bezeichnet und gemeint, Steven ginge es bestimmt gar nicht gut wegen Teresa. Und er wäre innerlich sicher ziemlich sauer auf Nick, weil er so wenig Verständnis zeigte und nie mit ihm über Stevens Gefühle redete. Allein bei der Vorstellung wurde Nick schon schlecht, aber Tatsache war, er war wirklich Stevens bester Freund. Vielleicht taten beste Freunde so etwas? »Äh, ja, also er will reden. Und du? Möchtest du auch mit mir reden?«

»Über was denn?«, fragte Steven verwirrt.

»Weiß nicht. Vielleicht so über dich und mich?«

»Über dich und mich?« Steven starrte Nick perplex an. »Was, um alles in der Welt, gibt es über dich und mich zu reden? Hast du deine feminine Seite entdeckt?«

»Sehr witzig. Ich dachte eben nur, du willst mit mir reden.«

»Du machst mir Angst. Wenn ich mit dir reden wollte, würde ich es schon tun. Also, war es das jetzt oder kommt noch was? Willst du vielleicht noch wissen, welches meine Lieblingsblumen sind?«

»Ist ja gut. Vergiss es«, sagte Nick und schüttelte verwirrt den Kopf. Das hatte man davon, wenn man auf Frauen hörte.

Kurz vor eins waren die beiden zurück. Schweder hatte tatsächlich über seine Hintermänner ausgepackt, in der Hoffnung, damit seine Haftstrafe deutlich verkürzen zu können.

»Der Besuch hat sich gelohnt«, freute sich Nick. »Komm, wir gehen in die Kantine und feiern das mit Hackbraten. Den gibt es heute nämlich.«

»Echt? Die machen richtig guten Hackbraten. Los geht's.«

Sie waren schon kurz vor den Fahrstühlen, als Franzi hinter ihnen her rief: »Steven? Telefon für dich. Ist wohl wichtig.«

Die beiden machten kehrt, und Steven nahm den Hörer ab.

»Lisa hier. Es ist drei Minuten nach eins. Ich warte im Konfi«, sagte seine neue Kollegin und legte ohne Gruß wieder auf.

»Scheiße. Die Schuhmann. Wir hatten um eins einen Termin. Warte einen Moment, ich bin gleich wieder da.«

Steven nahm sich einen Kaffee, ging damit in den Konfi und blieb sprachlos in der Tür stehen. Diese Frau da vor ihm hatte nicht die geringste Ähnlichkeit mit dem Terrier von vorher. Die sah verdammt scharf aus. Etwas billig zwar, aber das schadete ja nichts.

»Wow, Lisa, ist das abgefahren. Auf der Straße hätte ich dich nicht wiedererkannt.«

»Das ist der Sinn der Sache.«

Steven wich unwillkürlich einen Schritt zurück. Das war mal so richtig gruselig. Vor ihm stand eine Frau mit langen weißblonden Haaren, engen Klamotten und viel Make-up. Die Stimme, die aus dieser Frau kam, passte allerdings so gar nicht dazu. Das war Originalton Militär.

»Und?«, bellte sie weiter. »Das ist dein Look? Die Haare sind okay, Klamotten auch, passt.«

»Da bin ich ja beruhigt«, gab Steven ironisch zurück. »Ich ziehe Donnerstag in zwei Wochen in meine neue Wohnung. Hast du auch schon eine zugeteilt bekommen?«

Lisa schaute ihn an, als hätte er nicht alle Tassen im Schrank. »Hallo? Jemand zu Hause? Ich bin deine geliebte Freundin, schon vergessen? Wir wohnen natürlich zusammen.«

Steven verschluckte sich an seinem Kaffee. »Du und ich? Wir wohnen zusammen?«, stotterte er.

»Natürlich. Ist doch normal, oder? Ich habe die Schlüssel schon, also sehen wir uns an dem Donnerstag. Ich warte um vierzehn Uhr vor der Fahrzeughalle auf dich. Da bekommen wir auch gleich unser Auto. Bis später«, sagte sie und verschwand.

Steven wankte fassungslos zurück ins Büro und ließ sich auf seinen Stuhl fallen. Nick saß ungeduldig auf dem Schreibtisch und wartete auf den Hackbraten.

»Nick? Ich muss mit dem Terrier zusammenziehen. Das überlebe ich nicht.«

»Oh nein, das ist nicht dein Ernst. Mit diesem Drachen? Das wird hart.«

»Hart? Das wird unmöglich. Ich muss sofort mit Hans sprechen.« Steven stand wieder auf und ging zu Schlüter. Der konnte ihm seine neue Zweisamkeit aber leider nur bestätigen.

»Das ist zum einen eine Budgetfrage. Und außerdem wirkt es glaubwürdiger. Können wir leider nichts dran ändern.«

Großartig. Dieser anfangs so lockere Job wuchs sich zu einem Albtraum aus. Da war auch der Hackbraten nur ein schwacher Trost. Er ging mit Nick in die Kantine. Kaum saßen sie, gesellte Gabriel sich zu ihnen und überreichte Steven mit einem breiten Grinsen eine kleine Tüte Salz.

»Wir hatten heute Vormittag Dienstbesprechung, da habe ich gehört, dass man gratulieren kann. Hier, Salz schenkt man doch zum Einzug, oder?«

Nick lachte. »Genau. Und von mir bekommen die beiden Frischverliebten gleich das Brot dazu.«

»Ihr habt gut lachen«, grummelte Steven. »Das ist vielleicht ein Scheiß. Ich kann nur hoffen, dass der Job schnell durch ist.« Er starrte den Rest des Essens düster vor sich hin und war auch am Nachmittag nicht sehr gesprächig. Wenigstens schaffte er so eine Menge Arbeit.

Am Abend war er mit Franzi verabredet. Schon an ihrer Wohnungstür roch es nach einem wunderbaren Essen.

»Ich habe so einen Hunger«, teilte Steven ihr mit und küsste sie auf die Wange. »Was gibt es dieses Mal?«

Franzi war eine begeisterte Köchin, da sie alleine lebte, kam sie jedoch viel zu selten dazu. Daher hatte es sich eingebürgert, dass Steven früher ab und an und seit Neuestem zweimal in der Woche zu ihr kam und sie dann neue Rezepte ausprobierte. Außerdem hatte er festgestellt, dass er mit ihr sogar über seine kaputte Ehe reden konnte.

»Ein Steak mit Senf-Kräuter-Kruste, dazu Kartoffelgratin und grüne Bohnen. Du kannst dich schon hinsetzen, ist gleich fertig.«

»Das ist großartig«, schwärmte Steven, nachdem er probiert hatte. »Sollte die Polizei mal pleite gehen, kannst du deine Brötchen als Köchin verdienen.«

»Danke«, lachte Franzi, »aber ich belasse es lieber beim Hobby. Da kann ich mir meine Gäste wenigstens aussuchen.«

Nach dem Essen streckte Steven sich auf dem Sofa aus und schaute Franzi an. »Ich verstehe überhaupt nicht, warum du noch Single bist. Du siehst gut aus, bist nett und kannst auch noch kochen. Was kann ein Mann mehr erwarten?«

Ein Schatten flog über Franzis Gesicht, so kurz, dass Steven sich nicht sicher war, ob er sich das nicht nur eingebildet hatte. Denn sofort lächelte sie wieder. »Es gibt halt nicht viele interessante Männer. Aber irgendwann wird mir schon der Richtige über den Weg laufen. Und bei dir? Versuchst du immer noch, Teresa umzustimmen?«

»Natürlich. Sie ist meine Frau. Ich muss wohl einfach weiter Geduld haben. Sonst fällt mir nichts mehr ein. Und du willst mir ja keine Tipps geben. So aus Sicht einer Frau.«

Franzi zuckte mit den Schultern. »Ich möchte mich da wirklich nicht reinziehen lassen. Das ist eine Sache zwischen euch beiden, und nur ihr könnt das klären. Du kannst immer Dampf ablassen bei mir, aber Tipps bekommst du von mir nicht.«

»Vielleicht hast du recht. Zumindest die Tipps von Nick haben nicht das Geringste gebracht.

Franzi lachte. »Ich würde Nick jetzt auch nicht unbedingt für einen Beziehungsexperten halten. Zumindest hat er in der Hinsicht nicht den besten Ruf.«

»Das liegt hinter ihm«, verteidigte Steven seinen Freund sofort. »Seit er mit Alice zusammen ist, hat er sich sehr geändert.«

»Wie lange kennt ihr beiden euch eigentlich schon?«, wollte Franzi wissen.

»Ewig. Ich war nach der Ausbildung mit ihm auf demselben Revier und wurde ihm da als Partner zugeteilt. Wir sind drei Jahre zusammen Streife gefahren, das schweißt zusammen.«

»Und war das Zufall, dass ihr jetzt beide bei der OK arbeitet?«

Steven grinste. »Offiziell ja. Nick ist nach den Jahren auf der Wache zum SEK gewechselt. Ich wollte da nicht hin, zum einen ist das ein absolut brutales Auswahlverfahren. Und wenn man es tatsächlich geschafft hat, was übrigens nur den wenigsten gelingt, hat man einen Knochenjob. Für Nick war das damals genau das Richtige, für mich nicht. Du weißt ja noch, dass ich nach dem Betrugsdezernat zur Drogenfahndung gewechselt bin. Und Nick ist nach ein paar Jahren SEK direkt zur OK gekommen. Dort hatte er einen Partner, mit dem er nicht klarkam. Dieser Partner hat sich dann versetzen lassen, und Nick hat mich für den Job vorgeschlagen. Seitdem arbeiten wir wieder zusammen.«

»Ich frage jetzt besser nicht, warum sich dieser Partner hat versetzen lassen«, vermutete Franzi.

»Besser nicht«, grinste Steven. »Aber wir sind ein gutes Team, ich kann mir nicht vorstellen, mit jemand anderem zusammenzuarbeiten.«

Sie unterhielten sich noch eine Weile, bis Steven sich verabschiedete und lächelnd nach Hause fuhr. Männer und Frauen konnten eben doch einfach nur befreundet sein. Mit Franzi konnte man eine Menge Spaß haben, und er kannte keine andere Frau, die so gut schmutzige Witze erzählen konnte wie sie.

Am Freitagabend stand Teresa verzweifelt vor ihrem Kleiderschrank. Matthias hatte sie ins Kino eingeladen, aber sie hatte einfach nichts anzuziehen. Mittlerweile hatte sie sechs Kilo zugenommen, und es passte ihr kaum noch etwas. Darum zog sie jetzt aus einer Tüte ihre neueste Errungenschaft, eine Art Miederhemd, das sie nach dem Versprechen der Verkäuferin mindestens eine Größe schmaler machen würde. Sie zog es über den Kopf und die halbe Schulter – und steckte fest. In dem Moment fiel ihr ein, was die Verkäuferin sonst noch gesagt hatte. Sie sollte es wie einen Rock anziehen. Jetzt wusste sie, warum.

Das konnte doch nicht wahr sein. Egal wie sehr sie zog und zerrte, dieses Teil bewegte sich weder hoch noch runter. Die Hälfte ihres Kopfes war in dem Mieder gefangen, und sie kam nicht wieder raus. Das hatte sie nun von ihrer ständigen Fresserei. Wahrscheinlich würde sie langsam ersticken. Und wenn Polizisten oder Rettungsassistenten sie fanden, würden sie denken, sie wäre eine dieser Perversen. Die sich selbst die Luft abschnürten, um sich bei der Selbstbefriedigung noch einen zusätzlichen Kick zu geben. Das wäre so ungefähr der peinlichste Tod, den sie sich vorstellen konnte. Panisch zog sie wieder und verrenkte sich dabei fast die Schulter, aber endlich bekam sie es über den Kopf und war wieder frei.

Beim nächsten Anlauf zerrte sie das Teil über die Beine hoch und strich es glatt. Tatsächlich, der Bauch war kaum mehr zu sehen. Sie bekam zwar fast keine Luft mehr, aber sah richtig schlank aus. Unter vielen Verrenkungen zog Teresa ihre schwarze Lieblingshose an, die ziemlich leicht zuging. Dazu noch einen kurzen türkisen Pullover, und endlich gefiel ihr mal wieder, was sie im Spiegel sah.

Als es klingelte, zog sie ihren neuen Mantel an und ging runter zu Matthias. Dessen Augen strahlten, als er Teresa sah.

»Hallo. Ich freue mich, dich wiederzusehen.«

»Hallo, Matthias. Ich mich auch«, presste Teresa heraus.

»Du bist ja ganz außer Atem«, freute der sich. »Hast du dich so beeilt?«

Teresa nickte lieber, als dass sie ihm sagte, dass ihre Blutzirkulation drohte, ins Stocken zu geraten. Auf dem Weg zum Kino blieb sie einsilbig, durch das Sitzen im Auto presste das Mieder sie noch mehr zusammen. So langsam bekam sie das Gefühl, als ob ihre Innereien einfach wegschrumpfen würden.

Kaum stand das Auto auf dem Parkplatz, kletterte sie schon raus. »Holst du vielleicht schon mal die Karten? Wir treffen uns dann an der Kasse«, brachte sie heraus und ging, so schnell das Mieder es möglich machte, ins Kino und zu den Toiletten. Vielleicht machte das Teil wirklich eine gute Figur, aber alleine die Vorstellung, sie könnte es auch nur noch einen Moment länger tragen, war pure Illusion.

Sie zog alles aus und konnte sich endlich auch aus dieser Folterwäsche befreien. Das erste Mal seit einer Stunde bekam sie wieder richtig Luft, und erleichtert atmete sie tief ein. Lieber lief sie mit einer Plauze rum, als dieses Teil anzuhaben.

Allerdings, als sie ihre Hose wieder anzog, klafften zwischen Knopf und Knopfloch mindestens zwei Zentimeter. Und daran, den Reißverschluss zuzukriegen, war nicht im Entferntesten zu denken. Verzweifelt schaute sie an sich herab. Warum hatte sie nicht einen längeren Pullover angezogen? Kurz entschlossen zog sie ihren Mantel an und knöpfte ihn zu. Matthias stand als einer der Letzten vor der Kasse und sah sie besorgt an.

»Ist alles in Ordnung mit dir?«

»Ja«, lächelte sie gezwungen. »Alles gut. Lass uns reingehen, der Film fängt gleich an.«

Sie suchten ihre Plätze, und nun schaute Matthias eher verwundert. »Willst du den Mantel nicht ausziehen? Es ist doch total warm hier drinnen.«

»Findest du?« Teresa lachte gekünstelt. »Ich bin so eine richtige Frostbeule, weißt du.«

Während der Film begann, versuchte sie, sich zu entspannen. Doch leider hatte Matthias recht, es war direkt brütend warm im Saal. Teresa bemerkte, wie ihr der Schweiß ganz langsam den Rücken hinunterlief. Zum Glück war es dunkel im Kino, so konnte Matthias nicht sehen, dass ihr Gesicht mit Sicherheit mittlerweile glühte. Was aber, wenn er ihre Hand nahm? Vorsichtig wischte sie diese am Mantel trocken. Leider nahm er nicht ihre nun trockene Hand, sondern legte seinen Arm um ihre Schultern. Mit dem Daumen berührte er sie kurz im Nacken, um sofort seine Hand wieder wegzuziehen.

»Teresa? Du schwitzt ja wie verrückt. Was ist denn los, warum sitzt du hier im dicken Mantel, wenn dir so warm ist?«

Weil ich so fett bin, dass ich meine Hose nicht mehr zukriege, wäre wohl die ehrlichste Antwort gewesen. Aber Ehrlichkeit war hier sicher fehl am Platz.

»Ich glaube, ich bin ein bisschen krank«, flüsterte sie stattdessen zurück. »Es tut mir leid, ich hatte mich so auf diesen Abend gefreut und wollte nicht absagen. Aber ich wäre wohl besser im Bett geblieben.«

Matthias nahm ihre Hand und zog sie, Entschuldigungen murmelnd, an den anderen Kinogästen vorbei zum Ausgang. Draußen nahm er sie leicht in den Arm und strich ihr die verschwitzten Haare aus dem Gesicht. »Das ist richtig süß«, sagte er. »Aber du gehörst wirklich ins Bett.

Ich fahre dich jetzt nach Hause, und wenn es dir besser geht, holen wir den Kinobesuch nach, okay?«

»Ja«, lächelte sie. »Tut mir leid, wenn ich dir den Abend verdorben habe.«

»Aber das hast du nicht«, bekräftigte Matthias. »Ich habe dich wiedergesehen, und das ist die Hauptsache.«

Vor ihrem Haus hielt er an. »Kann ich noch irgendetwas für dich tun?«, fragte er.

»Nein, danke. Ich schlafe mich aus und melde mich bei dir, wenn es mir besser geht.«

»Mach das. Ich muss morgen zurück nach Wiesbaden, aber wie es aussieht, werde ich bald wieder öfter hier sein.«

Matthias brachte sie noch bis zur Haustür und verabschiedete sich mit einem Kuss auf ihre Wange. Sobald Teresa in ihrer Wohnung war, zog sie erst den Mantel, dann den Rest aus und ging unter die Dusche. Ab sofort war Schluss mit der Fresserei. Ab morgen würde sie Diät halten.

»Wenn das so weitergeht, werde ich zur Alkoholikerin«, bemerkte Jennifer an einem Abend zwei Wochen später. »Aber zu einer sehr glücklichen.«

Teresa saß ihrer Freundin in einem italienischen Restaurant gegenüber und prostete ihr mit einem Glas Wein zu. »Erzähl mir die Geschichte noch mal. Bisher war das alles ein bisschen wirr«, bat sie.

Jennifer strahlte. »Es ist ja auch so aufregend. Also, mein Agent … Hör mal, wie sich das anhört. ›Mein Agent!‹ Na ja, jedenfalls hat er das Manuskript an mehrere Verlage geschickt. Und gleich vier wollten es kaufen, so kam es zu einer sogenannten Auktion. Diese großen Verlage haben sich also tatsächlich gegenseitig überboten, nur um mein Buch zu bekommen. Kannst du dir so was Verrücktes vorstellen?«

»Das finde ich gar nicht so verrückt. Das Buch ist ja auch toll, und die Verlage sind sich offenbar sicher, dass es sich auch gut verkaufen wird. Und wer hat es jetzt gekauft? Dein alter Verlag?«

»Nein, die wurden schon nach der ersten Runde überboten. Und ich war darüber, ehrlich gesagt, ziemlich froh. Das hört sich jetzt vielleicht undankbar an, aber tatsächlich haben die kaum etwas für meine beiden ersten Bücher getan. Kaum Pressearbeit, keine Lesungen angeboten, also es war nicht besonders verwunderlich, dass die Bücher nicht gut liefen. Das neue Buch erscheint im größten Verlag Deutschlands, und die haben natürlich ganz andere Kontakte. Und ich kann immer noch nicht fassen, wie viel die mir dafür bezahlen.«

»Ich freue mich so für dich!«

»Unglaublich, oder? Das erste Mal seit Jahren muss ich nun nicht mehr jeden Cent umdrehen. Und kann es mir sogar leisten, dich zu diesem tollen Italiener einzuladen«, strahlte Jennifer. »Wir müssen das richtig feiern. Was hältst du davon, wenn wir am Freitag ins *Be good* fahren? Das ist dieser Club am Hafen, der soll super sein.«

»Klar, lass uns das machen«, stimmte Teresa zu. »Ich war schon ewig nicht mehr tanzen.«

»Ich auch nicht. Aber sag mal, etwas anderes. Hast du nach diesem unglücklichen Kinobesuch schon wieder was von Matthias gehört?«

»Ja, wir telefonieren ziemlich oft. Man kann sich wirklich super mit ihm unterhalten. Er ist nächstes Wochenende wieder hier, dann treffen wir uns.«

»Und wenn das was wird mit euch? Führt ihr dann eine Fernbeziehung?«

»Vielleicht nicht. Es sieht so aus, als ob er zurück in seinen alten Job geht, hier am Landgericht. Aber das ist noch nicht sicher.«

Sie wurde vom Kellner unterbrochen, der gerade das Essen brachte.

»Du bist wirklich eisern«, bewunderte Jennifer ihre Freundin, die sich nur einen Salat bestellt hatte.

»Und es lohnt sich. Ich habe fast drei Kilo runter. Jetzt müssen noch die nächsten drei weg, und ich habe wieder mein altes Gewicht. Glaub mir, es ist nicht schön, wenn du keine Hose mehr zukriegst.«

»Glaub ich dir. Und du bist so richtig verliebt?«

»Na ja, noch nicht so richtig. Wir lernen uns ja gerade erst kennen. Und das ist auch gut so, wenn man es etwas langsamer angehen lässt, denke ich.«

»Meinst du?«, fragte Jennifer zweifelnd. »Und Steven? Wolltest du nicht mit ihm reden?«

»Im Moment nicht. Im Moment will ich nicht mal über ihn sprechen. Lass uns lieber deinen Erfolg feiern. Wann wird das Buch erscheinen, weißt du das schon?«

»Ich glaube, sobald ich es fertig habe, wird es ziemlich schnell gehen. Ab nächster Woche habe ich vierzehn Tage Urlaub, und den werde ich zum Schreiben nutzen. Ich habe so viele Ideen, dass ich kaum hinterherkomme.«

»Es muss toll sein, so ein Talent zu haben«, sinnierte Teresa. »Fällt dir alles einfach so ein, oder recherchierst du auch viel?«

»Beides. Manches schreibt sich wie von selbst, bei anderen Dingen muss ich mich erst informieren. Ich weiß zum Beispiel zu wenig über Stevens Job. Meinst du, er würde mit mir mal darüber reden?«

»Ich weiß nicht, aber du kannst gern dein Glück versuchen. Ansonsten frag doch Nick, seinen Partner. Den kennst du doch, oder?«

Jennifer kicherte. »Als ob du das nicht weißt. Als ich ihn auf Stevens Geburtstag getroffen habe, bin ich zu einem dreizehnjährigen Teenie mutiert.«

Auch Teresa musste lachen. »Ach was, so schlimm war es gar nicht. Du warst ja auch etwas betrunken.«

Jennifer verzog das Gesicht. »Ja, betrunken genug, um ihm zu sagen, ich hätte ein Wasserbett und wäre Single. Das war so peinlich, besonders weil er nur geantwortet hat, mit einem Wasserbett würde ich bestimmt nicht lange Single bleiben, und sich dann verabschiedet hat.«

»Sicher hat Nick das schon lange vergessen. Ist doch fast ein Jahr her, oder? Ich gebe dir mal seine Nummer, dann kannst du ihn fragen, ob er dir ein paar Infos geben kann. Behalte einfach deine Hormone im Griff«, grinste Teresa.

»Ich versuche es«, griente Jennifer zurück. »Aber der Typ hat schon was, oder?«

»Ja. Vor allem hat er eine Freundin«, gab Teresa trocken zurück. »Außerdem ist er nicht ganz einfach. Aber okay, du hast recht. Er hat was. Sogar eine ganze Menge.«

»Na gut, ich hätte im Moment sowieso keine Zeit für einen Mann. Nehmen wir noch einen Absacker und machen uns dann auf den Weg? Ich will noch ein paar Seiten schreiben.«

8

Steven sah sich in der neuen Wohnung um. Wenn das der Standard für Hartz IV war, dann wusste er, wo er nie hinwollte. Es gab ein Wohnzimmer, ein Schlafzimmer, eine Küche und ein kleines Bad ohne Fenster. Alles war zweckmäßig und ohne großen Komfort eingerichtet. Irgendwie wirkte es trostlos.

»Das ist ja toll hier«, freute sich hingegen Lisa. »Genau das, was man von zwei gescheiterten Existenzen erwartet. Wollen wir losen, wer das Bett und wer die Schlafcouch hier im Wohnzimmer bekommt?«

»Nimm du das Schlafzimmer«, bot Steven selbstlos an. »Frauen mögen es doch gerne bequem.«

»Meine Güte, Steven«, fauchte Lisa. »Du bist ein solcher Macho, das geht mir auf die Nerven. Ich brauche keine Sonderbehandlung. Also, losen wir jetzt?«

Steven zuckte nur mit den Schultern. Egal was er sagte, es war ja doch immer das Falsche. Also holte er eine Münze aus seiner Tasche.

»Du hattest deine Chance«, bemerkte er nur, nachdem er gewonnen hatte, und brachte seine Sachen ins Schlafzimmer. Ein schlichtes Doppelbett, zwei Nachttische und ein Kleiderschrank, das war alles. Und kein Fernseher. Vielleicht wäre er im Wohnzimmer doch besser aufgehoben gewesen. Er packte noch aus, als Lisa schon klopfte.

»Halb zehn Abfahrt, okay? Dann sind wir gegen zehn im Club, da sollte noch nicht viel los sein, und wir können uns in Ruhe ein Bild machen.

Das *Big Easy* war jedoch schon ziemlich gut besucht. Der Club bestand aus einem großen Saal, in dessen Mitte sich eine Tanzfläche befand, und an zwei Seiten waren Bars mit langen Tresen. Einige Sofas mit kleinen Tischen standen im Raum verteilt, von denen die meisten bereits besetzt waren. In einem kleineren Nebenraum war eine Art Chill-out-Lounge eingerichtet und als Raucherraum ausgewiesen. Auch hier war einiges los, und es roch bereits durchdringend nach Marihuana.

Steven und Lisa schlenderten zur Bar und bestellten sich etwas zu trinken. Steven konnte über Lisa nur staunen. Keine Spur mehr vom Terrier, sie hing an seinem Arm und schmachtete ihn an. Immer wieder suchte sie Körperkontakt, legte ihren Kopf an seine Schulter oder hielt Händchen mit ihm.

»Stevie, ich muss mal für kleine Mädchen. Nicht weglaufen, ja?«, kicherte sie und ging zu den Toiletten. Als sie zurückkehrte, legte sie ihm die Arme um den Hals und flüsterte ihm ins Ohr. »In den Toiletten wird schon gedealt. Das Angebot scheint breit gefächert zu sein. Hast du Kuzmarek schon entdeckt?«

Steven zog sie enger an sich und flüsterte zurück: »Noch nicht. Laut Nick kommt er selten vor elf. Versuch, seine Aufmerksamkeit auf dich zu ziehen, okay?«

Sie tranken noch zwei Gläser und wechselten einige Sätze mit dem Barkeeper, bis Kuzmarek erschien. Er stolzierte durch den Club wie ein General, der seine Truppen inspizierte. Lisa löste sich von Steven und ging auf die

Tanzfläche. Er schaute ihr zu und musste innerlich grinsen. Das war weniger ein Tanz als ein Paarungsritual, was sie da aufführte. Das hätte sogar ihn fast anmachen können, würde er nicht die echte Lisa kennen. Auf Kuzmarek machte sie jedenfalls Eindruck, sein Blick blieb eine ganze Weile an ihr hängen. Als sie das bemerkte, wackelte sie noch etwas mehr mit dem Hintern und lächelte den Clubbesitzer an. Der ging leider nicht weiter darauf ein, sondern verschwand hinter der Bar.

Lisa kehrte zurück zu Steven und bestellte sich einen Cocktail.

»Geht aufs Haus«, zwinkerte der Barkeeper und deutete hinter sich. »Unserem Boss gefällt dein Tanzstil.«

»Danke«, kicherte Lisa und saugte provokant am Strohhalm. Jedenfalls so lange, bis Steven das Glas entschieden Richtung Barkeeper zurückschob.

»Vergiss es. Die Drinks meiner Freundin bezahle ich schon selber. Und du«, wandte er sich an Lisa, »du hast auch genug. Wir fahren nach Hause. Und zwar sofort.« Er warf ein paar Geldscheine auf den Tresen und zog Lisa hinter sich her. Erst im Auto machte sie den Mund auf.

»Sag mal, spinnst du? Was sollte denn der Scheiß? Wir hätten bestimmt kurz mit Kuzmarek reden können.«

»Was wohl?«, fragte Steven. »Glaubst du, jemand wie Steve lässt es zu, dass einer seiner Freundin Drinks spendiert? Während er daneben steht? Du hast meine Identität doch mitgestrickt. Sehr viel Macho und ganz wenig Frauenversteher.«

»Sorry. Stimmt, du hast recht. Tut mir leid.«

Eine Entschuldigung von Lisa, Steven traute fast seinen Ohren nicht. Vielleicht hatte die ja doch die eine oder andere menschliche Seite. Doch zu Hause, nachdem sie ihre Perücke abgenommen hatte, geduscht und abgeschminkt war, kam sie in einem Jogginganzug gewohnt kampflustig aus dem Bad.

»Wenn du schon im Stehen pinkeln musst, dann klapp wenigstens hinterher die Klobrille wieder runter. Ist ja ekelig.«

Steven ging lieber gar nicht darauf ein, sondern stellte sich selbst unter die Dusche. In Jeans und T-Shirt ging er zu Lisa in die Küche. »Für den ersten Auftritt war das nicht schlecht. Ich würde vorschlagen, wir fahren am Mittwoch wieder hin. Bis dahin solltest du Kuzmarek im Gedächtnis geblieben sein. Was war das mit dem Dealen auf der Frauentoilette?«

»Läuft über die Toilettenfrau. Obwohl ich sicher bin, dass Toiletten sauber machen nicht zu ihrer Arbeitsplatzbeschreibung gehört. Aber die ist vorsichtig, es scheint ein individuelles Codewort zu geben. Jemand, der nicht beruflich damit zu tun hat, hätte nie gemerkt, dass da Deals laufen.«

»Gut. Äh, brauchst du den Fernseher heute Abend?«

»Nein, ich leg mich gleich hin, kannst du haben. Aber stell den nicht so laut, ich habe einen leichten Schlaf.«

Steven holte den Fernseher ins Schlafzimmer und stöpselte seine Playstation ein. Nachdem er eine Stunde das neue Fifa-Spiel ausprobiert hatte, ging er auch schlafen und wachte am nächsten Tag erst gegen elf Uhr auf. Seine Partnerin war natürlich schon hellwach und arbeitete an ihrem Laptop in der Küche.

»Morgen«, sagte sie knapp. »Kannst du in einer halben Stunde fertig sein? Wir müssen einkaufen.« Sie vertiefte sich sofort wieder in ihren Laptop, ohne seine Antwort abzuwarten.

Am Abend lag Steven auf dem harten Bett und blätterte durch eine Autozeitschrift, als Lisa klopfte.

»Komm mal in die Küche«, befahl sie und verschwand gleich wieder.

Steven blieb liegen und begann zu zählen. Er war noch nicht bis fünfzehn gekommen, als Lisa seinen Namen schrie. Er fing mit dem Zählen wieder bei null an. Diesmal würde er auf zehn tippen. Er kam nur bis neun, als Lisa wieder in der Tür stand.

»Was liegst du hier noch rum? Nun komm schon in die Küche.«

»Danke, aber lieber nicht«, erwiderte Steven und las demonstrativ weiter in seiner Zeitschrift.

Lisa blieb einen Moment still, dann sprach sie betont geduldig, was sie offenbar viel Überwindung kostete: »Steven, wärst du so nett und würdest mit mir in die Küche gehen? Es gibt etwas zu besprechen.«

»Aber gerne doch, Lisa«, antwortete Steven grinsend und folgte ihr.

»Reizend«, zischte sie in der Küche. »Ich habe ganz vergessen, dass du dir von Frauen nichts sagen lässt.«

»Och, so würde ich das nicht sagen. In manchen Momenten ist eine klare Ansage von einer Frau ganz hilfreich.«

Sie bedachte ihn nur mit einem verächtlichen Blick, bevor sie weitersprach: »Schubert hat die Türsteher vom *Big Easy* überprüft. Und es gibt gute Neuigkeiten. Die sind Angestellte einer Firma namens *High Security*. Und was meinst du, wem die Firma gehört?«

»Murango«, sagte Steven.

»Ganz genau. Also war euer Tipp richtig. Die stecken hinter dem *Big Easy* und dem Drogenhandel.«

»Das wissen wir mit ziemlicher Sicherheit schon, Lisa. Wir kennen auch eine ganze Menge anderer illegaler Aktivitäten von Murango. Nur beweisen können wir es nicht. Diese Security-Firma ist legal, und Murango kann deren Dienste anbieten, wem auch immer er will. Insofern hilft uns das nicht viel.«

»Entschuldige bitte, wenn wir breit gefächert ermitteln«, gab sie aufgebracht zurück.

»Du bist schon ein bisschen reizbar, oder?«, wunderte sich Steven. »Vielleicht solltest du mal ein Schaumbad nehmen. Das entspannt.«

»Natürlich. Dazu vielleicht ein paar Kerzen und einen Liebesroman, oder? Du hast solch ein bescheuertes Frauenbild, das kotzt mich an.«

»Vergiss das mit dem Schaumbad. Denk lieber mal über eine Therapie nach. Du hast nicht mehr alle Lichter am Baum, weißt du das?« Steven ging zurück in sein Zimmer und knallte die Tür hinter sich zu. Die war doch nicht ganz dicht. Er hatte überhaupt kein bescheuertes Frauenbild, ganz im Gegenteil. Die Bilder von Frauen in seinem Kopf waren sogar ausgesprochen nett.

Am nächsten Vormittag lag Teresa auf ihrem Sofa und starrte Löcher in die Luft. Sie hatte diese Woche nicht ganz freiwillig Urlaub, denn die Personalabteilung hatte mehr als gedrängt, dass sie ihren Resturlaub vom vergangenen Jahr endlich nehmen sollte. Nur wusste sie leider überhaupt nichts mit der freien Zeit anzufangen. Konnte es wirklich sein, dass ihr Leben so langweilig geworden war, dass sie sich nur noch für ihre Arbeit interessierte? Das wäre ja nun wirklich ziemlich jämmerlich. Sie räumte ein wenig auf, doch da sie fast nur noch zum Schlafen zu Hause war, gab es in der Wohnung wenig zu tun. Also griff sie zum Telefon.

»Hallo, Mama. Ich habe diese Woche Urlaub, kann ich vorbeikommen?«

Ihre Mutter versicherte ihr, dass sie sich darüber freuen würde, also machte Teresa sich auf den Weg.

»Was ist passiert?«, wollte ihre Mutter wissen, kaum dass Teresa in der Wohnung war.

»Was soll denn passiert sein? Immer denkst du gleich an etwas Schlechtes. Ich habe einfach Zeit und wollte dich besuchen.«

»Na gut. Wenn du sicher bist? Du kannst immer mit mir reden.«

»Mach ich. Wenn es etwas zu reden gibt. Was gibt es bei euch Neues?«

»Also, erst einmal etwas Gutes. Unsere Unterschriftenliste zeigt Wirkung, der Abriss vom *Alten Krug* ist zunächst aufgeschoben. Da haben die hohen Herren mal gemerkt, dass wir uns nicht alles gefallen lassen. Aber ansonsten bin ich im Stress wegen der Überraschungsparty zu Papas Geburtstag.«

»Stimmt, das ist ja schon in drei Wochen. Kann ich dir dabei helfen?«

»Ja«, antwortete ihre Mutter fest. »Das kannst du wirklich. Wenn du mir erlauben würdest, Steven einzuladen. Dein Vater würde sich so darüber freuen.«

»Würde er das?«, fragte Teresa belustigt zurück. »Komisch, das kann ich gar nicht glauben. Eigentlich glaube ich, dass er ziemlich sauer auf Steven ist.«

»Ach was«, wischte ihre Mutter den Einwand beiseite. »Vielleicht am Anfang, so als erste Reaktion. Aber du kannst nicht abstreiten, dass die beiden sich immer großartig verstanden haben. Und nun soll dein armer Vater seinen sechzigsten Geburtstag ohne seinen Schwiegersohn feiern. Was macht denn das für einen Eindruck?«

»Lass mich raten«, gab Teresa ungerührt zurück. »Du hast niemandem erzählt, dass Steven und ich getrennt sind, stimmt's? Und nun wäre es dir peinlich, wenn ich ohne ihn käme.«

»So ein Blödsinn«, behauptete sie. »Es geht nur darum, dass dein Vater an seinem Geburtstag glücklich ist. Aber wenn das zu viel verlangt ist, bitte. Dann eben nicht.«

»Mama, jetzt hör mal auf mit dem Blödsinn. Ich weiß, dass du es nur gut meinst und dir wünschst, Steven und ich würden wieder zusammenkommen. Nur, das ist nicht so einfach.«

»Aber natürlich ist es das nicht«, rief Teresas Mutter aus. »Was denkst du denn, auch meine Ehe ist nicht leicht. Keine Ehe ist das, aber darum rennt man doch nicht gleich weg. Glaube mir, so ein Familienfest wie der sechzigste Geburtstag deines Vaters, das ist genau der richtige Anlass, um einen ersten Schritt aufeinander zuzugehen. Und weißt du was? Wir haben sogar einen DJ, das macht der Sohn von Frau Becker. Stell dir vor, er spielt euer Hochzeitslied, ihr tanzt ganz versunken, dann geht alles andere wie von selbst.«

»Rührend. Und so weit weg von der Realität, dass man schon fast drüber lachen kann. Können wir jetzt mal über etwas anderes reden? Denn zu dem Thema sage ich nichts mehr.«

Auf dem Weg nach Hause wusste Teresa nicht, ob sie lachen oder weinen sollte. Einerseits wünschte sie, ihre Mutter würde Steven verteufeln und behaupten, sie hätte ihn nie leiden können. Andererseits fand sie die Bemühungen ihrer Mutter, aus ihnen beiden wieder ein Paar zu machen, irgendwie niedlich.

Abends, alleine zu Hause, war auch diese Leere wieder da. Und damit die Langeweile. Sie musste etwas ändern. Ein Hobby, das war es, genau. Ihr fehlte ein Hobby, etwas, das ihre Freizeit ausfüllte. Vielleicht würde sie in einen Modellbauverein eintreten und lernen, Lkw nachzubauen. Oder mit Leuten zu Countrymusik tanzen. Irgendwas musste es doch außer Arbeit noch geben.

Aber anstatt im Internet nach irgendwelchen Vereinen in der Nähe zu suchen, beging sie den Fehler, alte Fotoalben durchzuschauen. Ihr Leben mit Steven lag aufgeblättert auf dem Tisch. Sie beide im Urlaub, beim Renovieren der Wohnung, zu Weihnachten. Ein ganzes Album war voll mit ihren Hochzeitsbildern. Sie sah ihr Lieblingsbild, das bis zu Stevens Auszug auch gerahmt auf ihrem Nachttisch gestanden hatte. Es zeigte beide bei ihrem Hochzeitstanz, und Steven sah ihr so hingerissen in die Augen, dass ihr die Tränen in die Augen schossen. Warum bloß hatte er alles kaputt gemacht? Wann hatte es angefangen, dass sie ihm nicht mehr reichte, dass er andere Frauen brauchte?

Schnell klappte sie energisch das Album zu. Dabei fiel ein Foto heraus, das Steven und Nick zeigte. Beide lehnten entspannt an der Bar, Nick hatte seinen Arm auf Stevens Schulter und sagte etwas zu ihm. Bei dem Anblick konnte

Teresa fast schon wieder lächeln, denn ihr fiel der Traum ein, den sie vor der Hochzeit gehabt hatte. Darin war sie am Arm ihres Vaters auf den Altar zugegangen, aber dort stand neben Steven schon Nick, und beide tauschten gerade die Ringe.

Sie räumte die Alben wieder weg. In Erinnerungen zu schwelgen, tat ihr ganz sicher nicht gut. Lieber würde sie jetzt Matthias anrufen und die Vergangenheit endlich hinter sich lassen.

9

Am Mittwochabend steuerte Steven mit dem Terrier wieder den Tresen im *Big Easy* an, und der Barkeeper konnte kaum seine Blicke von Lisa wenden. Sie trug zu einem sehr kurzen Rock ein ausgeschnittenes Top und krönte den Nuttenlook mit schwarzen Overknee-Stiefeln. Steven und sie taten sehr verliebt, hatten dabei aber immer das Geschehen im Club im Auge. Als Kuzmarek erschien, lehnte Lisa an der Bar und lächelte ihm wieder zu. Er nickte nur und wandte sich an Steven.

»Mein Laden scheint euch ja zu gefallen. Hab euch vorher hier noch nie gesehen.«

»Bin noch nicht lange wieder zurück in Deutschland. Meine Freundin steht auf die Musik hier.«

»Dann viel Spaß«, wünschte Kuzmarek und verschwand wieder hinter dem Tresen. Steven und Lisa warteten noch eine Stunde, aber da er sich nicht wieder blicken ließ, verließen sie den Laden.

»So kommen wir nicht weiter«, ärgerte Steven sich im Auto. »Der Typ hält Abstand. Also Plan B.«

»Deine Idee mit dem fingierten Überfall?«

»Genau. Ich treffe mich morgen Nachmittag mit Nick, dann werden wir das anleiern. Sonst sind wir ihm bei dem Tempo in einem halben Jahr noch nicht näher.«

Am Donnerstagnachmittag fuhr Steven zu dem Treffpunkt mit Nick. Sie hatten sich in einem Fast-Food-Restaurant verabredet, in dem um die Nachmittagszeit wenig los war. Nick saß bereits an einem Tisch in der Ecke.

»Na, wie geht's? Trautes Heim, Glück allein?«

»Hör bloß auf. Die Frau nervt. Ich finde diese ganzen Vorsichtsmaßnahmen sowieso komplett übertrieben. Kuzmarek weiß ja kaum, dass es mich gibt. Wir hätten auch später in die Wohnung einziehen können.«

»Du weißt doch, wie das läuft. Und diese Vorschrift ist tatsächlich mal nicht ganz so blöd. Wäre nicht das erste Mal, dass jemand gleich am Anfang Verdacht schöpft und den neuen Freund verfolgen lässt. Gerade Kuzmarek hat Grund, misstrauisch zu sein. In seinem Laden wird eine ganze Menge Stoff gedealt.«

»Ja, von mir aus. Ist eben einfach ein schlechter Zeitpunkt.« Steven brachte Nick auf den neuesten Stand. »Es wird also Zeit für mich, den Helden zu spielen. Wann machen wir das?«

»Am besten gleich morgen«, überlegte Nick. »Rund um seinen Club hat es keinen Sinn, er parkt sein Auto direkt vor dem Eingang, und da wimmelt es von Rausschmeißern. Aber dein Freund hat eine Schwäche für eine ganz bestimmte Nutte, da war er in den letzten Wochen jeden Freitagabend. Immer so von zehn bis elf. Das ist der beste Ort. Die arbeitet in einem Haus am Rande des Gewerbegebietes, da halten noch andere Nutten Hof.«

»Ein Puff?«

»Nein, alles einzelne Wohnungen, privat gemietet. Also perfekt für uns.«

»Gut, dann morgen Abend um kurz vor zehn?«

»Habe mal ein Herz für den Mann. Lass ihm erst sein

Vergnügen, hinterher ist er bestimmt entspannter und weniger vorsichtig. Sei ab halb elf vor Ort. Ich schicke dir zwei Jungs aus der Abschlussklasse der Polizeischule. Die sehen noch jung genug aus, wissen aber schon, was sie tun.«

Unter dem Tisch schob Nick Steven eine Aktentasche zu. »Ist bereits geladen, neueste Munition. Klingt echt, sieht echt aus, sind aber Platzpatronen.«

Am Freitagabend wartete Steven in einem dunklen Hauseingang, bis ein tatsächlich entspannter Kuzmarek aus dem Haus kam und zu seinem Auto schlenderte. Die Straße war nur schwach beleuchtet und menschenleer. Perfekt. Kuzmarek drückte gerade die Fernbedienung seines Autos, als zwei Straßenjungs hinter dem Auto auftauchten.

»Hey, alter Mann, heiße Karre.«

Kuzmarek blieb misstrauisch stehen, ging aber gleich in die Offensive. »Haut lieber ab, wenn ihr wisst, was gut für euch ist.«

»Der ist ja ganz schön unfreundlich zu uns«, sagte der eine, um Kuzmarek dann mit der flachen Hand gegen das Auto zu schubsen. Der blieb regungslos stehen, woran das Messer, das vor seinem Gesicht auftauchte, sicher nicht ganz unschuldig war.

»Mach hier nicht den Lauten, alter Mann. Brieftasche und Handy her.«

Während Kuzmarek sein Portemonnaie aus der Hosentasche zog, betrat Steven den Schauplatz.

»Pack das Messer runter. Und dann seht zu, dass ihr Land gewinnt.«

Der Kleinere der beiden lachte. »Und sonst? Verhaust du uns mit deiner Handtasche, Pussy? Mann, jetzt haben wir aber Angst.«

Kuzmarek lehnte mit zitternden Beinen an seinem Auto, während die beiden Jungs ihre Aufmerksamkeit auf Steven richteten. Der steckte seine Hand in die Tasche.

»Hört mal gut zu, ihr kleinen Pisser. Normalerweise hätte ich viel Spaß dabei, euch den Arsch aufzureißen. Aber ich hatte einen Scheißtag, die Nutte war ihr Geld nicht wert, und ich habe sehr schlechte Laune. Also verpisst euch einfach.« Er zog die Pistole aus seiner Tasche und gab einen Schuss ab. Vor den Füßen der Jungs spritzte der Asphalt hoch.

»Scheiße, Mann, bist du irre?«, kreischte der erste Angreifer. Er schmiss sein Messer weg und rannte die Straße runter, dicht gefolgt von seinem Kumpel.

»Hey, Sie sind doch der aus dem Club«, tat Steven überrascht. »Alles okay?«

Der sah ihn an, als hielte er ihn für den Weihnachtsmann. »Dank Ihnen ja. Ohne Sie hätte ich hier jetzt richtig alt ausgesehen. Ich, ich weiß im Moment gar nicht, was ich sagen soll.«

»Das ist nur der Schock, das geht vorbei. Diese Gegend ist nicht besonders sicher um diese Uhrzeit, darum habe ich hier immer eine Knarre dabei. Nun weiß ich wenigstens, dass das Teil funktioniert.«

»Kuzmarek«, streckte ihm das angebliche Überfallopfer die Hand hin. »Lassen Sie uns hier verschwinden. Zwei Straßen weiter ist eine Kneipe, ich brauch jetzt was zu trinken. Leisten Sie mir Gesellschaft?«

Nach dem ersten Schluck in der Kneipe sah Kuzmarek Steven fragend an. »Warum haben Sie sich eingemischt? Sie kennen mich doch gar nicht.«

Steven zuckte mit den Schultern. »Reine Gewohnheit,

schätze ich. Ich habe die letzten Jahre in Portugal und Spanien als Rausschmeißer und Bodyguard gearbeitet. Dabei entwickelt man einige Reflexe.«

»Als Bodyguard? Wer waren denn Ihre Kunden?«

»Rede ich nicht drüber. Das sind vertrauliche Jobs.«

»Und warum sind Sie zurückgekommen?«, wollte Kuzmarek wissen.

»Aus tausend und einem Grund. Momentan bin ich auf der Suche nach einem Job in Deutschland. Ich habe hier eine Frau kennengelernt, und die Bekanntschaft möchte ich noch etwas vertiefen.«

»Die heiße Blonde«, grinste Kuzmarek. »Nicht der schlechteste Grund, um hierzubleiben. Hören Sie, ich bin Ihnen etwas schuldig. Haben Sie eine Karte für mich? Dann sehe ich mal, ob ich was für Sie tun kann.«

Steven zog eine verknitterte Visitenkarte aus seiner Jeans. »Nur eine alte. Da ist noch meine letzte Adresse aus Alicante drauf.«

»Steve Huttner«, las Kuzmarek. »Wie kann ich Sie hier erreichen?«

Steven schrieb seine Handynummer auf die Karte und schob sie zurück. »Hier. Würde mich freuen, von Ihnen zu hören. Eins noch. Sollten wir uns in Ihrem Club treffen, erzählen Sie meiner Freundin nichts von der Sache, okay? Wir hatten etwas Stress, darum wollte ich eben bei dieser Nutte ein bisschen Dampf ablassen. Nichts, wovon Lisa wissen muss.«

Kuzmarek haute Steven auf die Schulter. »Ist doch klar. Frauen können einem manchmal das Leben ganz schön schwer machen.«

»Ist wohl so. Also, ich muss jetzt los, vielleicht sehen

wir uns ja. Schönen Abend noch«, verabschiedete sich Steven und fuhr zurück zu Lisa.

»Alles nach Plan gelaufen«, informierte er sie. »Er wird mich überprüfen und mir dann, da bin ich ziemlich sicher, einen Job anbieten. Wir sind drin.«

Stevens Einschätzung schien sich zu bewahrheiten. Zwei Tage später rief Kuzmarek auf dem Handy an und bat ihn, abends in den Club zu kommen. Er machte sich gemeinsam mit Lisa auf den Weg, die in Lederleggings und einem engen, langen Pullover mal wieder sehr sexy aussah. Was nichts daran änderte, dass sie Steven immer mehr auf den Geist ging. Er ließ sie an der Bar zurück und klopfte an Kuzmareks Bürotür.

Der schüttelte ihm ausführlich die Hand und bedankte sich noch einmal für die vermeintliche Rettung. »Suchen Sie immer noch einen Job?«, fragte er.

»Ja, tue ich. Wissen Sie etwas für mich?«

»Glaub schon. Einem Bekannten von mir gehört das *Lila Blue* in der Wagnerstraße. Kennen Sie das?«

»Nur vom Vorbeifahren«, behauptete Steven. Das *Lila Blue* war ein Club, dessen Zielgruppe feierwütige Leute bis fünfundzwanzig waren. Er stand unter ständiger Beobachtung vom Drogendezernat, und es konnte nur noch eine Frage der Zeit sein, bis die Kollegen den Laden hochnahmen.

»Jedenfalls, einer seiner Türsteher hat Scheiße gebaut und sitzt jetzt in U-Haft. Für den sucht er einen Ersatz. Interessiert?«

Steven ließ sich seine Enttäuschung nicht anmerken. »Auf alle Fälle. Ich brauche dringend einen Job, ich bin nicht der Typ, dem es gefällt, den ganzen Tag zu Hause rumzuhocken.«

Kuzmarek schrieb eine Telefonnummer auf und schob Steven den Zettel rüber. »Hier. Der Inhaber heißt Bahnsen, berufen Sie sich einfach auf mich, dann wird es schon klappen.«

»Vielen Dank dafür. Ich werde ihn noch heute Abend anrufen. Schönen Abend noch«, wünschte Steven, holte Lisa von der Bar und verließ mit ihr den Laden. Erst im Auto ließ er seinem Frust freien Lauf. »So ein Mist. Er hat mir einen Job vermittelt, aber nicht bei ihm, sondern bei seinem Freund, dem das *Lila Blue* gehört. Das bringt uns nun überhaupt nicht weiter.«

»Okay. Dann müssen wir einen anderen Weg finden. Irgendwas wird uns einfallen.«

»Hoffentlich. Ich setze dich an der Wohnung ab und fahr dann noch mal weg«, antwortete Steven und tippte eine SMS.

Eine Stunde später saß er mit Nick in einem Gasthof außerhalb der Stadt.

»Und nun?«, fragte er, nachdem er Nick die Geschichte erzählt hatte. »Irgendeine Idee?«

»Ich glaube, du machst dir umsonst Sorgen. Ich glaube sogar, es läuft richtig gut.«

»Richtig gut? Indem ich den Türkasper im *Lila Blue* geben darf?«

»Nein. Ich sehe das als Vorsichtsmaßnahme von Kuzmarek. Es wird eine Art Test sein. Suchst du wirklich einen Job oder nur einen Grund, in seine Nähe zu kommen? Der Mann ist nicht ohne Weiteres Geschäftsführer von einem so einträglichen Club wie dem *Big Easy*. Der hat sich hochgearbeitet in der Hierarchie, und das hat er nicht geschafft, indem er in jedem Typen nur das Gute sieht. Verstehst du? Ruf diesen Bahnsen vom *Lila Blue* jetzt gleich an, stell dich da vor und nimm den Job an. Ich wette mit dir, nach spätestens drei Tagen kriegst du einen Anruf von Kuzmarek.«

»Hm. Du könntest recht haben. Einen Versuch ist es jedenfalls wert«, befand Steven und zog sein Handy aus der Jacke. Zwei Minuten später hielt er den Daumen hoch. »In einer Stunde treffe ich Bahnsen. Kuzmarek hat mich tatsächlich empfohlen.«

Nick hatte sich mit seiner Einschätzung der Situation geirrt. Kuzmarek rief nicht nach drei Tagen an, sondern schon nach zwei. Er bat Steven, ihn am nächsten Abend im Club zu treffen.

Zu Lisas Verdruss bestand Steven darauf, alleine zu dem Termin zu gehen. »Das ist ein Geschäftstermin. Wäre das Ganze echt, würde ich meine Frau zu so einem Termin ja auch nicht mitnehmen«, begründete er seinen Alleingang.

»Du bist verheiratet?«, wunderte sich Lisa. »Komisch, das passt irgendwie gar nicht zu dir.«

»Was soll das denn nun wieder heißen?«, regte sich Steven auf. »Warum soll das nicht zu mir passen? Auch wenn es dich nichts angeht, ich bin sogar sehr glücklich verheiratet.«

Ging den Terrier schließlich absolut nichts an, dass momentan eine gewisse Funkstille zwischen ihm und seiner Frau bestand. Außerdem würde sich das sowieso bald ändern. Hoffte er.

Pünktlich um halb zehn saß Steven bei Kuzmarek in dessen Büro. Der Clubbesitzer kam sofort zur Sache. »Steve, schön, Sie wiederzusehen. Ich habe nachgedacht. Eigentlich sind Sie viel zu gut, als dass ich Sie bei der Konkurrenz arbeiten lassen kann. Darum habe ich mir etwas überlegt. Wären Sie interessiert, für mich als Sicherheitschef zu arbeiten?«

»Wow. Das kommt jetzt etwas überraschend«, log Steven. »Also, grundsätzlich natürlich ja, aber es käme mir nicht richtig vor, Herrn Bahnsen im Stich zu lassen. Immerhin hat er mir gerade einen Job gegeben.«

»Um Bahnsen kümmere ich mich schon«, wischte Kuzmarek den Einwand beiseite. »Ich brauche hier im Laden jemanden, auf den ich mich verlassen kann. Die Tür ist gut besetzt, aber wenn die Jungs draußen was übersehen und die falschen Leute reinlassen, kann es Ärger geben. Dafür brauche ich Sie hier drinnen. Was sagen Sie?«

Steven wollte nicht zu euphorisch klingen, daher tat er, als würde er überlegen. »Wie stellen Sie sich die Bezahlung vor?«, fragte er nach einer Weile.

»Am Anfang zweieinhalb im Monat, davon tausend auf Steuerkarte, den Rest cash. Nach zwei, drei Monaten können wir dann neu verhandeln.«

Die Bezahlung war Steven komplett egal, schließlich durfte er leider nicht einen Cent davon behalten. Aber um nicht zu bedürftig zu wirken, schüttelte er den Kopf. »Unter drei Mille im Monat arbeite ich nicht. Einen Tausender auf Steuerkarte und zweitausend jeden Monat auf die Hand. Das bin ich wert«, meinte er selbstbewusst.

Kuzmarek starrte ihn einen Moment an, dann lachte er. »Das gefällt mir. Ein Mann, der weiß, was er will. Also, abgemacht«, antwortete er und streckte Steven die Hand entgegen. Der schlug ein, und der Deal war perfekt.

»Sie arbeiten von Mittwoch bis Sonntag, neun Uhr abends Arbeitsbeginn, bis wir schließen. Das kommt darauf an, wie voll der Laden ist. Manchmal werden Sie um drei Uhr nachts nach Hause gehen, manchmal auch erst morgens um sieben. Wenn ich während Ihrer Arbeitszeiten irgendwohin muss, begleiten Sie mich. Alles klar?«

»Alles klar. Wir sehen uns am Mittwoch«, entgegnete Steven.

Sobald er im Auto saß, rief er Nick an und informierte ihn, dass sie sich sofort treffen mussten.

Eine knappe Stunde später saßen sich die beiden gegenüber.

»Das war wohl Gedankenübertragung«, meinte Nick. »Gerade als mein Handy klingelte, wollte ich dich anrufen.«

»Was immer du von mir wolltest, das muss warten«, sagte Steven aufgeregt. »Du hast recht gehabt. Kuzmarek hat mir tatsächlich einen Job angeboten. Und zwar nicht als Türsteher, sondern gleich als Sicherheitschef. Wobei ich der Meinung bin, er will mich eher als seinen Bodyguard. In der letzten Woche war eine komische Atmosphäre im Club. Die Türsteher waren nervös, und Kuzmarek kam kaum mal raus aus seinem Büro. Irgendetwas scheint ihm Angst zu machen. Umso besser für uns. Durch die Nähe zu ihm werde ich viel mehr mitbekommen, als wenn ich mir vor der Tür den Hintern abfrieren muss.«

»Hört sich doch super an«, sagte Nick etwas abwesend. »Es gibt allerdings etwas, über das ich mit dir sprechen muss.« Er machte eine kurze Pause und redete dann weiter: »Wie du weißt, können wir Murango nur stichprobenmäßig überwachen. Das alte Spiel, zu wenig Personal, zu kleiner Etat. Aber ich habe heute Morgen den neuesten Bericht sowie ein paar Fotos bekommen. Die musst du dir anschauen.«

»Klar. Warum auch nicht?«, fragte Steven. »Gib sie mir doch einfach.«

»Einfach ist dabei leider gar nichts«, antwortete Nick und schob Steven drei Fotos rüber.

Der erblasste. Auf den gestochen scharfen Bildern sah man Murango in einem sehr vertraulich wirkenden Gespräch mit Teresa. Auf dem letzten Foto lächelten sich die beiden fast verschwörerisch zu.

»Von wann sind die Bilder?«, brachte Steven heraus.

»Aufgenommen vor vier Wochen. Keine Ahnung, warum ich die erst heute bekommen habe. Willst du den Bericht dazu lesen?«

»Natürlich«, antwortete Steven und las, dass seine Frau mit Murango über eine Stunde zusammengesessen hatte.

»Kennt Hans die Bilder und den Bericht?«, fragte er.

»Nein, ich habe sie ihm nicht gezeigt. Erst mal müssen wir rauskriegen, was Teresa mit Murango zu tun hat. Ein Kunde ihrer Bank ist er jedenfalls nicht, das habe ich schon abgeklärt.«

»Clemens Bungert. Jetzt fällt es mir wieder ein. Es war Bungert, der Vertraute von Murango, der bei Teresa in der Wohnung war und ihr Unterlagen gebracht hat. Ich wusste doch, dass ich den Typen kenne. Das kann doch alles nicht wahr sein. Was um alles in der Welt hat meine Frau mit einem Verbrecher wie Murango zu tun?«

»Ich habe keine Ahnung, aber wir werden das rauskriegen. Und zwar bevor jemand anders die Fotos und den Bericht in die Hände bekommt. Soll ich mit ihr reden? Du bist vielleicht emotional zu sehr involviert.«

»Nein, ich muss selber mit ihr reden. Wenn es etwas gibt, das wir wissen müssen, dann wird sie es eher mir als dir erzählen.«

»Da ist was dran. Aber gib Gas. Du weißt, offiziell dürften wir ab sofort gar nicht mehr ermitteln. Nicht, wenn eine Familienangehörige eventuell in den Fall verwickelt ist.«

»Ich weiß. Ich fahre morgen Abend zu ihr. Und dann will ich ein paar Antworten haben. Ich kriege das immer noch nicht sortiert, aber es muss eine einfache Erklärung dafür geben. Teresa ist doch nicht kriminell.«

Noch auf dem Nachhauseweg grübelte er unentwegt darüber nach. Darüber hatte er auch Lisa vergessen, aber das beruhte leider nicht auf Gegenseitigkeit. Als er in die Wohnung kam, wartete sie schon auf ihn.

»Mann, wo steckst du denn die ganze Zeit? Wie ist es gelaufen? Ich sitze hier wie auf Kohlen.«

»Gut. Ich habe einen Job bei Kuzmarek«, antwortete Steven und beschloss, ein fälliges Gespräch jetzt gleich zu führen. Und zwar ganz diplomatisch. »Ich bin dir sehr dankbar für deine Hilfe. Dadurch, dass du meine Freundin gespielt hast, waren meine ersten Aufenthalte im Club wesentlich glaubwürdiger, als wenn ich da alleine aufgetaucht wäre. Nun allerdings brauche ich für meine Rolle keine Freundin mehr«, erklärte Steven und wartete auf den unvermeidlichen Wutanfall. Der ließ nicht lange auf sich warten.

»Sag mal, spinnst du? Ich lass mich doch von dir jetzt nicht ausbooten. Ihr seid nicht die Einzigen, die gegen Murango ermitteln. Du glaubst doch nicht im Ernst, dass ich mich jetzt, wo wir vielleicht endlich mal Erfolg haben, einfach ausklinke. Das kannst du vergessen.«

»Lisa, es war doch von Anfang an klar, dass deine Rolle zeitlich begrenzt ist. Es gibt schlicht keine Notwendigkeit mehr, dass wir beide undercover sind.«

Sie verschränkte die Arme vor der Brust und funkelte Steven wütend an. »Als deine Freundin kann ich mich im Club ganz anders bewegen. Ich kann mich mit dem Personal anfreunden, weil es für jeden nachvollziehbar ist, dass ich da rumhänge, während du arbeitest. Gerade jetzt müssen wir das weiter zusammen durchziehen.«

»Ich sehe das anders, aber weißt du was? Letztendlich haben wir das ja nicht zu entscheiden. Ich werde meinen Vorgesetzten bitten, dich abzuziehen, und du kannst deinen darum bitten, dass du bleibst. Warten wir ab, was dabei rauskommt.«

»Genau. Warten wir es ab. Und da zumindest in meiner Abteilung Leute mit Sachverstand arbeiten, bin ich auch ziemlich sicher, wie die Entscheidung ausfallen wird. Bei uns wird nämlich Polizeiarbeit geleistet und nicht James Bond gespielt.«

»Schätzchen, du hältst mich wirklich für James Bond? Dabei hast du mich noch nicht mal in Badehose gesehen. Wenn du mir weiter solche Komplimente machst, werde ich noch rot.«

»Du bist ein Idiot. Mit dir rede ich gar nicht mehr«, fauchte Lisa und verschwand im Wohnzimmer. Nicht, ohne laut die Tür hinter sich zuzuknallen.

Steven seufzte laut. Diese Frau war einfach nur gestört, und er konnte nur hoffen, dass Hans ihre weitere Anwesenheit für ebenso überflüssig hielt, wie er es tat.

Am nächsten Vormittag kam Teresa gerade vom Einkaufen, als aus einem fremden Auto vor ihrem Haus Steven ausstieg.

Er nahm ihr geistesabwesend die Einkaufstaschen aus der Hand und sah sie an. »Komm mit hoch. Ich muss mit dir reden«, sagte er nur.

»Vielleicht fragst du mich erst mal, ob ich das auch will? Ich mag solche Überraschungsbesuche nicht«, beschwerte sich Teresa und blieb stehen.

»Daran kann ich im Moment nichts ändern. Es ist wichtig, und es ist dienstlich. Also komm.«

Teresa sah ihn überrascht an, folgte ihm aber durchs Treppenhaus und schloss die Wohnungstür auf. Steven stellte die Einkaufstaschen neben den Kühlschrank und drehte sich zu Teresa um.

Seine Frau sah so süß und unschuldig aus, dass er sich einen Moment lang fragte, ob sie nicht vielleicht eine heimliche Zwillingsschwester hatte. Eine sehr böse. Aber ihm war klar, dass das nur Wunschdenken war, also setzte er sich an den Küchentisch. Teresa sah ihn irritiert an, setzte sich aber auch. Bevor Steven etwas sagen konnte, musterte sie ihn genauer.

»Was ist denn mit deinen Haaren passiert?«, wollte sie wissen.

»Das ist dienstlich«, nuschelte Steven und fuhr sich mit der Hand über die stoppelkurzen Haare.

Es war ein ungewohnter Anblick. Aber nie hätte sie gedacht, dass Steven mit kurzen Haaren so dermaßen gut aussehen könnte.

»Ich muss dich etwas fragen«, begann Steven. »Und es ist wichtig, dass du mir die Wahrheit sagst. Also, was hast du mit Murango zu tun?«

Teresa wurde erst blass, dann begann sie zu stottern. Woher wusste Steven davon? »Wieso, woher weißt du, ich meine, was soll diese Frage?«

Wortlos schob Steven die Fotos über den Tisch. »Ich möchte einfach nur eine Antwort hören, Teresa.«

Die hatte sich einigermaßen gefasst. »Woher hast du diese Fotos? Lässt du mich etwa beschatten?«

»Natürlich nicht. Aber wir haben Murango ab und zu unter Beobachtung. Weißt du überhaupt, was der Mann alles an Dreck am Stecken hat? Was hast du mit so jemandem zu tun?«

Teresa sah an Steven vorbei. »Das kann ich dir nicht sagen. Über vertrauliche Kundengespräche darf ich keine Auskunft geben.«

»Hör auf mit dem Scheiß. Murango ist kein Kunde deiner Bank. Glaubst du, wir sind blöd? Das haben wir natürlich als Erstes überprüft.«

»Wer ist wir?«, fragte Teresa kleinlaut.

»Bisher nur Nick und ich. Also, hör jetzt auf zu lügen und beantworte meine Frage.«

Teresa stiegen Tränen in die Augen. »Ich kann nicht, Steven. Glaub mir, ich kann es einfach nicht. Du kennst mich doch und weißt, dass ich ganz sicher nichts Kriminelles machen würde. Bitte, vertrau mir einfach.«

»Vertrauen ist keine Einbahnstraße. Du weißt, dass du mir alles sagen kannst. Ich kann dir nur helfen, wenn ich weiß, was da los ist. Und wenn du dich wirklich mit Murango eingelassen hast, dann brauchst du jede Hilfe, die du bekommen kannst. Der Mann ist gefährlich. Mehr als gefährlich.«

»Das weiß ich nicht. Aber das, worüber ich mit ihm gesprochen habe, ist wirklich eine Angelegenheit der Bank. Auch wenn er noch kein Kunde bei uns ist.«

»Was meinst du mit ›noch nicht‹? Willst du damit sagen, dass du ihn als Kunden für eure Bank akquirieren willst?«

»Das geht so ein bisschen in diese Richtung«, gab Teresa zögernd zu.

»Tut mir leid, aber ich glaube dir nicht. Erstens bräuchtest du dann kein Geheimnis daraus zu machen, und zweitens bezweifle ich, dass eine Bank wie eure auch nur darüber nachdenken würde, jemanden wie Murango als Kunden zu akzeptieren. Und das weißt du besser als ich. Teresa, sag mir endlich die Wahrheit.«

Die schüttelte nur stumm den Kopf.

»Gut«, sagte Steven und stand auf. »Ich gebe dir bis morgen Zeit, deine Meinung zu ändern.« Er reichte ihr einen Zettel mit einer Handynummer. »Darunter kannst du mich erreichen. Wenn du dich bis morgen Abend nicht bei mir meldest und mir meine Frage beantwortest, übergebe ich den Vorgang Schlüter. Dann wirst du offiziell befragt. Und da kommst du mit Lügen nicht weiter.«

Teresa sprang von ihrem Stuhl auf. »Was soll denn das? Willst du mich erpressen? Du kannst doch nicht deine eigene Frau anzeigen.«

Steven sah sie traurig an. »Meine Frau? Die bist du doch nur noch, wenn es dir in den Kram passt. So wie jetzt. Es geht nicht darum, dass ich dich erpressen oder dir drohen will. Es geht darum, dass wir seit Jahren gegen Murango ermitteln. Bisher immer umsonst, weil wir ihm nie etwas nachweisen konnten. Und jetzt tauchst du an seiner Seite auf, das kann ich nicht ignorieren. Entweder weißt du etwas, was uns vielleicht endlich weiterbringt. Oder du hast plötzlich eine Vorliebe für Schwerkriminelle und triffst dich privat mit ihm.«

»Steven, das glaubst du doch nicht im Ernst. Natürlich habe ich nichts mit ihm.«

»Wie auch immer. Du hast Zeit bis morgen«, sagte Steven und ging auf den Flur.

Teresa folgte ihm und versuchte eine andere Strategie. »Und überhaupt, was meinst du damit, bei Schlüter komme ich mit Lügen nicht weiter? Ich habe nicht gelogen, sondern nur deine Frage nicht beantwortet. Gelogen hat nur einer von uns, und das warst du. *Stevie-Bär*!«

»Liegt es daran? Erzählst du mir darum nicht, was du mit Murango zu tun hast, weil du mir nicht verzeihen kannst?«

»Nein«, gab Teresa zu. »Das hat nichts damit zu tun. Ich kann es dir einfach nicht sagen, das ist alles.«

»Das ist alles? So funktioniert das aber leider nicht. Ich gehe jetzt und hoffe, du überlegst es dir und rufst mich an.« Steven ging zur Tür und drehte sich noch einmal um, bevor er die Wohnung verließ. »Und übrigens, ich habe dich nie belogen. Wenn ich dir gesagt habe, dass ich arbeiten muss, dann habe ich genau das auch getan. Diese, diese Sachen sind passiert, während du zu Fortbildungen warst.«

Nachdem Steven gegangen war, wankte Teresa kraftlos zurück in die Küche und ließ sich auf den Stuhl sinken. So ein Mist. So ein riesengroßer Mist. Wenn sie Murango schon nur gelegentlich beschatteten, warum dann ausgerechnet an dem Tag, an dem sie mit ihm beim Essen saß? Warum nicht, als er sich neue Schuhe kaufte, zum Sport ging oder eben bei sonst irgendwas, das Verbrecher gerne taten? Umso länger sie überlegte, umso weniger sah sie einen Ausweg.

Teresa hatte keine Ahnung, ob Steven Schlüter tatsächlich über ihr Treffen mit Murango informieren würde. Auf der einen Seite wollte sie das ausschließen und daran glauben, dass Steven sie trotz ihrer privaten Situation nicht in die Pfanne haute. Andererseits wusste sie, wie wichtig Steven seine Arbeit war. Und wenn er sich in den Kopf gesetzt hatte, Murango irgendwelcher Verbrechen zu überführen, würde er sich von nichts abhalten lassen. Wenn er also diese Fotos von ihr und Murango an Schlüter weitergab, würde es für sie womöglich nicht bei einem Gespräch im Präsidium bleiben. Wenn Schlüter auch in der Bank ermitteln sollte, wäre Teresa erledigt.

Sie blieb den ganzen Nachmittag in ihrer Wohnung, grübelte und suchte nach einem Ausweg. Ihr wurde etwas klar. Es war mehr als unfreiwillig komisch, dass sie von dem Mann Verständnis erhoffte, dem sie in den vergangenen Monaten nicht einmal die Chance gegeben hatte, seinen eigenen Fehler zu erklären. Und wenn es stimmte, was er gesagt hatte, dass er sie nie belogen hatte – machte das die Sache zwischen ihnen vielleicht irgendwie besser? Denn das war einer ihrer Gründe gewesen, warum sie sicher war, dass es für sie und Steven keine Zukunft mehr gab. Dass sie sich jedes Mal, wenn er Überstunden ankündigen würde, gefragt hätte, ob er wirklich arbeitete oder wieder andere Frauen traf. Seine Arbeitszeiten waren so unregelmäßig, ohne Vertrauen ging da gar nichts.

Als es Abend wurde, wusste Teresa immer noch nicht, was sie tun sollte. Sie schaltete den Fernseher ein und versuchte, sich abzulenken, doch das gelang ihr nicht im Geringsten. Weil ihr mit einem Mal klar wurde, dass sie mit Steven sprechen musste. Weniger wegen seiner Drohung, sondern weil sie alleine mit dieser ganzen Sache nicht mehr zurechtkam. Und wenn ihr einer helfen konnte, dann war es Steven. Um halb neun nahm sie den Zettel mit der neuen Handynummer, griff zum Telefon und rief ihn an. Sobald er ihr gesagt hatte, dass er in einer halben Stunde bei ihr wäre, überkam sie ein Gefühl, das sich fast wie Erleichterung anfühlte. Als würde sich der Albtraum, in dem sie sich seit sieben Wochen befand, auflösen.

Doch als Steven in ihrem Wohnzimmer saß, nur höchstens zwei Meter von ihr entfernt, verließ sie wieder der Mut. »Ich hole uns was zu trinken«, sagte sie und kam kurz darauf mit Bier und Wein aus der Küche zurück. Als sie Stevens Blick bemerkte, gelang ihr ein Lächeln. »Keine Angst. Ich werde mich nicht wieder betrinken. Aber ein Glas Wein brauche ich jetzt.«

»Irgendwie warst du sehr niedlich«, lächelte Steven zurück. »Aber ich fürchte, heute musst du nüchtern bleiben. Fang einfach an, okay?«

»Ist gut«, erwiderte Teresa nervös. »Aber es ist eine lange Geschichte. Und ich muss ein bisschen zurückgehen. Eigentlich fing alles mit meiner Beförderung an. Das war so ungefähr der Zeitpunkt, als es zwischen uns nicht mehr so richtig lief. Ich hatte das Gefühl, du kamst mit meiner Karriere nicht klar, und das hat mich ziemlich wütend gemacht. Wahrscheinlich hätte ich dich darauf ansprechen müssen, stattdessen habe ich mich abgekapselt. Und darum habe ich dir auch nicht gesagt, dass mich meine Beförderung selbst am meisten überrascht hat. Dir gegenüber habe ich so getan, als wäre diese Beförderung ganz normal.« Nervös nahm sie einen Schluck Wein, bevor sie weitersprach. »Wie du weißt, habe ich nicht mal Abitur, sondern gleich nach dem Realschulabschluss die Bankausbildung angefangen. Natürlich habe ich viele Fortbildungen gemacht und war auch gut in meinem Job. Trotzdem bekommt normalerweise nur jemand so eine Position, wie ich sie jetzt habe, der ein abgeschlossenes Studium vorweisen kann. Also war ich überrascht, besonders als ich vom Vorstand erfahren habe, dass mein direkter Vorgesetzter Dr. Benthoff sich ausdrücklich für mich eingesetzt hatte. Weil ich nie den Eindruck hatte, als würde er so besonders große Stücke auf mich halten. Jedenfalls, ich habe mich gefreut und war stolz auf mich. Bis ich herausgefunden habe, dass Dr. Benthoff korrupt ist. Und sich wohl nur für meine Beförderung eingesetzt hat, weil er meinte, dass ich nützlich für ihn wäre.«

»Inwiefern ist er korrupt?«, fragte Steven nach. »Was macht er?«

»Er gewährt Leuten Kredite, die normalerweise keine bekommen würden. Und das lässt er sich mit zwanzig Prozent der Kreditsumme vergüten. Oder, besser gesagt, er lässt mich diese Kredite genehmigen. Ich war am Anfang dankbar für seine Ratschläge, denn mein Job bringt schon eine Menge Verantwortung mit sich. Da war ich froh, dass mir jemand bei den Entscheidungen half. Ich werde dir das alles noch im Detail erklären, nur jetzt nicht, sonst sitzen wir morgen früh noch hier. Für heute erst mal das Wesentliche. Er hatte das Ganze so geschickt eingefädelt, dass, wenn diese Dinge rausgekommen wären, niemand *ihn* verdächtigt hätte. Sondern nur und ausschließlich mich. Denn unter all diesen Krediten, für die er die Hand aufgehalten hatte, stand alleine meine Unterschrift.«

»Wann hast du das rausgefunden? Und vor allem, wie?«, wollte Steven wissen.

»Rausgefunden habe ich es zwei Wochen nach unserer Trennung. Durch einen ganz dummen Zufall. Ich wollte Jennifer besuchen, und du weißt ja, welch ein Fußballfan sie ist. Jedenfalls lief gerade im Fernsehen ein Spiel, und sie bat mich, ein bisschen mitzugucken, es würde nur noch zehn Minuten dauern. Dann gab es irgendeine Unterbrechung, und die Kameraleute zeigten nicht das Spielfeld, sondern die Zuschauertribünen. Und da habe ich Dr. Benthoff gesehen, zusammen mit Ciapri, einem relativ neuen Kunden von uns.«

»Ist das denn so ungewöhnlich? Dass dein Chef Kunden betreut?«

»Ja, denn das darf er nicht. Tatsächlich ist es bei den meisten Banken so geregelt, dass die Abteilungsleiter und die Vorstandsmitglieder überhaupt keinen persönlichen Kontakt zu den Kunden haben dürfen. Um eben Korruption von vornherein auszuschließen. Also wurde ich misstrauisch und habe die Kreditbewilligungen der letzten Monate durchgesehen. Dabei ist mir aufgefallen, dass die so genannten Wackelkandidaten, denen ich Kredite eingeräumt hatte, mir alle von Dr. Benthoff empfohlen wurden. Er hat das ganz geschickt gemacht, mir auch ganz normale Kunden zugeteilt. Aber als ich erst mal kapiert habe, wonach ich suchen muss, war ein ganz klares Muster zu erkennen.«

»Okay. Bis hierhin kapiere ich es. Aber wie kommt nun Murango ins Spiel?«, fragte Steven und schaute Teresa an, die nervös mit den Fingern auf die Tischplatte trommelte.

»Das erzähl ich dir gleich. Ich brauche jetzt eine Zigarette«, antwortete sie und stand auf. »Sag nichts. Irgendwann schaffe ich es, ganz aufzuhören. Ich habe es schon sehr reduziert.«

Sie holte sich aus der Küche eine Zigarette und ging damit auf den Balkon. Überrascht bemerkte sie, wie sehr sie sich in diesem Moment wünschte, Steven würde zu ihr kommen und sie in den Arm nehmen. Dadurch, dass sie das erste Mal über diese fatale Geschichte sprach, löste sich die Anspannung der letzten Wochen, und sie fühlte sich nur noch schwach und sehnte sich nach einer Schulter zum Anlehnen. Nicht irgendeiner Schulter, musste sie zugeben. Aber Steven blieb im Wohnzimmer, so rauchte sie ihre Zigarette hastig zu Ende und setzte sich wieder ihm gegenüber.

»Dass ich das mit Murango herausgefunden habe, war eigentlich auch nur ein Zufall. Einmal im Monat haben wir Abteilungsleiter-Meeting. Dabei erwähnte Dr. Wentheim, unser CEO, dass Murango einen Antrag auf Kontoeröffnung gestellt hatte, der natürlich abgelehnt wurde. Ich konnte mit dem Namen in diesem Moment nichts anfangen und habe nachgefragt, warum er abgelehnt wurde. Dr. Wentheim erklärte mir, dass Murango eine kleinere

Privatbank mit faulen Krediten fast in den Ruin getrieben hatte. Der Betrug konnte ihm zwar nicht nachgewiesen werden, in Bankerkreisen wurde allerdings heiß darüber diskutiert. Jedenfalls war Murango auf der Suche nach einer neuen Bank in Deutschland. Im Prinzip ist das eine Imagesache, es macht sich eben auf dem Briefkopf gut, wenn dort eine renommierte Bankverbindung angegeben werden kann. Aber nach dieser Sache wollte sich kein Banker mehr die Finger an ihm verbrennen. So, und das hat mich auf die Idee gebracht, mit Murangos Hilfe Dr. Benthoff zu überführen.«

Steven starrte sie fassungslos an. »Sag das noch mal. Du hast bewusst den Kontakt zu Murango gesucht? Das ist jetzt nicht dein Ernst.«

»Was sollte ich denn machen? Ich konnte weder zur Polizei noch zu unserem Vorstand. Alle Zeichen deuteten auf mich, und hätte ich Dr. Benthoff beschuldigt, hätte man das nur als erbärmlichen Versuch gewertet, meinen Kopf aus der Schlinge ziehen zu wollen. Ich hatte doch keinerlei Beweise. Ich konnte ja noch nicht einmal sicher sein, dass Dr. Benthoff sich wirklich für Kreditgenehmigungen bezahlen ließ. Es deutete ja lediglich alles darauf hin. Rausfinden konnte ich das nur, wenn jemand einen präparierten Kunden zu ihm schickte. Und ich war sicher, Murango wäre jemand, der das deichseln konnte. Darum wollte ich diese Beweise mit seiner Hilfe bekommen. Und das hat ja auch funktioniert. Erst mit Ciapri und dann mit Wohlmeyer.«

»Ich glaube das nicht.« Steven schüttelte den Kopf. »Bist du denn überhaupt nicht auf die Idee gekommen, mit mir zu reden?«

»Wie denn? Wir haben überhaupt nicht mehr miteinander geredet. Okay, ich nicht mehr mit dir, aber das ja wohl aus gutem Grund. Ich stand da völlig alleine vor, was sollte ich denn machen? Dich anrufen vielleicht? He, Steven, ich bin es. Ich will nie wieder mit dir reden, und überhaupt bin ich so was von sauer auf dich, aber kannst du mir vielleicht mal eben bei einem kleinen Problem helfen? Das war wohl schlecht möglich.«

Steven blieb einen Moment stumm. »Und wie kam der Kontakt zu Murango dann zustande?«, fragte er nach einer Weile.

»Das war ganz spontan. Vor einigen Wochen, als ich mit ein paar Kollegen essen war, kam eine Kollegin von der Toilette zurück und sagte so nebenbei, dass Murango vorne in einer Nische sitzen würde. Er wartete wohl auf jemanden, jedenfalls saß er da alleine. Und da kam mir die Idee. Ich tat, als würde ich zu den Toiletten gehen, bin aber stattdessen zu ihm in diese Nische gegangen. Und habe ihm gesagt, wir hätten beide ein Problem, und jeder von uns hätte für den anderen eine Lösung. Daher würde ich ihm gerne einen Vorschlag unterbreiten, und wenn er darauf einginge, würde sich am Ende die Berenberg-Bank freuen, ihn als Kunden begrüßen zu dürfen.«

Steven blieb wieder einen Moment still. »Das war also deine Idee? Murango als Problemlöser?«

»Ja. Weil ich wusste, dass er so einiges dafür tun würde, um wieder eine deutsche Bankverbindung zu haben. Damit könnte er allen zeigen, dass er ein seriöser Geschäftsmann wäre. Ansonsten würde ihn so eine renommierte Bank wie unsere wohl kaum als Kunden akzeptieren. Er willigte ein, sich mit mir zu treffen. Das erste Mal habe ich ihn in diesem Restaurant getroffen, in dem später die Fotos entstanden. Da habe ich ihm gesagt, dass mein Chef eine linke Nummer abziehen würde und ich dafür einen Beweis bräuchte. Er sollte fiktive Kunden zu einem Termin mit Dr. Benthoff schicken, die ein Aufnahmegerät bei sich trugen. Wenn ich auf Band hätte, wie Dr. Benthoff möglichen Kunden zusicherte, dass sie einen Kredit bekämen, wenn er dafür zwanzig Prozent davon erhielt, wäre mein Problem gelöst. Ich könnte damit zum Vorstand gehen und wäre entlastet. Im Gegenzug würde ich es deichseln, dass er bei uns ein Konto bekäme.«

»Lass mich raten«, sagte Steven. »Murango ist darauf eingegangen. Du hast allerdings deine Beweise nicht bekommen.«

»Richtig. Die Beweise habe ich nicht bekommen.« Teresa schluckte. »Dafür aber ein noch größeres Problem als vorher. Murango hat tatsächlich Leute zu Dr. Benthoff geschickt. Die haben ihm erzählt, er sei ihnen empfohlen worden, und sie würden sich durchaus erkenntlich zeigen, wenn er ihnen einen Kredit einräumen würde. Daraufhin hat Dr. Benthoff seine zwanzig Prozent gefordert. Das ist laut Murango alles auf Band. Nur, dass ich das Band nicht habe.«

»Natürlich nicht. Murango wird von Anfang an nicht vorgehabt haben, es dir zu geben. Ich gehe mal davon aus, dass er meint, du müsstest erst in Vorleistung treten. Richtig?«

»Ja. Genau das hat er gesagt. Er wollte zuerst die Bestätigung, dass er als Kunde meiner Bank akzeptiert wird. Dann würde er mir die Bänder geben, vorher nicht. Woher weißt du das?«

»Wahrscheinlich weil ich, im Gegensatz zu dir, nicht in allen Menschen das Gute sehe. Besonders nicht in Leuten wie Murango. Er hat seine Finger in allem, mit dem sich illegal Profit machen lässt. Angefangen hat er mit Drogen, mittlerweile ist er auch noch spezialisiert auf Menschenhandel. Damit lässt sich heute das große Geld machen.«

»Du meinst Zwangsprostitution?«, unterbrach ihn Teresa.

»Das auch. Zwangsprostitution, billige Arbeitskräfte, das ganze Programm. Auch wenn wir es noch nicht beweisen können, sind wir sicher, dass er mit all dem sein Geld verdient.«

»Aber das kann doch nicht möglich sein«, stieß Teresa hervor. »Ich meine, mir war schon klar, dass er vielleicht ein bisschen unseriös sein könnte, aber so etwas? Mir gegenüber ist er nicht aufgetreten wie ein Menschenhändler.«

»Ach, Tessa. Natürlich nicht. So schwarz oder weiß ist unsere Welt leider nicht, dann hätten wir es wesentlich einfacher. Wie wolltest du ihm überhaupt ein Konto bei euch beschaffen? Wenn dein Kollege ihn schon abgelehnt hat?«

»Na ja«, druckste Teresa herum. »So im Detail hatte ich mir das noch nicht überlegt. Mir wäre schon etwas eingefallen. Oder ich hätte ihm gesagt, dass jemand in der Bank sein Wort gebrochen hätte und die Zusicherung, ihn als Kunden zu akzeptieren, zurückgenommen hat. Verstehst du, ich wollte einfach unbedingt diese Beweise bekommen. Ich habe verdammt hart gearbeitet, um da hinzukommen, wo ich jetzt bin. Während andere Leute gefeiert oder sich sonstwie amüsiert haben, war ich bei Fortbildungen oder saß zu Hause über den Büchern. Ich will nicht, dass das alles umsonst gewesen ist.«

»Oh Mann, Tessa«, stöhnte Steven. »Für eine Frau von deiner Intelligenz ist das ein absoluter Schwachsinnsplan gewesen. Wie hast du dir die Sache jetzt weiter vorgestellt?«

»Ich weiß es nicht«, gab Teresa kleinlaut zu. »Murango gibt mir das Band nur, wenn er als Kunde unserer Bank bestätigt ist. Das wird leider auf gar keinen Fall passieren. Ich habe es bei unserem letzten Meeting vorsichtig versucht, aber es kam nur sehr entschlossene Ablehnung. Ich weiß nicht, was ich jetzt machen soll. Aber schlimmere Kunden als Wohlmeyer und Ciapri kann selbst Dr. Benthoff nicht durchsetzen.«

Steven dachte eine Weile nach. »Es gibt eigentlich nur eines, was du tun kannst. Geh zum Vorstand und erzähl da alles, was passiert ist. Damit hast du zumindest den Vorteil, dass du den ersten Schritt machst. Denn du kannst davon ausgehen, dass es jetzt ungemütlich wird.«

»Wie meinst du das?«

»Murango hat jetzt Munition gegen Dr. Benthoff. Momentan hat *er* die Beweise, dass dein Chef korrupt ist. Und glaube mir, daraus wird er seinen Nutzen ziehen, nicht du. Dir bleibt nur, alles offenzulegen.«

»Aber wenn die mir nicht glauben? Und mich rausschmeißen?«

»Ehrlich gesagt, das Risiko besteht leider sowieso. Entweder du packst aus, oder Dr. Benthoff wird es tun. Nämlich dann, sobald Murango ihn erpresst. Was meinst du, wie schnell der dann zum Vorstand rennen und mit dem Finger auf dich zeigen wird?«

Teresa vergrub ihr Gesicht in den Händen. »So ein Mist. So ein riesengroßer Mist«, murmelte sie. Sie holte sich die nächste Zigarette aus der Küche und ging auf den Balkon. Schweigend rauchte sie und dachte über Stevens Worte nach. Sie war so fokussiert auf die Beweise gewesen, dass sie wohl wirklich ihren Verstand an der Garderobe abgegeben hatte. Nun musste sie zugeben, dass Stevens Vorschlag anscheinend ihre einzige Möglichkeit war. Sie würde morgen früh die Sekretärin von Dr. Wentheim, dem Vorstand, anrufen und um einen Termin bitten. Sie ging zurück ins Wohnzimmer, wo Steven wie festgeschraubt auf dem Sofa saß. »Haben meine Treffen mit Murango denn nun irgendeine Bedeutung? Muss ich eine Aussage machen?«

Steven schüttelte den Kopf. »Nein. Du würdest nur dich belasten, nicht Murango. Dir könnte man Anstiftung zu einer Straftat vorwerfen, Murango hingegen nichts. Er würde behaupten, Freunden eure Bank empfohlen zu haben, und wäre selbst überrascht gewesen zu hören, dass dort ein korrupter Banker sitzt. Ich gehe mal davon aus, dass Nick den Bericht und die Fotos verschwinden lassen wird.«

»Danke«, brachte Teresa heraus und holte tief Luft. »Ich meine das wirklich. Danke, dass der Bericht verschwindet, und danke, dass du mir keine Vorwürfe machst. Und ich muss dir noch etwas sagen. Es war falsch von mir, nicht mehr mit dir zu reden. Ich weiß nicht, ob es etwas geändert hätte, aber ich hätte dir die Chance geben müssen, mit mir zu reden und mir deine Version zu erklären. Es tut mir leid.«

Steven sah sie traurig an. »Dir muss gar nichts leidtun, Tessa. Ich habe bis heute ja nicht mal verstanden, welche Auswirkungen das für dich hatte. Mir haben diese Frauen nichts bedeutet, nicht das Geringste. Trotzdem habe ich damit meine Ehe ruiniert. Und dich alleingelassen. Ich wette, hätte ich nicht diesen Scheiß gebaut, wärst du niemals in die Geschichte mit Murango hineingestolpert. Du hättest mit mir über deinen Verdacht gegen Dr. Benthoff geredet, und wir hätten gemeinsam versucht, eine Lösung zu finden. Es ist meine Schuld, dass du alleine davor standest. Also sag bitte nicht, dass dir irgendetwas leidtut.«

Teresa sah ihn erstaunt an. So einsichtig kannte sie Steven überhaupt nicht. Ohne lange nachzudenken, öffnete sie den Mund. »Vielleicht können wir uns mal, wenn ich meine beruflichen Dinge geklärt habe, zusammensetzen? Und in Ruhe über alles reden?«, schlug sie vor.

»Das sollten wir. Das ist lange überfällig«, gab Steven zurück. »Erst mal drücke ich dir für dein Gespräch mit dem Vorstand die Daumen. Rufst du mich an, wenn du es hinter dir hast?«

»Klar, mache ich. Möchtest du vielleicht noch etwas trinken?«, fragte sie vorsichtig.

»Danke, aber ich muss leider los. Ich habe noch eine Menge zu tun.«

»Um diese Zeit?«, rutschte es Teresa heraus. »Jetzt arbeitest du noch?«

»Ja. Ich bin zurzeit undercover. Und wegen dieses Jobs muss ich jetzt auch weg. Ich höre von dir, ja?«

»Tust du«, bestätigte Teresa und fragte sich, was sie tun sollte, wenn Steven sie zum Abschied küssen würde. Dummerweise brauchte sie auf diese Frage keine Antwort, denn Steven lächelte ihr nur kurz zu und verließ dann die Wohnung.

Hm, vielleicht hatte er gar kein Interesse mehr an einer

Versöhnung? Erst ließ er sich alles Mögliche einfallen, um sie zu einem Treffen zu bewegen. Und nun, wo er in ihrer Wohnung saß, schien er gar nicht schnell genug wieder wegkommen zu können. Und wie er das gesagt hatte, dass er die Ehe ruiniert hatte. Das hörte sich so endgültig an. Vielleicht war sie ihm zu lange aus dem Weg gegangen. Sie schüttelte über sich selbst den Kopf. Woher kamen diese Gedanken denn jetzt? Ihr war doch klar geworden, dass ihre Ehe vorbei war. Und sie nicht länger in der Vergangenheit leben wollte, darum traf sie sich am Samstag ja auch mit Matthias.

Es war wahrscheinlich nur die Erleichterung darüber, endlich über ihre Probleme im Job reden zu können, beruhigte sie sich selbst. Daher kam ihre Verunsicherung. Und nicht daher, dass sie immer noch eine Menge Gefühle für Steven hatte.

10

Steven setzte sich ins Auto und schaute auf die Uhr. Kurz nach zehn. Er griff zum Handy, doch noch während er Nicks Nummer wählte, drückte er sie wieder weg. Der brauchte auch mal Zeit für sein Privatleben. Und das Gespräch mit ihm hatte noch Zeit bis morgen. Stattdessen wählte er eine andere Nummer.

»Hi, ich bin es, Steven. Bist du noch wach? Ich würde gerne vorbeikommen.«

Nachdem er gehört hatte, dass er willkommen sei, wendete er das Auto und fuhr in die andere Richtung. Er hatte heute Abend schon einmal gegen die Vorschriften verstoßen, da kam es auf ein zweites Mal auch nicht mehr an. Allerdings passte er auch dieses Mal sehr genau auf, ob ihm jemand folgte. Doch anscheinend traute ihm Kuzmarek. Wenigstens für den Moment. Eine Viertelstunde später klingelte er.

»Na, du?«, sagte Franzi. »Komm rein. Ich habe mir gerade ein Bier aufgemacht, willst du auch eins?«

»Hört sich gut an. Das kann ich heute Abend gebrauchen.« Er folgte Franzi in die Küche, setzte sich an den Tisch und nahm einen tiefen Schluck von dem kalten Bier. »Was für eine Scheiße«, sagte er dann und trank den nächsten Schluck.

»Immer noch kein Glück bei deiner Frau?«, fragte Franzi.

»Sie ist so distanziert. Ich war heute Abend bei ihr, weil sie ein Problem mit ihrem Job hat. Das ist sogar ein ziemlich heftiges Problem, und es macht sie völlig fertig. Aber obwohl sie es mir erzählt hat, sagte ihre Körpersprache die ganze Zeit ›Bleib mir vom Leib‹. Ich glaube, ich habe es so richtig vermasselt. Es fühlt sich an, als ob es tatsächlich keinen Weg zurück gibt.«

»Das glaube ich nicht. Wenn du ihr egal wärst, würde sie doch nicht mit dir über ihre Probleme reden, oder?«

»Na ja. Ich kann da jetzt nicht näher drauf eingehen, aber ihr blieb nicht viel anderes übrig, als mit mir zu reden.«

Franzi hinterfragte das nicht. »Aber das ist doch trotzdem ein Anfang. Erst redet sie mit dir über Berufliches, und dann ist sie sicher auch bald bereit, mit dir über eure Situation zu reden.«

»Ja, sie hat sogar gesagt, dass sie dazu bereit ist. Aber es geht darum, wie sie es gesagt hat. Als wäre es nur eine Sache der Fairness, mich anzuhören. Obwohl ihr Urteil nach wie vor feststeht.«

»Mach dich nicht verrückt, Steven. Das weißt du alles gar nicht. Außerdem hast du doch dein erstes Ziel erreicht. Du wolltest mit ihr reden, und das will sie jetzt auch. Alles wird gut.«

Steven lächelte sie an. »Danke. Ich hoffe, du hast recht. Aber lass uns zur Abwechslung mal nicht von mir reden. Was tut sich bei dir?«

»Bei mir gibt es nicht viel Neues. Außer dass ich mich freue, wenn dein Job durch ist und du wieder zum Essen kommst. Ich habe tolle neue Rezepte.«

»Das hört sich gut an, aber ich fürchte, das wird noch

etwas dauern. Ich muss jetzt auch wieder los, ich wollte dich nur kurz sehen.«

»Pass auf dich auf. Und ich drücke dir die Daumen, dass sich dieser Job nicht mehr so lange hinzieht.«

Auf dem Weg zurück in die gemeinsame Wohnung mit Lisa hoffte er, dass die Frau schon schlief. Nach diesem Abend hatte er keine Lust auf noch mehr Diskussionen mit ihr. Doch so viel Glück würde er bestimmt nicht haben. Er verdrängte die Gedanken an Teresa und überlegte, wie er Lisa loswerden konnte. Er war sich leider keineswegs sicher, dass sie von dem Fall abgezogen wurde. Was er aber genau wusste, war, dass sie ihn wahnsinnig machte. Und wegsollte. Er dachte konzentriert nach, und auf einmal kam ihm eine Idee. Langsam breitete sich ein Lächeln auf seinem Gesicht aus. Das könnte funktionieren.

Kaum war er in der Wohnung, kam Lisa auch schon aus dem Wohnzimmer geschossen.

»Wo warst du den ganzen Abend? Vielleicht erinnerst du dich daran, dass wir ein Team sind? Also, was sollen diese Alleingänge?«

»Es tut mir leid«, erwiderte Steven leise. »Ich habe nicht nachgedacht.«

Lisa sah ihn mit zusammengekniffenen Augen misstrauisch an. »Es tut dir leid? Einfach so?«

»Nein. Nicht einfach so. Lisa, können wir mal miteinander reden? Ich muss dir etwas sagen«, antwortete er zaghaft.

Lisa war noch immer misstrauisch, zeigte aber auf die Küche. Dort setzte sie sich an den Tisch und starrte Steven an. »Also, was gibt es«, knurrte sie.

»Ich weiß nicht, wie es passiert ist. Und ich weiß, es ist

absolut unprofessionell. Aber die Wahrheit ist, ich habe mich in dich verliebt. Total und absolut.«

Lisa starrte ihn an, als wäre ihm ein zweiter Kopf gewachsen. »Willst du mich verarschen?«, fragte sie wenig freundlich. »Außerdem, ich denke, du bist verheiratet?«

»Ja, bin ich. Aber glaubst du, verheiratete Männer sind immun gegen Gefühle? Ich verstehe es ja selbst nicht. Aber diese ständige Nähe zwischen uns, wie du dich zum Beispiel im Club mir gegenüber verhältst, tja, da hat es wohl einfach klick gemacht.«

»Das ist wirklich total unprofessionell«, regte Lisa sich auf. »Wie stellst du dir denn jetzt unsere Zusammenarbeit vor? Wie soll ich deine Freundin spielen, wenn ich weiß, dass du gar nicht spielst? Das ist ja wohl echt krank.«

»Ich weiß«, gab Steven zu. »Ich wollte aber, dass du es weißt. Und jetzt gehe ich ins Bett. Allein oder mit dir. Wenn du es auch willst.«

Lisa sah ihn an, als wäre er Hundescheiße unter ihrem Schuh. »Komm mir bloß nicht zu nahe«, drohte sie, ging ins Wohnzimmer und knallte die Tür hinter sich zu. Steven dagegen ging fröhlich in sein Zimmer. Nach diesem Outing wäre er sie ganz bald los.

Eine Stunde später lag er schlafend im Bett, als ihn etwas weckte. Eine Hand, die über seine Brust strich. Und nicht irgendeine Hand. Lisas Hand.

»Steven?« flüsterte sie. »Ich will es doch auch. Und ich kann dir auch nicht länger widerstehen.« Dabei ließ sie ihre Hand langsam über seinen Bauch gleiten. Stevens Schlaf war im selben Moment Geschichte.

»Verdammt, verschwinde aus meinem Bett«, brüllte er und setzte sich aufrecht hin. »Was soll das?«

Er machte das Licht an und sah Lisa neben dem Bett stehen. Komplett angezogen und mit einem mordlustigen Ausdruck im Gesicht.

»Du bist das größte Arschloch, dem ich je begegnet bin. Ich bin tatsächlich auf deine Geschichte reingefallen, allerdings nur für fünf Minuten. Dann wurde mir klar, was das soll. Ich wollte eben nur mal überprüfen, ob ich richtiglag. Du bist echt das Allerletzte.«

Sie verschwand aus dem Zimmer, und Steven wurde restlos wach. Das erste Mal, seit er Lisa kannte, musste er ihr recht geben. Der Plan, der ihm im Auto noch so gut vorgekommen war, entpuppte sich nun als ziemlich mies. Er zog eine Jeans über und ging zu Lisa. Die stand in ihrem Zimmer am offenen Fenster und rauchte.

»Es tut mir leid«, sagte Steven. »Und das meine ich jetzt wirklich. Ich muss mich bei dir entschuldigen, das war ein ziemlich blöder Trick.«

»Allerdings«, gab Lisa zurück, ohne ihn anzusehen.

»Weißt du, ich habe im Moment ziemliche private Probleme. Und dann auch noch die Situation mit uns beiden hier. Die Chemie hat zwischen uns von Anfang an nicht gestimmt, und dass wir hier auf so engem Raum zusammenleben müssen, macht es auch nicht besser. Ich wollte einfach meine Ruhe haben und dachte, wenn ich behaupten würde, ich wäre in dich verknallt, würdest du hier ausziehen.«

»Ja, so viel habe ich mir auch schon zusammengereimt. Aber hast du dir mal überlegt, was wäre, wenn du mir tatsächlich gefallen würdest? Wie es dann für mich wäre, von dir zu hören, dass du genauso empfindest?«

»Du hast dich in mich verliebt?«, fragte Steven entsetzt.

»Natürlich nicht, du Schwachmat. Aber das konntest du doch nicht wissen. Und glaub mir, ich könnte mir auch etwas Besseres vorstellen, als mit so einem Macho wie dir hier zusammenzuwohnen. Aber im Gegensatz zu dir nehme ich es professionell.«

»So professionell bist du nun auch wieder nicht. Vom ersten Tag an hast du mich in eine Schublade gesteckt, ohne mich zu kennen. Nur weil du der Meinung bist, alle, die beim OK arbeiten, sind Machos. Das ist doch Schwachsinn.«

»Im Gegenteil«, giftete Lisa. »Sag mir doch mal, wie viele Frauen arbeiten bei euch als Ermittler? Keine einzige, stimmt's? Wäre ja auch schlimm, wenn eine Frau euren Herrenclub stören würde.«

Plötzlich ging Steven ein Licht auf. »Du hast dich bei uns beworben. Letztes Jahr ist bei uns eine Stelle frei geworden, jetzt fällt mir auch wieder ein, dass unter den Bewerbern eine Frau gewesen ist. Das warst du, oder?«

»Ja, aber das hat mir nichts gebracht. Ich hatte von Anfang an keine Chance. Dafür fehlte mir ein bestimmtes Teil.«

»Daran lag es mit Sicherheit nicht. Warum du den Job nicht bekommen hast, weiß ich nicht, aber du bist bestimmt nicht abgelehnt worden, weil du eine Frau bist. Und außerdem kann ich da nichts für.«

»Du musst es ja wissen«, grummelte Lisa. »Die Sache ist eh gegessen. Ich mache dir einen Vorschlag, wie es hier weitergeht. Ich will unbedingt weiter an dem Fall mitarbeiten. Darum folgender Deal: Wir beantragen beide, dass ich hier ausziehe, dafür bleibe ich offiziell deine Freundin und kann zwei-, dreimal die Woche mit in den Club.«

Steven überlegte einen Moment, dann streckte er die Hand aus. »Das ist nicht der schlechteste Deal. Abgemacht.«

Lisa schlug ein und gähnte dann. »Okay, also rede ich morgen mit Karsten und du mit Schlüter. Und jetzt muss ich schlafen, es ist mitten in der Nacht.«

Steven ging erleichtert zurück ins Bett. Wenn alles glattging, hatte er die Wohnung bald für sich.

Am nächsten Vormittag traf er sich mit Nick in einem Café vor der Stadt und erzählte ihm von dem Schlamassel, in den sich Teresa gebracht hatte.

»Oh Mann«, stöhnte der. »Kannst du mir sagen, warum sich die Frauen in unserem Leben immer als Hobbydetektive austoben müssen? Haben wir das irgendwie verdient?«

»Ich weiß es auch nicht. Jedenfalls, ihr ist mittlerweile auch klar geworden, dass das eine Schwachsinnsidee war. Was machen wir mit den Fotos und dem Bericht?«

»Von welchen Fotos und welchem Bericht sprichst du? Ich habe keine Ahnung, was du meinst.«

»Ich eigentlich auch nicht. Danke, Mann. Teresa wird noch diese Woche mit dem Vorstand sprechen. Ich hoffe für sie, dass sie mit einem blauen Auge davonkommt. Und noch etwas anderes. Ich hatte gestern Abend ein Gespräch mit Lisa. Wenn sie weiter mitarbeiten kann, ist sie einverstanden, aus der Wohnung auszuziehen. Kannst du das Hans verkaufen? Ich will mit dieser Frau nicht länger unter einem Dach wohnen.«

»Verständlich«, meinte Nick. »Ich rede nachher mit ihm. Heute Abend geht es bei dir los, oder? Ich habe dir eine

EC-Karte mitgebracht, du hast jetzt eine neue Bankverbindung auf den Namen Steve Huttner. Die wirst du für deinen neuen Job brauchen.«

»Das ist gut. Kuzmarek zahlt nur einen Tausender auf Steuerkarte, den Rest gibt es in bar. Das zahle ich dann auch auf dieses Konto ein.«

»Echte Verschwendung, wenn du mich fragst. Wenn wir solche Kohle behalten dürften, wären wir endlich mal vernünftig bezahlt.«

»Träum weiter. Immerhin, mit der ersten Gehaltszahlung haben wir auch den ersten Angriffspunkt auf Kuzmarek: Schwarzarbeit und damit Steuerhinterziehung, das ist doch schon mal was.«

»Das wird hoffentlich nur die Spitze vom Eisberg sein, wenn du mit deinem Job erst mal durch bist. Brauchst du sonst noch irgendwas?«

»Nö. Außer, doch, du kannst mal Dr. Benthoff, den Vorgesetzten von Teresa, checken. Ich gehe zwar davon aus, dass der keine Vorstrafen hat, aber vielleicht findest du ja was.«

»Mach ich. Treffen wir uns am Samstag wieder? Bis dahin hast du vielleicht schon etwas rausgekriegt.«

»Ja, so gegen vierzehn Uhr im Restaurant *Waldblick*. Und denk daran, mit Hans zu sprechen.«

Teresa rief gleich am nächsten Morgen, bevor der Mut sie verlassen konnte, in der Bank an. Frau Sommer, die Assistentin von Dr. Wentheim, konnte ihr erst am Freitag um zehn Uhr einen Termin geben. Teresa bestätigte ihn und verabschiedete sich.

Und nun?, fragte sie sich, als sie sich wieder auf ihr Sofa

setzte. Ihr blieb nichts anderes übrig, als bis Freitag zu warten. Aber diese Wartezeit musste sie ja nicht unbedingt auf dem Sofa verbringen. Sonst wäre ihr Hintern bald mit der Couch verwachsen. Sie ging ins Schlafzimmer, packte ihre Sporttasche und fuhr ins Fitnessstudio. Fast war sie selbst von sich überrascht, dass sie den Weg noch kannte. Zwar wurde jeden Monat schön regelmäßig der Mitgliedsbeitrag von ihrem Konto abgebucht, sie selbst jedoch war schon ewig nicht mehr hier gewesen.

Der Grund dafür wurde ihr schnell klar. Dieses Training an den Geräten mochte vielleicht effektiv sein, vor allem aber war es tödlich langweilig. Sie schaffte zwei Runden, bevor sie aufgab und zu den Duschen wankte. Nicht nur langweilig, sondern auch noch furchtbar anstrengend. Auf dem Weg zu den Umkleidekabinen rannte sie in eine Frau, die gerade einen Zettel am schwarzen Brett anbringen wollte. Dieser segelte nach der Attacke auf den Boden.

»Entschuldigung«, keuchte Teresa und hob den Zettel wieder auf, um ihn der Frau zu geben. *Gassigeher gesucht* las sie.

»Was sind Gassigeher?«, fragte sie spontan.

»Leute, die Zeit haben, mit unseren Hunden spazieren zu gehen«, antwortete die Frau und lächelte Teresa an. »Ich bin Patricia vom privaten Tierheim *Vier Pfoten*«, stellte sie sich vor.

»Hallo. Ich bin Teresa. Ich würde sehr gerne mit einem Hund spazieren gehen, aber ich habe leider wenig Zeit. Also, im Moment habe ich schon Zeit, ich habe gerade Urlaub. Aber Sie suchen bestimmt Leute, die ganz regelmäßig kommen, oder?«

»Das wäre der Idealfall«, bestätigte Patricia. »Aber wenn Sie heute oder morgen Zeit haben, auch darüber würden wir uns freuen.«

»Also, das würde ich sehr gerne machen. Kann ich gleich heute kommen?«

»Natürlich. Sehr gerne. Ich fahre jetzt gleich zurück, wenn Sie mögen, können Sie gleich mitkommen.«

Teresa duschte, ging zu ihrem Auto und gab die Adresse des Tierheimes in ihr Navi ein. Sie hatte zwar wenig Erfahrung mit Hunden, aber sie mochte sie. Also könnte das ja vielleicht ihr neues Hobby werden. Sie fuhr ein Stück aus der Stadt hinaus, bis sie bei der Adresse ankam. Lautes Gebell begrüßte sie, als sie aus dem Auto stieg. Statt der befürchteten engen Zwinger gab es eine sehr große, eingezäunte Wiese, auf der Hunde tobten, spielten oder auch einfach nur ruhig dalagen.

»Hallo«, begrüßte Patricia sie freundlich. »Super, dass du da bist. Ist doch okay, wenn wir uns duzen, oder?«

»Klar«, stimmte Teresa zu und sah zu den Hunden. »Dieser große braun-weiße ist ja süß. Was ist das für einer?«

»Das ist Bruno, ein Bernhardinermischling. Er ist noch ein bisschen ungestüm, würde sich aber sehr über einen Spaziergang freuen. Traust du dir das zu?«

»Das kriege ich schon hin«, meinte Teresa optimistisch. »Der ist so süß.«

Patricia ging in den Auslauf, legte Bruno eine lange Leine an und kam mit ihm auf den Hof. Er sprang vor Teresa begeistert auf und ab und zerrte an seiner Leine. Teresa bückte sich, um seinen großen Kopf zu streicheln, und er leckte ihr fröhlich über das Gesicht.

»Pfui Bruno, benimm dich«, lachte Patricia. »Wie du siehst, freut er sich sehr. Ihr beide kommt schon klar. Sei lieb zu ihm, aber konsequent. Dann klappt das schon.«

Drei Stunden später wankte Teresa völlig erschöpft in ihre Wohnung. Bruno hatte sie kreuz und quer durch die Feldmark gezogen, und die ganze Zeit hatte sie sich darüber gewundert, dass sie überhaupt noch auf zwei Beinen stand und nicht wie ein Fähnchen hinter ihm herflog. Sobald ein anderer Hund nahte, stürzte Bruno sich mit einer solchen Begeisterung auf seinen Artgenossen, dass der sich, vor Angst wie paralysiert, auf den Rücken schmiss und das Beste hoffte. Und Teresa blieb nichts anderes übrig, als ein ums andere Mal zu versichern, Bruno wolle nur spielen.

Bevor sie das nächste Mal mit ihm loszog, würde sie sich vorher einen Erziehungsratgeber für Hunde durchlesen. Oder sich doch ein anderes Hobby suchen. Denn auf ihre Verhandlungsversuche war der Hund nicht im Geringsten eingegangen. Obwohl sie ihm vorschlug, wenn er nur artig an der Leine ginge, würde sie ihm dafür das nächste Mal eine Fleischwurst mitbringen, rannte er trotzdem weiter fröhlich im Zickzack über die Feldwege. Aber immerhin hatte Teresa fast zwei Stunden weder an ihren Job noch an Steven gedacht. Man konnte diesen Ausflug daher als durchaus erfolgreich ansehen.

Nachdem sie eine lange halbe Stunde in der Badewanne verbracht hatte, fühlte sie sich wieder einigermaßen fit. Sie checkte ihre Mails und sah, dass Jennifer ihr wieder ein paar Seiten ihres Buches geschickt hatte. Staunend las sie, dass sie eine Affäre mit einem Kollegen angefangen hatte.

Einem Kollegen, der ihr verschwiegen hatte, dass er verheiratet war. Teresa war richtig sauer, bis ihr aufging, dass dies ja nicht ihr richtiges Leben war. Jennifer schrieb so authentisch, dass man das fast vergessen konnte.

Und immer wieder tauchte Steven auf. Auf dieser Seite hatten sie beide sich gerade zufällig in einem Club getroffen. Teresa kochte sich einen Kaffee und vertiefte sich wieder in das Manuskript. Bis zu dem Moment, in dem sie abends mit Steven tanzte und er ihr ein unmoralisches Angebot ins Ohr flüsterte.

Schnell schaltete sie den PC aus. Gedanken an Steven taten ihr im Moment nicht gut. Trotzdem musste sie kichern. Ihre Freundin hatte eine äußerst schmutzige Fantasie.

11

Steven betrat abends das *Big Easy* und wurde schon am Tresen von Kuzmarek erwartet.

»Hier ist alles ruhig, daher kann ich mal verschwinden. Ich möchte, dass Sie mich fahren.«

»Kein Problem«, erwiderte Steven und ging mit Kuzmarek zu dessen Auto. »Wo soll es hingehen?«, fragte er, als beide im Auto waren.

»Wir müssen in die Admiralstraße. Nummer 48. Wissen Sie, wo das ist?«

Steven nickte und fuhr los. Die Admiralstraße lag im Univiertel und war ungefähr eine Viertelstunde entfernt.

»Soll ich Sie hier rauslassen?«, fragte Steven vor dem Haus. »Um diese Uhrzeit hier einen Parkplatz zu bekommen, ist so gut wie unmöglich.«

»Ja. Ich steige gleich aus. Sehen Sie jemanden?«

Steven blickte die Straße rauf und runter. »Nein. Ich sehe niemanden.«

»Gut. Fahren Sie ein paarmal um den Block, ich bin bald wieder zurück«, sagte Kuzmarek und ging auf einen sanierten Altbau zu. Steven fuhr fast eine halbe Stunde immer wieder die Runde, bis Kuzmarek aus dem Haus kam und ins Auto stieg.

»Jetzt habe ich noch etwas am Hafen zu erledigen, und dann können wir zurück in den Club«, ließ er verlauten.

Am Hafen angekommen, instruierte er Steven. »Ich bin hier mit jemandem verabredet. Sie warten im Auto, sollte Ihnen etwas komisch vorkommen, holen Sie mich wieder in den Wagen. Alles klar?«

Ohne eine Antwort abzuwarten, stieg er aus und ging auf die Kaimauer zu, die ungefähr dreißig Meter entfernt war. Kurz darauf gesellte sich ein Mann zu Kuzmarek, der Steven sehr bekannt vorkam. Es war Clemens Bungert, der zweite Mann hinter Murango. Die beiden redeten aufeinander ein und beachteten Steven nicht. Der holte seine Kamera aus der Tasche, stellte die Lichtempfindlichkeit hoch und schoss einige Fotos. Kaum hatte er die Kamera wieder verstaut, verschwand Bungert im Dunkeln, und Kuzmarek kam zurück. Er setzte sich wieder auf den Beifahrersitz und wies Steven an, zum Club zu fahren.

Dort angekommen wollte er in sein Büro verschwinden, doch Steven folgte ihm auf dem Fuß. »Wir müssen reden«, sagte er knapp zu Kuzmarek und schob sich hinter ihm in das Büro.

»Was soll das?«, regte der sich auf. »Ich bin hier der Boss, und wenn ich Ihnen sage, Sie kontrollieren im Club, dann tun Sie genau das.«

»So läuft das nicht. Wir wissen beide, dass Sie keinen Sicherheitschef brauchen. Die Jungs an der Tür verstehen ihr Handwerk, zumal mindestens zwei von ihnen ständig im Club sind. Sie brauchen mich als Bodyguard. Die Gründe dafür gehen mich nichts an und sind mir auch völlig egal. Nicht egal ist mir allerdings mein Job. Bisher ist noch nie einem meiner Schützlinge nur ein Haar gekrümmt worden. Und das soll auch so bleiben. Nur, dafür muss ich wissen, wer Ihnen ans Leder will.«

»Wie kommen Sie denn auf so etwas?«, fragte Kuzmarek aggressiv.

»Verarschen Sie mich nicht. Ich bin nicht blöd, und ich mache diesen Job schon lange genug. Ich kann aber nur auf Sie aufpassen, wenn ich weiß, was los ist. Geht es um eine Exfrau, die sich aus irgendeinem Grund an Ihnen rächen will? Dann geben Sie mir ein Foto der Dame, und ich garantiere Ihnen, sie wird nicht in Ihre Nähe kommen. Oder ist es ein Geschäftspartner, der sich von Ihnen übers Ohr gehauen fühlt und Ihnen daher eine Abreibung verpassen will? Ich muss schon wissen, worin die Gefahr besteht, wenn ich Sie davor beschützen soll.«

»Sie riskieren hier eine verdammt dicke Lippe. Glauben Sie, dass das gesund für Sie ist?«

»Ich kann schon auf mich aufpassen«, gab Steven gelassen zurück. »Und wenn ich das auch für Sie tun soll, dann spielen Sie mit offenen Karten. Oder wir vergessen das Ganze.«

Kuzmarek überlegte eine Weile, dann war er anscheinend zu einem Entschluss gekommen. »Ich will Referenzen haben«, forderte er. »Einen oder zwei Ihrer ehemaligen Kunden, die mir bestätigen, dass man Ihnen trauen kann.«

»Ich werde mich mit einigen davon in Verbindung setzen«, antwortete Steven. »Sollte einer davon bereit sein, mit Ihnen zu reden, gebe ich Ihnen die Kontaktdaten. Mehr kann ich nicht versprechen, wie ich Ihnen gesagt habe, behandle ich meine Kunden vertraulich.«

»Ich will bis morgen Nachmittag Referenzen haben. Sonst sind Sie Ihren Job los. Und jetzt können Sie gehen, für heute habe ich genug von Ihnen.«

Steven nickte ihm zu und fuhr in die Wohnung. Das war für den ersten Arbeitstag schon ganz gut gelaufen. Es bestand zwar ein gewisses Risiko darin, Kuzmarek so unter Druck zu setzen, aber Steven wollte vorankommen und ihn nicht noch in einem halben Jahr durch die Gegend kutschieren.

In der Wohnung angekommen erlebte er die nächste positive Überraschung. Lisas ganze Sachen waren weg und, das Beste, die Frau gleich dazu. In der Küche lag nur ein Zettel. *Deal ist genehmigt,* war alles, was darauf stand. Steven holte sich ein Bier aus dem Kühlschrank und streckte sich zufrieden auf der Wohnzimmercouch aus. Dann nahm er sein Handy und klingelte Nick aus dem Bett.

Am nächsten Abend drückte er Kuzmarek einen Zettel in die Hand. »Hier haben Sie die Telefonnummern von zwei meiner ehemaligen Kunden. Sie sind bereit, mit Ihnen zu sprechen.«

Kuzmarek schaute auf den Zettel. »Was ist das für eine Vorwahl?«, wollte er wissen.

»Spanien«, antwortete Steven. »Ich hatte Ihnen doch gesagt, dass ich die letzten Jahre da gearbeitet habe.«

»Warten Sie draußen. Ich rufe da jetzt an, und danach können wir reden.«

Steven ging zu Murat, dem Barkeeper, und ließ sich ein Bier geben.

»Wo ist denn deine scharfe Freundin?«, wollte der wissen.

Steven zuckte mit den Schultern. »Zu Hause, nehme ich an. Wir sind nicht an der Hüfte zusammengewachsen.«

Murat lachte. »Das sieht sie aber anders, oder? Sie kam mir ziemlich anhänglich vor.«

Steven seufzte. »Das kannst du laut sagen. Ich kann es nicht ausstehen, wenn Weiber so klammern. Darum soll sie ruhig mal ein paar Abende zu Hause bleiben. So ein Generve brauche ich nicht.«

Murat nickte mitfühlend und bediente dann wieder die Gäste am Tresen. Steven beobachtete ihn dabei, konnte aber nicht erkennen, dass Murat etwas anderes als Drinks verkaufte. Nach einer Viertelstunde kam Kuzmarek an die Bar und haute Steven auf die Schulter.

»Komm mit ins Büro«, forderte er ihn auf. Dort ließ er sich hinter seinen Schreibtisch fallen und nickte Steven anerkennend zu.

»Okay, zuerst einmal, ich bin Viktor. Schluss mit dem Gesieze. Deine Kunden haben sich für dich verbürgt. Du hast ja für zwei ziemlich große Nummern gearbeitet, was?«

Steven zuckte mit den Schultern. »Geht mich nichts an, womit jemand sein Geld verdient. Ich mache meinen Job und gut.«

»Das ist die richtige Einstellung«, lobte Viktor. »Und nun zu unserem Gespräch von gestern. Also, du hattest recht, ich habe im Moment einige Probleme, geschäftlich. Um was es da geht, musst du nicht wissen, aber die Jungs, die vielleicht vorhaben, mir auf den Pelz zu rücken, musst du natürlich kennen, das sehe ich ein.« Er holte aus der Schublade einige Fotos und schob sie über den Schreibtisch zu Steven. »Die Fotos kannst du behalten. Das sind die Typen, von denen mir im Moment Gefahr drohen könnte. Ich bin mir darüber nicht mal sicher, aber Vorsicht ist nie verkehrt. Ich will, dass du mich abholst, in den Club bringst und später wieder zu Hause absetzt.«

»Kann ich machen«, stimmte Steven zu. »Und wie sieht es tagsüber aus?«

»Da bleibe ich im Moment in meinem Haus. Das ist gesichert. Alles klar?«

»Alles klar. Ich habe dir noch etwas mitgebracht«, sagte Steven und holte einen Pager aus der Tasche. »Hier, wenn du diese Nummer drückst, erhalte ich ein Signal und bin sofort da.«

»Wow«, staunte Viktor. »Du denkst mit, oder? Dann halte bitte jetzt drinnen die Augen auf, ich werde heute bis eins oder zwei hier sein. Danach kannst du mich nach Hause fahren.«

Steven steckte die Fotos ein und schlug die Zeit tot, bis Viktor Kuzmarek ihm um halb zwei mitteilte, dass er nun nach Hause wollte. Steven machte eine große Nummer daraus, ließ Viktor bei den Türstehern, rannte zum Auto und fuhr dann direkt vor die Eingangstür. Sein neuer Chef war gebührend beeindruckt, während Steven sich das Lachen verkneifen musste. Dieser Typ war schon ein wenig naiv. Wenn ihm wirklich jemand ernsthaft ans Leder wollte, würde er einfach an der nächsten Ampel durch das Autofenster schießen. Aber ihm war es nur recht, wenn Viktor ihn für eine große Nummer hielt.

Der dirigierte ihn aus der Stadt raus über die Autobahn bis in einen gepflegten Vorort. Vor einem großen Einfamilienhaus hielt Steven, stieg aus und ging mit Viktor neben sich zum Haus. Das war mit einer Alarmanlage gesichert, und der Clubbesitzer forderte Steven auf, sich umzudrehen, während er den Code eingab.

»So, ab hier brauche ich dich nicht mehr«, verabschiedete er sich und drückte Steven einen Autoschlüssel in die Hand. »In der Garage steht ein Golf, mit dem kannst du zurückfahren. Hol mich morgen Abend gegen acht wieder ab.«

Bis Steven zurück in der Wohnung war, zeigte die Uhr bereits halb vier. Auf der Fahrt nach Hause lachte er leise in sich hinein. Er traute Nick zu, dass er selbst mit Kuzmarek gesprochen hatte und sich als angeblichen Schützling von Steven ausgegeben hatte. Nur, wie er das mit der Telefonschaltung hinbekommen hatte, sodass Kuzmarek der Meinung war, er riefe in Spanien an, das wollte er doch gerne wissen. In der Wohnung angekommen, fiel er todmüde ins Bett.

Erst am nächsten Mittag wurde er wach und schaute sich die Fotos an, die Kuzmarek ihm gegeben hatte. Alle vier Männer waren keine Unbekannten für ihn. Sie erledigten für Murango die Drecksarbeit. Nun wurde es ja mal interessant. Warum hatte Kuzmarek Angst vor Murango?

Teresa konnte in der Nacht vor Freitag kaum schlafen. Immer wieder ging sie in Gedanken das Gespräch mit Dr. Wentheim durch, überlegte sich Argumente, mit denen sie ihn überzeugen konnte. Doch als sie dann vor ihm saß, war alles, was sie so sorgfältig einstudiert hatte, vergessen. Sie fing an, verhaspelte sich, begann wieder von vorn und stockte nach den ersten zwei Sätzen wieder.

»Frau Suttner, ich habe nicht den ganzen Tag Zeit. Sie haben diesen Termin so dringend gemacht, dass meine Assistentin sie kurzfristig dazwischengeschoben hat. Dann tun Sie mir jetzt bitte den Gefallen und erzählen mir, was Sie so Wichtiges herführt.«

Teresa atmete tief durch und erzählte dann die ganze Geschichte von Anfang an. Dr. Wentheim unterbrach sie kein einziges Mal, sah sie nur mit versteinerter Miene an.

»Ja, und darum sitze ich jetzt hier«, schloss Teresa nervös. »Mir ist klar, dass ich mich komplett falsch verhalten habe, und dafür entschuldige ich mich. Ich hoffe allerdings, Sie können meine Zwangslage wenigstens ein bisschen nachempfinden.«

»Wie lange arbeiten Sie schon hier?«, fragte Dr. Wentheim.

»Fast zwölf Jahre«, erwiderte Teresa unsicher.

»Richtig. Und selbst nach zwölf Jahren haben Sie so wenig Vertrauen in die Geschäftsführung dieser Bank, dass Sie sich zu einem solch unsinnigen Alleingang berufen fühlten? Ist Ihnen nicht einmal der Gedanke gekommen, dass auch wir gewisse Unregelmäßigkeiten bemerkt haben könnten? Und eigene Strategien entwickelt haben, um diese aufzudecken?«

Teresa starrte ihn an und klappte den Mund zu. »Das heißt, Sie wissen schon von all dem? Und Sie glauben mir? Dass nicht ich, sondern Dr. Benthoff die Hand aufgehalten hat?«

»Glauben tue ich erst mal gar nichts, aber ja, es gibt gewisse Indizien, die Sie entlasten. Es wäre sowohl für unsere internen als auch für die polizeilichen Ermittlungen allerdings mehr als hilfreich gewesen, wenn Sie sofort zu mir gekommen wären. Zumal es durch Ihr Eingreifen nun nur noch eine Frage der Zeit ist, bis auch Dr. Benthoff von dem Verdacht gegen ihn erfährt.«

»Sie haben bereits die Polizei eingeschaltet?«

»Selbstverständlich. Aber natürlich wird sehr sensibel ermittelt, um niemanden vorzeitig aufzuschrecken. Die Beamten werden von Ihnen eine Zeugenaussage benötigen. Dies sollten wir als Erstes in die Wege leiten.«

Dr. Wertheim griff zum Telefon und informierte die Person am anderen Ende der Leitung darüber, dass noch heute Vormittag eine Zeugin vorbeikäme, um eine Aussage zu machen.

»Sie werden sich gleich am Montag krankmelden. Solange die Ermittlungen laufen, müsste ich Sie eigentlich suspendieren. Aber wir wollen nicht noch mehr Staub aufwirbeln. Wie es dann mit Ihnen weitergeht, werden wir zu gegebener Zeit entscheiden.« Dr. Wertheim drückte ihr eine Visitenkarte vom Landeskriminalamt in die Hand. »Bitte fahren Sie jetzt gleich zum LKA. Die zuständige Beamtin heißt Corinna Mahler. Sie erwartet Sie.«

Damit war Teresa verabschiedet. Sie ging in die Tiefgarage zu ihrem Auto und blieb dort erst einmal wie versteinert sitzen. Alles, was sie riskiert hatte, war also umsonst gewesen. Statt sich einen solch hirnrissigen Plan auszudenken, hätte sie sofort den Vorstand informieren können. Dann wäre alles gut gewesen, so aber musste sie befürchten, bald ihren Job zu verlieren. Wie betäubt fuhr sie zu der Adresse, die Dr. Wertheim ihr gegeben hatte, und fragte nach einer Frau Mahler.

Die Beamtin ließ sich nicht anmerken, was sie von Teresas Plan hielt, nahm nur die Aussage auf und stellte ab und zu kurze Fragen. Nach einer halben Stunde war Teresa entlassen. Sie fuhr nach Hause, doch sobald sie das Auto auf einem Parkplatz abgestellt hatte, wurde ihr klar, dass sie auf keinen Fall jetzt allein in ihrer Wohnung hocken wollte. So fuhr sie ein Stück weiter und parkte vor Jennifers Haus.

Die machte ihr fröhlich die Tür auf. »Hey, wie schön, dich zu sehen. Ich wollte gerade eine Pause machen, ich tippe mir bald die Finger wund.« Mit einem Blick auf Teresas Gesicht schob sie ihre Freundin jedoch schnell in die Küche. »Was ist passiert? Du siehst aus, als wäre jemand vom Bus überfahren worden.« Da Teresa nicht sofort antwortete, hakte sie aufgeschreckt nach. »Es ist doch niemand vom Bus überfahren worden, oder?«

Nun musste Teresa trotz allem lachen. »Nein, soweit ich weiß, nicht. Ich muss mal mit dir reden. Ich habe so richtig Mist gebaut.«

Nachdem Teresa ihre Geschichte erzählt hatte, pfiff Jennifer leise vor sich hin. »Was für ein Schlamassel. Aber du hast das Richtige getan, indem du damit zum Vorstand gegangen bist. Und ich frage dich jetzt nicht, warum du mir das nicht schon längst erzählt hast. Ich weiß ja, dass du immer meinst, alles mit dir selbst ausmachen zu müssen.«

»Es tut mir leid. Ich wollte da niemanden mit reinziehen. Obwohl, ehrlich gesagt, bin ich jetzt total erleichtert, dass es vorbei ist. Auch wenn ich nicht weiß, wie es mit meinem Job weitergeht.«

»Das kann ich mir vorstellen. Aber eines kapiere ich nicht. Du hast doch gesagt, Steven wusste von der ganzen Sache nichts. Wie kann das sein, wenn die Polizei doch schon ermittelt?«

»Na ja, damit ist wohl eine ganz andere Abteilung beschäftigt. Er weiß ja auch nicht, an welchen Fällen zum Beispiel die Leute im Diebstahldezernat arbeiten.«

»Er hat sich schon richtig gut verhalten, oder?«, fragte Jennifer vorsichtig.

»Ja. Im Gegensatz zu mir, meinst du.« Sie wehrte Jennifers Protest ab und sprach weiter. »Du hast ja recht. Während er sofort an meiner Seite war, als ich einen Fehler gemacht habe, und mir keinerlei Vorwürfe gemacht hat, sondern mir nur helfen wollte, habe ich ihn bei der ersten Schwierigkeit aus meinem Leben gestrichen. Aber ich konnte ihn einfach nicht mehr sehen.« Teresa fing an zu weinen. »Ich konnte es einfach nicht. Das war keine rationale Entscheidung.«

»Mach dich nicht so runter«, versuchte Jennifer sie zu trösten. »Du bist einfach ein sehr introvertierter Mensch, aber das ist nichts Schlechtes. Jeder ist eben so, wie er ist. Dir fällt es schwer, dich anderen Menschen gegenüber zu öffnen, aber wenn du es dann tust, dann total. Insofern war es natürlich ein riesiger Schock für dich zu erfahren, dass ausgerechnet Steven dich betrogen hat. Der Mann, dem du hundertprozentig vertraut hast. Ich kann gut verstehen, dass du dich danach erst einmal abschotten musstest.«

»Danke«, schniefte Teresa. »Es war wirklich ein Schock. Aber ich fange so langsam an zu verstehen, dass nicht nur er Fehler gemacht hat. Als ich das Gefühl bekam, er stünde nicht mehr absolut hinter mir, habe ich einfach dichtgemacht. Und schon vorher habe ich immer seine Sorgen, was meine Karriere anging, als albern abgetan. Seine Gefühle ignoriert, weil die mir nicht gepasst haben. Aber gut, das tut jetzt auch nichts mehr zur Sache. Ich habe beschlossen, nach vorne zu schauen. Und morgen bin ich mit Matthias verabredet. Er hat Theaterkarten für uns.«

»Und wie du dich darauf freust«, lästerte Jennifer. »Pass bloß auf, dass du mir mit deinen Freudensprüngen nicht das Parkett versaust.«

»Du hast ja recht«, seufzte Teresa. »Es wäre wohl auch zu einfach gewesen. Mein Mann betrügt mich, ich verlasse ihn und lerne kurz darauf einen tollen Mann kennen, in den ich mich unsterblich verliebe. So etwas gibt es wohl nur in Kitschromanen.«

»Und warum gehst du dann mit ihm noch ins Theater?«

»Weil ich schon vor zwei Wochen zugesagt habe und er die Karten bereits gekauft hat. Danach gehe ich mit ihm etwas trinken und werde ihm erklären, dass ich noch nicht so weit bin. Das ist nur fair. Aber jetzt erzähl mir von deinem Buch. Du kommst also gut voran?«

»Ja, und wie. Dadurch, dass ich Urlaub habe, kann ich von morgens bis abends schreiben und mich komplett nur darauf konzentrieren.

»Du schreibst wirklich schnell. Ich komme mit dem Lesen gar nicht nach.«

»Würde es dir etwas ausmachen, wenn ich dir erst mal nichts mehr schicke? Im Moment ist alles etwas unklar«, seufzte Jennifer. »Meine Figuren machen, was sie wollen.«

»So was gibt es wirklich?« staunte Teresa. »Ehrlich gesagt, wenn ich mal in Talkshows Autoren gesehen habe, die genau das behaupteten, habe ich die immer als ziemlich wichtigtuerisch empfunden. Ich meine, ihr schreibt die Bücher doch. Da übernimmt doch nicht irgendeine finstere Macht eure Hände.«

»Ich weiß, es hört sich merkwürdig an. Aber es ist wirklich so, wenn die Story gut läuft, entwickeln die Figuren ein Eigenleben. Erklären kann ich es auch nicht, aber es ist so. Jedenfalls, bis ich weiß, welchen Kurs das Ganze fährt, schicke ich dir keine Seiten mehr, okay?«

»Okay«, erwiderte Teresa. »Ist vielleicht sowieso besser. Irgendwie ist es für mich sehr seltsam, es zu lesen. Es ist wie mein Leben aus einer anderen Perspektive. Was ist eigentlich mit heute Abend? Wollen wir noch ins *Be good*?«

Jennifer machte ein schuldbewusstes Gesicht. »Oje. Das habe ich total vergessen. Aber klar, kein Problem, wir fahren da hin.«

Teresa lachte. »Lass man. Ich habe auch nicht so große Lust. Wir verschieben das einfach. Und ich lass dich jetzt wieder allein. Wenn du Gesellschaft brauchst, melde dich einfach, ja?«

»Danke. Das ist lieb von dir«, sagte Jennifer. »Und du meldest dich auf alle Fälle, wenn du Neuigkeiten über deinen Job hast, ja?«

»Mache ich«, sicherte Teresa zu und ging bereits zur Tür, als Jennifer sie noch einmal zurückrief.

»Stopp, warte noch mal. Ich habe was vergessen. Ich brauche doch dringend diese Hintergrundinfo über Stevens Job. Könntest du vielleicht bei Nick anrufen und ihn fragen, ob er mal ein bisschen Zeit für mich hätte? Ich mag da irgendwie nicht selbst anrufen.«

Teresa lachte. »So schüchtern kenne ich dich ja gar nicht. Aber kein Problem, ich rufe ihn gleich an. Sie scrollte durch ihr Handy, bis sie Nicks Nummer hatte, und eine Minute später meldete er sich. »Hallo, Nick, hier ist Teresa.«

Nach einem kurzen Überraschungsmoment sagte dieser: »Hallo, schön, von dir zu hören. Wie geht es dir so?«

»So weit ganz gut. Steven hat dir sicher von meiner Geschichte erzählt. Blöde Sache. Aber ich rufe aus einem anderen Grund an. Eine Freundin von mir ist Schriftstellerin und arbeitet gerade an ihrem neuen Roman. Und eine der Figuren ist ein verdeckter Ermittler. Dafür bräuchte sie ein paar Hintergrundinfos über euren Job. Hättest du mal ein paar Minuten Zeit für sie?«

»Klar«, stimmte Nick zu. »Allerdings bin ich ab nächster Woche viel unterwegs. Das kann also dauern.«

»Das ist nicht so gut. Sie kommt wohl ohne diese Infos nicht weiter mit dem Schreiben. Kannst du es nicht irgendwie früher einrichten?«

»Also, wenn es so eilig ist, dann kann sie heute Nachmittag ins Präsidium kommen. Ich bin so zwischen zwei und vier da. Passt das?«

»Ja, auf alle Fälle. Ganz vielen Dank, ich sage ihr Bescheid. Grüß Steven bitte von mir, ja?«

»Mach ich«, sagte Nick und legte auf.

Teresa wandte sich Jennifer zu. »Es scheint, als hätte jemand heute so um drei Uhr ein Date.«

»Echt? Das ist ja super. Ich habe schon ein Kapitel auslassen müssen, da mir Infos fehlen. Ich werde pünktlich da sein. Und mir vorher die Haare waschen«, kicherte sie. »Ich rufe dich an, wenn ich wieder zurück bin.«

»Mach das und viel Glück! Bis später.«

Teresa fuhr nach Hause und beschloss, nicht länger über ihre Situation zu jammern, sondern aus der freien Zeit das Beste zu machen. Wenn sie auch noch nicht die geringste Ahnung hatte, was das Beste sein konnte.

Jennifer parkte ihr Auto vor dem Präsidium und meldete sich beim Pförtner an. Der kontrolliere zuerst ihren Ausweis, bevor er zum Telefon griff.

»Herr Wegener kommt gleich und holt sie ab«, informierte er sie. »Sie können dort drüben Platz nehmen.«

Jennifer setzte sich auf eine harte Bank und versuchte, sich auf die Fragen, die sie sich notiert hatte, zu konzentrieren. Leicht fiel ihr das nicht. Als endlich die Fahrstuhltür aufging und Nick auf sie zukam, bekam sie fast weiche Knie. Auf dem Geburtstag von Steven war er ihr sofort aufgefallen, aber damals hatte sie schon ein paar Drinks zu viel gehabt. Natürlich wusste sie noch, dass er attraktiv war, aber so? Groß, muskulös, mit sehr dunklen Haaren und dazu tiefblauen Augen. Wenn sie sich einen Mann hätte malen können, dann sähe er aus wie Nick.

»Hallo«, sagte der. »Wir kennen uns doch, oder?«

»Ich glaube, ja«, antwortete sie mit viel zu hoher Stimme. »Ich bin Jennifer, die Freundin von Teresa. Ich hatte auf Stevens Geburtstag ein rotes Kleid an.« Gleich darauf hätte sie sich am liebsten in den Hintern gebissen. Was für eine dämliche Ansage. Vielleicht sollte sie noch hinzufügen, dass sie eine Wassermelone getragen hatte. Wie peinlich.

Nick aber lachte nur. »Ein rotes Kleid ist nie verkehrt. Wollen wir in mein Büro?«

Jennifer nickte nur. Nicht dass sie sonst noch gehaucht hätte: »Wo auch immer du hinwillst, ich folge dir überallhin.«

Im Fahrstuhl stellte sie auch noch fest, dass er unglaublich gut roch. Schluss jetzt, befahl sie sich selbst. Du bist eine ernstzunehmende Schriftstellerin und kein dreizehnjähriger Teenie, der vor seinem Pop-Idol steht. Reiß dich zusammen. Diese Ansage half ihr tatsächlich, sich so einigermaßen auf ihr Anliegen zu konzentrieren.

»Vielen Dank, dass du dir Zeit für mich nimmst. Ich schreibe gerade an meinem dritten Buch, und einer der Protagonisten arbeitet als verdeckter Ermittler. Kannst du mir ein bisschen was darüber erzählen? Ich kann mir so einiges vorstellen …«, rutschte es ihr heraus. »Ähm, ich meine, ich kann mir so einiges über deinen Beruf vorstellen, aber ich habe keine Ahnung, wie viel davon der Realität entspricht.«

Nick lächelte sie an und brachte sie damit noch mehr aus dem Konzept. Trotzdem schaffte sie es, alles aufzuschreiben, was er ihr erzählte. Das war so spannend, dass sie sich wieder beruhigte und in der Lage war, ihre Fragen zu stellen. Manche durfte Nick ihr nicht beantworten, aber nach einer Stunde war sie schon schlauer als vorher.

»Super, ganz vielen Dank. Damit hast du mir sehr weitergeholfen. Dann gehe ich jetzt wieder an meinen Schreibtisch.« Sie zögerte noch einen Moment, aber da Nick nicht auf sie zustürzte und sie bekniete, ihn nicht zu verlassen, stand sie notgedrungen auf. Nick begleitete sie noch zum Fahrstuhl, der viel zu schnell kam.

»Gut, dann nochmals danke. Und wenn du willst, schicke ich dir das Buch, wenn es erscheint.«

Die Fahrstuhltüren schlossen sich, doch bevor sie ganz zugingen, schob Nick einen Fuß dazwischen. »Das lese ich gern. Aber nur wenn die Hauptfigur ein großes Wasserbett hat«, zwinkerte er ihr zu und nahm den Fuß aus der Tür. Zumindest ging die nun so schnell zu, dass er nicht sehen konnte, wie knallrot sie geworden war.

Am Samstag schaute Teresa auf die Uhr. In einer Stunde würde Matthias sie abholen, und ihr war ein wenig mulmig, wenn sie an das bevorstehende Gespräch dachte. Erst einmal ließ sie sich nichts anmerken und sah mit ihm gemeinsam das Theaterstück. Das allerdings grottenschlecht war. Dies sah Matthias genauso, und so fragte er sie in der Pause, ob sie nicht lieber gehen wollten.

»Gerne«, stimmte Teresa zu. »Ich kann mit dem Stück überhaupt nichts anfangen. Und ich wollte sowieso noch mit dir reden. Wollen wir irgendwo etwas trinken gehen?«

»Ja, aber nicht irgendwo. Lass uns zu mir fahren. Ich habe eine Überraschung für dich.«

»Zu dir? In dein Hotel?«

»Lass dich überraschen, komm einfach mit.«

Eine halbe Stunde später stand Teresa in einer großen, elegant eingerichteten Wohnung, die einen spektakulären Blick über den Hafen bot.

»Ich wollte dir nichts verraten, bis alles fertig ist«, freute sich Matthias. »Mit meinem Job hat alles geklappt, seit zwei Wochen arbeite ich wieder hier als Staatsanwalt. Und dies hier ist meine neue Wohnung. Du bist mein erster Gast.«

»Das ist, äh, toll«, versuchte Teresa, Begeisterung zu zeigen.

»Finde ich auch. Vor allem weil wir nun unsere Beziehung richtig genießen können. Keine Wochenendbesuche mehr, keine Telefonate, sondern richtig zusammen sein. Lass uns darauf anstoßen.« Er ging in die Küche, holte eine Flasche Champagner, öffnete sie fachmännisch und schenkte Teresa ein. »Auf uns«, sagte er und hob sein Glas.

Teresa stellte ihr Glas auf dem Tisch ab. »Matthias, ich freue mich wirklich für dich, dass es mit deiner Rückkehr geklappt hat und du nun wieder als Staatsanwalt arbeitest. Aber ich fürchte, eine Beziehung zwischen uns beiden wird nicht funktionieren.«

»Warum das nicht? Wir haben uns doch so gut verstanden«, fragte er ungläubig.

»Ja, als Freunde. Du weißt, dass ich noch mit Steven verheiratet bin. Und ich überlege, ob ich ihm oder besser gesagt uns eine zweite Chance gebe. Da sind noch eine Menge Gefühle im Spiel.«

»Teresa, bist du dir sicher? Hat er dich nicht genug verletzt?«

»Doch, sicher hat er das. Aber Menschen machen Fehler. Obwohl ich es lange abgelehnt habe, auch nur mit ihm zu reden, war er sofort für mich da, als ich Hilfe gebraucht habe. Das hat mir sehr zu denken gegeben.«

»Du hast Hilfe gebraucht?«, fragte Matthias nach.

»Ja, aber das hat sich erledigt. Ich bin sozusagen in einen seiner Fälle gestolpert, und es hätte Konsequenzen für mich gegeben. Aber, wie gesagt, das ist erledigt.«

»Ach, die Sache meinst du. Ich weiß, wovon du sprichst.«

»Wirklich?« Teresa sah ihn ungläubig an. »Woher weißt du denn davon?«

»Wie gesagt, ich bin wieder als Staatsanwalt hier und insofern natürlich der erste Ansprechpartner für Steven und seinen Partner. Schließlich arbeiten wir zusammen an diesem Fall.«

»Dann wusstest du die ganze Zeit von mir und meiner dämlichen Idee mit Murango? Und hast nichts gesagt?«

»Was hätte ich denn da sagen sollen, Teresa? Erstens darf ich gar nicht über aktuelle Fälle reden. Und zweitens wollte ich dich nicht in Verlegenheit bringen.«

»Das ist, äh, ziemlich nett von dir. Dann hast du auch den Auftrag gegeben, diese Fotos von mir und Murango nicht zu den Akten zu geben?«

»Ertappt«, sagte Matthias und zeigte ein schiefes Grinsen. »Der Partner von Steven, ich komme im Moment nicht auf den Namen …«

»Nick. Nick Wegener«, half ihm Teresa.

»Richtig. Herr Wegener hat die Sache mit mir besprochen, und ich war einverstanden, sie unter den Tisch fallen zu lassen. Aber nun, da du weißt, dass ich da involviert bin, würde ich die Geschichte gerne noch einmal von dir selbst hören. So ganz verstanden habe ich nämlich nicht, was mir Herr Wegener erzählt hat.«

Teresa schluckte, aber dann begann sie zu berichten. Am liebsten wäre sie nie wieder daran erinnert worden, aber da nicht nur Nick und Steven, sondern nun sogar Matthias ihr geholfen hatten, war sie ihm ihre Version der Geschichte schuldig.

Als sie endete, nahm Matthias ihre Hand. »Eine unschöne Geschichte für dich. Umso mehr freue ich mich, dir geholfen zu haben. Und nun noch einmal zu uns. Du bist eine wunderbare Frau und intelligent genug, um zu wissen, was du willst. Aber ich bitte dich, noch einmal über alles nachzudenken. Steven wird dich wieder enttäuschen. Denk daran, was ich dir über meine Frau erzählt habe. Menschen ändern sich nicht, auch wenn wir uns das noch so sehr wünschen. Zumal dein Mann genau weiß, dass ihr beide euch schon lange nicht mehr auf Augenhöhe befindet. Du hast Karriere gemacht, Teresa, und du verdienst einen Mann, der dir ebenbürtig ist. Aber ich will dich nicht bedrängen. Ich habe nur diese eine Bitte. Denk noch einmal darüber nach.«

Teresa versuchte, ihre Wut zu unterdrücken. Sie wollte hier nicht sitzen und zuhören, wie er so über Steven redete. Andererseits fühlte sie sich Matthias gegenüber verpflichtet. So stand sie nur ruhig auf und nahm ihre Tasche. »Vielen Dank für deine Offenheit, aber ich werde jetzt gehen. Lass mir ein bisschen Zeit, ich werde mir alles noch mal durch den Kopf gehen lassen und mich dann bei dir melden.«

12

Drei Wochen später saß Steven gerade im *Big Easy* am Tresen und langweilte sich, als eine Frau Mitte zwanzig sich auf den Barhocker neben ihm setzte.

»Ich weiß, wer du bist«, kicherte sie ziemlich angetrunken. »Da staunst du, was?«

Steven schaute sich schnell um, ob jemand sie beobachtete. Er saß ganz am Ende des Tresens, wo es ziemlich schummerig war, und niemand schien in seine Richtung zu sehen. Trotzdem, wenn er hier enttarnt wurde, hätte das üble Konsequenzen.

Betont langsam wandte er sich der Frau zu. Deren Augen wiesen darauf hin, dass sie an diesem Abend nicht nur Alkohol konsumiert hatte.

»Und wie ich da staune«, gab er zurück. »Wer bin ich denn?«

»Du bist Steve«, kicherte sie weiter. »Der Aufpasser von Viktor.«

Steven entspannte sich wieder. »So kann man das nennen, ja.«

»Das hat mir ein Freund erzählt, einer der Türsteher. Wie wär's, willst du nicht auch mal auf mich aufpassen?«

Steven wollte sie gerade auffordern, jemand anderem auf die Nerven zu gehen, als er aus dem Augenwinkel Kuzmarek sah, der aus seinem Büro kam. Sofort legte er seinen Arm um die Frau und zog sie an sich. »Wer kann zu so einem Angebot schon Nein sagen? Bei dir würde mir einiges einfallen, das ich gerne beschützen würde.«

Zum Glück kam Kuzmarek nun zu ihm und bedeutete Steven, ihm ins Büro zu folgen. »Mann, Steve, du lässt auch nichts anbrennen, oder?«, fragte er anerkennend. »Nun weiß ich auch, warum du deine Freundin nicht mehr mitbringst.«

Steven lächelte leicht. »Warum sollte ich ein Rind mit ins Steakhaus bringen? Ergibt doch keinen Sinn.«

Kuzmarek lachte schallend. »Du passt in die Welt, wirklich. Ich will was mit dir bereden«, wechselte er das Thema. Gleichzeitig öffnete er eine Schreibtischschublade und holte seinen Privatvorrat Kokain heraus. Gekonnt legte er zwei Lines und sog die erste mit einem kleinen, silbernen Röhrchen auf.

Anschließend atmete er tief durch und schob Steven das Röhrchen zu. »Hier. Hast du dir verdient.«

»Sehr gerne. Aber nicht während meiner Arbeitszeit. Hier muss ich einen klaren Kopf haben.«

»Gute Einstellung«, lobte Kuzmarek. »Obwohl, das ist wirklich erstklassiges Zeug. Nicht so was Gestrecktes. Aber okay, ich wollte ja was mit dir besprechen. Also, wir haben hinter dem Club diesen Anbau. Als Lager ist der viel zu groß, darum haben wir den bisher nicht genutzt. Nun haben wir jedoch eine Idee, was wir daraus machen können.«

»Wer ist wir?«, fragte Steven betont beiläufig. Kuzmarek hatte ihn in der letzten Woche mehr und mehr ins Vertrauen gezogen. Und besonders wenn er auf Koks war, redete er wie aufgezogen.

»So ein Partner von mir. Jedenfalls, wir machen einen kleinen, privaten Puff daraus. Die Leute hier im Club koksen eine Menge. Und wer kokst, der wird geil, stimmt's? Das heißt, ich verkaufe ihnen erst den Stoff und dann die Frauen. Zwei Fliegen mit einer Klappe und eine Menge Profit.«

»Hört sich vielversprechend an«, stimmte Steven zu.

»Und ob es das ist. Murango liefert die Frauen und ich die Männer, die dafür bezahlen. So halten wir das auch in meinen anderen Läden.«

»Du hast noch mehr Läden?«, fragte Steven scheinbar anerkennend. »Du hast echt was auf dem Kasten, oder?«

»Klar«, gab Kuzmarek geschmeichelt zurück. »Dieser Club hier, das ist mehr so mein Hobby, auch wenn ich damit gutes Geld verdiene. Aber echten Erfolg hast du nur, wenn du ein paar Pferde mehr im Stall hast. Allein in dieser Stadt gehören mir vier Bordelle, da rollt der Rubel. Vor allem mit einem Partner wie Murango.«

»Wer ist dieser Murango eigentlich?«, fragte Steven unschuldig nach.

»Einer, der ganz oben mitmischt. Der kann dir alles beschaffen, was du willst.«

Kuzmarek zog sich die zweite Line rein und schenkte sich einen Whisky ein. »Ob Frauen, Drogen oder was auch immer. Was glaubst du, warum mein Club jeden Abend voll ist? Viele der Leute, die hier feiern, wollen dazu Drogen. Also geben wir den Leuten, was sie wollen, gutes Zeug. Wie gesagt, Murango macht's möglich. Der hat's drauf, der Typ«, schwadronierte er weiter. »Ist nicht ganz einfach, mit ihm zusammenzuarbeiten. Hat hohe Erwartungen. Aber es gibt nichts, was der Mann nicht deichseln könnte. Und nun haben wir hier hinter dem Laden den nächsten Puff geplant. Und dich nehme ich mit.« Er hob sein Whiskyglas und prostete Steven zu. »Bist ein cooler Typ. Und hast hier einen echt guten Job gemacht. So was muss belohnt werden. Ich hatte ein bisschen Stress mit Murango. Aber das ist alles ausgeräumt, auf mich muss keiner mehr aufpassen. Obwohl, ich bin ziemlich sicher, dass ich es dir zu verdanken habe, dass mir kein Haar gekrümmt wurde. Und darum lass ich mich jetzt nicht lumpen. Du wirst die Aufsicht im Puff führen, was sagst du nun?«

Steven zog die Augenbrauen hoch. »Das ist großartig. Ich sage danke.«

»Keine Ursache«, winkte Kuzmarek ab. »Gute Leute brauche ich immer. Am Anfang kann es etwas Stress geben, kennst das ja. Die Weiber denken, sie kommen nach Deutschland, um Au-pairs oder Kellnerinnen zu werden, dämlich, wie die sind. Aber wir werden ihnen schon zeigen, was sie hier zu tun haben. Und dann machen wir richtig Kohle.«

»Hört sich nach einer guten Idee an. Ich bin dabei.«

»Gut, gut. Die Handwerker sind Ende der Woche mit dem Umbau fertig, dann legen wir los. Und jetzt kannst du Feierabend machen, ich fahre heute selbst nach Hause. Ab morgen fährst du mich wieder. Wir sehen uns morgen, okay?«

»Alles klar, Viktor. Und nochmals, danke. Ich weiß dein Vertrauen zu schätzen.«

Eine halbe Stunde später lag Steven auf seinem Bett in der kargen Wohnung und kam langsam wieder runter. Das Ende des Jobs stand kurz bevor. Er musste nur noch abwarten, bis die Frauen in den Puff gebracht wurden, dann konnten sie Kuzmarek hochnehmen. Und er endlich wieder in sein Leben zurückkehren, das konnte gar nicht schnell genug gehen.

Fast fünf Wochen war es her, dass Steven zuletzt in seinem Büro gewesen war. Umso mehr freute er sich, an einem Montagmorgen wieder zurück zu sein.

»Steven«, quietschte Franzi erfreut, sobald sie ihn auf dem Flur sah. »Ich habe schon gehört, dass du beim Montagsmeeting dabei bist. Ist der Job endlich durch?«

»Weiß ich noch nicht«, quietschte Steven zurück, dann lachte er. »Wie schön, dass sich mal jemand freut, wenn er mich sieht. Gut siehst du aus.«

»Danke, danke. Und, was ist jetzt mit dem Job?«

»Werden wir gleich besprechen. Wenn Hans die Sache so sieht wie ich, dann ist er abgeschlossen. Ist Nick schon da?«

»Nein, noch nicht. Willst du einen Kaffee?«

»Du kochst Kaffee für mich? Hast du endlich meinen Gutschein für den Kurs ›So werde ich eine perfekte Sekretärin‹ eingelöst?«, witzelte Steven.

»Träum weiter. Und jetzt komm mit und genieße den Service. Ab morgen darfst du dir den Kaffee wieder selbst kochen.«

Um zehn saßen die beiden im Büro von Hans Schlüter und warteten auf Nick.

»Wo bleibt der denn nun wieder?«, regte sich Schlüter auf. »Immer dasselbe, hier macht jeder, was er will.«

Steven und auch Franzi verzichteten vorsichtshalber auf einen Kommentar. Die Laune ihres Vorgesetzten schien nicht die beste zu sein. In dem Moment ging die Tür auf, und ein vergnügter Nick setzte sich an den Tisch.

»Einen wunderbaren guten Morgen. Da bin ich, wollen wir anfangen?«

»Das wollten wir schon vor fünf Minuten«, gab Schlüter bärbeißig zurück. »Könnt ihr nicht einmal pünktlich sein? Nur einmal?«

»Wir werden uns bemühen«, lächelte Nick. »Ich war noch im Archiv, weil ich die Akte Meier gesucht habe. Das ist vielleicht staubig da unten.«

»Und wie«, stimmte Steven zu. »Als ich das letzte Mal von da unten eine Akte brauchte, war ich hinterher völlig verdreckt. Dass da nicht mal einer sauber macht …«

Schlüter starrte beide resigniert an. Er war sich mehr als sicher, dass es überhaupt keine Akte Meier gab, hatte es aber schon lange aufgegeben, die beiden zu disziplinieren. Sie machten einen sehr guten Job, und um seine Nerven zu schonen, hatte er bereits vor einiger Zeit beschlossen, sie einfach laufen zu lassen und sich über die zahlreichen guten Resultate, die sie lieferten, zu freuen. Darum konzentrierte er sich nun auf die Besprechung.

»Also, Steven, leg los. Warum bist du hier?«

»Ich glaube, ich kann Erfolg vermelden. Wie ich das sehe, haben wir genug gegen Kuzmarek in der Hand, wir können ihn einkassieren und ihm unseren Deal vorschlagen.«

»Erzähl«, forderte Schlüter ihn auf.

»Zunächst einmal, er verkauft in seinem Club alle Arten von Drogen. Beliefert wird er, wie wir es uns bereits gedacht haben, von Murango. Er liefert den Stoff, der zu dem besten zählt, den es in der Stadt gibt. Das spricht sich natürlich auch unter den Konsumenten herum, darum ist der Club ständig voll.

»Okay, das macht Sinn«, sagte Nick. »Was hast du noch?«

»Kuzmarek hat Angst vor Murango. Warum genau, da bin ich noch nicht hintergestiegen. Es muss aber was mit den Absatzmengen der Drogen zu tun haben. Vielleicht muss er eine Mindestmenge verkaufen oder so. Was da genau läuft, bekommen wir sicher noch raus. Aber das ist nicht das Einzige, was ich habe. Da gibt es noch eine andere Sache, mit der sich Kuzmarek reingeritten hat. Es gibt hinter dem Club einen Anbau. Dort betreibt er seit dem Wochenende einen illegalen Puff. Und die Prostituierten, die dort nicht freiwillig arbeiten – das hat er mir gesagt –, werden von Murango geliefert.«

»Aber wie läuft das denn ab?«, wollte Franzi wissen. »Was für einen Sinn macht ein Bordell, wenn es versteckt ist? Dann findet es doch keiner.«

»Genau das ist der Sinn der Sache«, erklärte Nick. »Ordentlich angemeldete Bordelle werden überprüft. Wenn jemand allerdings mit Zwangsprostituierten arbeitet, kann er sich genau das nicht leisten.«

»Richtig«, stimmte Steven zu. »Und außerdem lässt Kuzmarek im Club eine Menge Koks verkaufen. Und Kokain steigert extrem die Lust und verringert ebenso extrem die Hemmschwelle. Also werden erst die Drogen verkauft und dann die Frauen. Natürlich nur an Stammkunden.«

Schlüter lächelte das erste Mal an diesem Morgen. »Fantastische Arbeit, Steven. Wann soll der Zugriff erfolgen?«

»Am besten gleich heute Abend. Ich soll Kuzmarek gegen neun abholen. Vor der Autobahnzufahrt ist eine Tankstelle, auf die ich fahren werde. Dort können die Jungs vom SEK ihn einkassieren, und zeitgleich kann eine Razzia im Club erfolgen.«

»Das würde ich nicht zeitgleich machen«, wandte Nick ein. »Von einer Razzia würde Murango sofort erfahren, und wir schrecken ihn damit auf. Kassieren wir erst mal Kuzmarek ein – so unauffällig wie möglich – und hoffen, dass er redet. Den Laden nehmen wir dann am nächsten Tag hoch und holen die Frauen da raus.«

Steven nickte. »Guter Einwand. So sollten wir es machen.«

»Ich werde das sofort in die Wege leiten«, freute sich Schlüter. »Und wenn Kuzmarek dann, um eine kürzere Haftstrafe zu bekommen, wirklich auspackt, haben wir den größten Erfolg der letzten Jahre.«

Die drei verließen das Büro, und Steven wandte sich an Nick. »Lust auf einen Spaziergang?«

»Sicher«, antwortete Nick und ging zu den Fahrstühlen. Steven blieb kurz bei Franzi stehen.

»Wir sehen uns morgen. Sonst alles gut?«

»Sicher. Hast du Lust, morgen Abend zu mir zum Essen kommen?«

»Das hört sich gut an. Ich habe die letzten Wochen fast nur von Fast Food gelebt. Wenn ich Zeit habe, gern.« Er folgte Nick, und sie gingen im Archiv des Präsidiums, damit niemand Steven mit Nick zusammen beobachten konnte, auf und ab.

»Was ist los?«, wollte Nick wissen.

»Kleines Problem. Ich hatte gestern Abend eine Auseinandersetzung mit einem der Türsteher. Er liegt jetzt mit Verdacht auf Schädelbasisbruch im Krankenhaus.«

»Zeugen?«

»Keine. Der Typ hat mich auf dem Hof entdeckt, der zu dem Anbau führt. Er beschuldigte mich, hinter Kuzmareks Rücken umsonst eine Nummer schieben zu wollen, und drohte, es Kuzmarek zu erzählen. Der hält mich zwar für Superman, aber du weißt ja, wie paranoid solche Leute sind. Sobald die denken, du hintergehst sie, drehen sie durch. Der übliche Respektscheiß. Jedenfalls gab ein Wort das andere, und er griff mich an. Ich habe ihm eine gelangt, und er ist mit dem Kopf gegen die Tür geknallt.«

»Wo ist das Problem? Das war Notwehr, und keiner kann dir einen Strick daraus drehen.«

»Leider doch. Kuzmarek hatte mir ungefähr fünfzig Gramm Kokain gegeben, die ich beim Aufpasser im Puff abgeben sollte. Die sind bei der Rangelei aus meiner Tasche gefallen, und der Türsteher hat es gesehen.«

Nick presste die Lippen zusammen. »Diese verdammten Vorschriften. Welche Idioten denken sich bloß so was aus? Schicken uns als verdeckte Ermittler los, aber wir dürfen keine Straftaten begehen. Die sollten mal unseren Job machen, sie würden nicht einen Tag überleben.«

»Nicht einen halben«, stimmte Steven zu. »Und es wäre sicher gut angekommen, wenn ich Kuzmarek gesagt hätte, tut mir leid, aber ich kann das Koks nicht rüberbringen, dann mache ich mich strafbar. Aber de facto war ich Drogenkurier, und eben das ist strafbar. Wenn der Türsteher redet oder eine Anzeige macht, kann ein schlauer Anwalt unseren ganzen Fall zusammenkrachen lassen. Er wird einfach angeben, ich hätte meinen Job da ausgenutzt, um selbst mit Drogen zu handeln, und mich damit bereichert. Und das war es dann.«

»Nicht, wenn wir es verhindern können. Wie ist der Typ ins Krankenhaus gekommen?«

»Ich habe ihn in den Flur vom Club getragen und dort Alarm geschlagen. Momentan glauben alle, er ist von einem Gast angegriffen worden. Aber sobald er wieder zu sich kommt, wird er reden. Er liegt im Marienkrankenhaus.«

»Ich kümmere mich darum«, versprach Nick. »Fahr du zurück in die Wohnung, und bring Kuzmarek heute Abend zu dieser Tankstelle. Alles andere mache ich. Wie heißt der Typ?«

Eine Stunde später betrat Nick das Marienkrankenhaus und fragte sich nach dem Zimmer von Serdan Demir durch. Laut dem Türschild handelte es sich um ein Zweibettzimmer. Er ging zu dem Schwesternraum und zeigte kurz seine Polizeimarke vor. Dann versuchte er sein Glück mit seinem strahlendsten Lächeln.

»Ich muss Herrn Demir einige Fragen stellen, und dazu muss ich mit ihm alleine sein. Kriegen wir das hin?«

Die Schwester lächelte zum Glück zurück. »Bestimmt. Der andere Patient wird morgen entlassen und ist so weit wiederhergestellt. Ich bitte ihn kurz heraus.

Nick wartete, bis die Schwester das Zimmer mit einem älteren Mann verließ, bevor er es betrat. Serdan Demir lag mit einem dick bandagierten Kopf im Bett, war aber wenigstens wach. Also wohl kein Schädelbasisbruch. Wieder zückte Nick kurz seine Marke, die Demir nur flüchtig ansah.

»Ich habe die Polizei noch nicht gerufen. Aber wenn Sie schon mal hier sind, will ich eine Anzeige machen.«

Nick setzte sich auf den Stuhl neben dem Bett. »Wie kommt's? Regelt ihr solche Sachen nicht immer unter euch?«

»Der Typ, der mich angegriffen hat, gehört nicht zu uns.«

»Sein Name ist nicht zufällig Steve Huttner, oder?«

Demir sah Nick erstaunt an. »Genau das ist der Typ. Woher wisst ihr denn davon?«

Nick zuckte mit den Schultern. »Sagen wir einfach, wir haben ihn unter Beobachtung. Und darum bin ich hier. Du wirst keine Anzeige gegen ihn erstatten.«

»Und warum sollte ich das nicht tun?«

»Wir sind kurz davor, ihn wegen etlicher Straftaten festnageln zu können. Was wir jetzt gar nicht gebrauchen können, ist eine Anzeige gegen ihn, die ihn aufschreckt. Wenn ihm das Pflaster zu heiß wird, verschwindet er, und ich stehe mit leeren Händen da. Muss ich nicht haben.«

Demir schaute gelangweilt zur Decke. »Was habe ich denn damit zu tun? Ihr macht euren Job, ich mache meinen. Warum sollte ich euch helfen?«

Nick lächelte ihn an und zog eine kleine Tüte aus seiner Hosentasche. »Guck mal, was die Krankenschwester bei dir gefunden hat. Das ist kein Backpulver, oder?«

Demir wurde noch blasser, als er eh schon war. »Scheiße. Das gehört mir nicht. Das muss dieser Psycho mir untergeschoben haben.«

»Hm. Das kann ich mir nun gar nicht vorstellen. Besonders nicht, wenn man sich deine Vorstrafen anguckt. Da war doch was … stimmt, ja, es war Drogenhandel. Und hast du nicht noch Bewährung? Wäre doch schade um dich, wenn die widerrufen werden würde.«

Demir machte den Mund auf, doch er schloss ihn schnell wieder und nickte. »Verstehe«, sagte er dann. »Ich weiß nicht, wer mich angegriffen hat. Es war dunkel, und ich bin erst im Krankenhaus wieder zu mir gekommen. Mehr kann ich dazu nicht sagen.«

Nick ging mit der kleinen Tüte in das Badezimmer und spülte sie die Toilette runter. »Gute Besserung«, wünschte er Demir anschließend und ging zur Tür. Dort drehte er sich noch einmal um. »Bleib bei dieser Aussage, auch und gerade vor deinen Kumpels und deinem Chef. Ich kann jederzeit noch einen Bericht über den Drogenfund schreiben. Alles klar?«

Demir nickte wieder, und Nick verließ das Krankenzimmer. Er lächelte und hoffte, dass das Backpulver, welches er gerade die Toilette hinuntergespült hatte, nicht die Leitungen verstopfte.

Steven war abends pünktlich um neun bei Kuzmarek. Er stellte den Golf vor die Garage und wartete, bis Kuzmarek herauskam und ihm die Schlüssel für den Wagen zuwarf. Er war so erleichtert, dass dieser Job bald durch war, dass er sich sehr beherrschen musste, sich nichts anmerken zu lassen. Kuzmarek widerte ihn von Tag zu Tag mehr an. Für seinen Profit ging er über Leichen, er schien keinerlei Skrupel zu kennen. Solange es ihm selbst nur gut ging, war ihm jeder andere egal. Und obwohl Steven beruflich viel zu oft mit Leuten wie ihm zu tun hatte, würde er solche Psychopathen nie verstehen.

»Sprich nachher mit den Türstehern und dem Personal«, unterbrach Kuzmarek seine Gedanken. »Irgendjemand muss etwas gesehen haben. Ich werde es nicht zulassen, dass jemand in meinem Club meine Leute zusammenschlägt.«

»Hast du was von Serdan gehört?«, fragte Steven scheinbar interessiert.

»Ja, ich habe mit ihm telefoniert. Er hat keine Ahnung, was passiert ist, jemand hat ihn von hinten angegriffen.«

»Ich werde rausfinden, wer das getan hat«, sicherte Steven zu und dankte im Stillen Nick.

»Sag mal«, wechselte Kuzmarek das Thema, »ist das jetzt eigentlich vorbei mit dir und der Blonden?«

»Warum fragst du?«

»Wenn du sie nicht mehr willst, dann gib mir mal ihre Telefonnummer. Mit der kann man bestimmt Spaß haben, oder?«

»Und wie«, antwortete Steven, ohne das Gesicht zu verziehen. »Kannst sie ruhig anrufen. Ich schicke dir ihre Nummer nachher aufs Handy.« Er fuhr auf die Tankstelle und sah Kuzmarek entschuldigend an. »Sorry. Ich brauche Batterien für mein Walkie-Talkie, bin gleich wieder da.«

Er parkte den Wagen am Ende der Tankstelle und ging in den Laden. Fünf Sekunden später stürmten Beamte des SEKs in ihrer Einsatzkleidung das Auto und zogen Kuzmarek heraus. Mit den Händen in Handschellen wurde er in ein Zivilfahrzeug verfrachtet, das sofort Richtung Autobahn fuhr. Die ganze Aktion hatte kaum mehr als eine Minute gedauert.

Nick kam auf Steven zu und klatschte ihn ab. »Super Job. Glückwunsch. Aber leider hast du noch nicht Feierabend. Du musst noch mal in den Club und dir eine Ausrede einfallen lassen, warum der Chef heute nicht in seinen Laden kommt.«

»Gut, mache ich. Dann fahre ich danach mit seinem Auto zum Präsidium, das wird sich die Spurensicherung ja eh anschauen wollen. Und außerdem kann ich endlich wieder mein eigenes Auto fahren, das steht seit Ewigkeiten in der Tiefgarage.«

»Okay. Und später trinken wir ein riesengroßes Bier. Mal sehen, wie lange das Gespräch mit Kuzmarek dauert. Die Staatsanwältin ist schon im Präsidium, und ich fahre jetzt auch hin. Treffen wir uns doch anschließend in der *Billardhalle*.«

Steven fuhr ein letztes Mal in den Club und ging zu Murat, dem Barkeeper. »Hi, Gruß vom Chef, er kommt heute nicht, meinte aber, du kannst den Laden schmeißen. Geht das klar?«

»Sicher«, sagte Murat. »Mach ich ja nicht das erste Mal. Willst du was trinken?«

»Wollen ja, aber ich habe keine Zeit. Bis morgen.«

Später saß Steven in der *Billardhalle* und wartete auf Nick. Nach einem Blick auf die Uhr holte er sein Handy raus und wählte nervös Teresas Nummer. Sie hatten in den letzten Wochen einige Male miteinander telefoniert. Dass seine Frau überhaupt wieder mit ihm sprach, machte ihn schon glücklich. Allerdings hatten es beide in diesen Telefonaten vermieden, über ihre private Situation zu sprechen. Das mussten sie nun demnächst unbedingt nachholen.

»Teresa? Ich bin's«, meldete er sich unsicher. »Ich wollte dir nur sagen, dass mein Job durch ist. Ab sofort bin ich wieder ganz normal erreichbar.«

»Der Job ist durch?«, wiederholte sie. »Du bist nicht mehr undercover?«

»Äh, nein, wie gesagt. Und ich würde das gerne feiern. Gehst du morgen Abend mit mir essen?«

Es blieb eine Weile still in der Leitung, und Steven wackelte nervös auf dem Barhocker herum.

»Ja. Das würde ich gerne. Wo möchtest du essen?«

»Lass dich überraschen. Ich hole dich gegen acht Uhr ab, okay? Und, Teresa? Ich freue mich wahnsinnig, dich zu sehen.«

»Ich freue mich auch«, antwortete Teresa leise. »Dann bis morgen, ja?«

»Bis morgen, Tessa«, sagte Steven und hielt das Handy noch am Ohr, als Teresa schon längst aufgelegt hatte.

Das erste Mal, seit dieser ganze Albtraum begonnen hatte, durfte er sich berechtigte Hoffnungen machen, dass Teresa ihm verzeihen könnte. Steven konnte den nächsten Abend kaum erwarten.

Während er noch darüber nachdachte, wohin er mit ihr zum Essen gehen könnte, kam Nick in die *Billardhalle*.

»Na, Herr Oberkommissar, wie geht's?«

»Beschreie es nicht. Obwohl, eine Beförderung sollte jetzt wirklich drin sein. Hat Kuzmarek geredet?«

»Er will auspacken«, erklärte Nick. »Aber nur, wenn er dafür überhaupt nicht in den Knast muss. Die Staatsanwältin hat das zunächst abgelehnt, aber wie ich es sehe, wird es genau darauf hinauslaufen. Kuzmarek schmort jetzt im Präsidium in der Zelle, und die Staatsanwältin wird morgen früh ab acht weiter mit ihm verhandeln.«

»Hauptsache, wir können morgen Murango einkassieren. Und jetzt lass uns endlich etwas trinken.«

Nach drei Bieren fühlte Steven sich richtig gut, doch eine Frage ging ihm nicht aus dem Kopf. »Also, Teresa ist tatsächlich einverstanden, morgen mit mir essen zu gehen. Sag mal, wenn meine Frau nun endlich wieder mit mir redet, soll ich ihr dann von der Sache mit Mimi erzählen oder nicht?«

»Bist du verrückt? Auf gar keinen Fall. Wenn dir deine Frau drei One-Night-Stands verzeiht, hast du ein riesengroßes Glück. Aber zwei One-Night-Stands und dazu noch eine Affäre? Das kannst du knicken.«

»Aber wenn sie es irgendwie erfährt? Dann habe ich doch absolut die Arschkarte.«

»Wie soll sie es denn erfahren? Davon wissen nur du, ich, Alice und Mimi. Und keiner von uns wird es Teresa erzählen. Überleg doch mal. Wie solltest du das Teresa erklären? ›Ach, übrigens, das mit den zwei One-Night-Stands stimmte. Aber du kennst doch Mimi, die beste Freundin von Alice? Ja, genau, die Blonde. Mit der war es ein paar Male öfter.‹ Grab dir doch nicht dein eigenes Grab.«

»Vielleicht hast du recht. Mimi war ja auch nur ein Ausrutscher. Sie hat mit meiner Ehe nichts zu tun. Und darum muss Teresa wohl auch nichts davon erfahren.«

Steven dachte kurz zurück. Welcher Teufel ihn geritten hatte, mit Mimi etwas anzufangen, wusste er selber nicht. Und während seine beiden ersten Seitensprünge genau so waren, wie er es Teresa an dem Abend, als sie ihn rausschmiss, gestanden hatte, hatte er sich mit Mimi öfter getroffen. Er war zu der Zeit einfach so neben der Spur gewesen, dass wenig von dem, was er getan hatte, Sinn ergeben hatte. Also würde er auf Nick hören und die Geschichte mit Mimi dort belassen, wo sie hingehörte. Ganz tief in der Versenkung.

Am nächsten Vormittag saß Steven wie auf Kohlen. Da das Gespräch mit Kuzmarek im Präsidium stattfand, hatte er von Schlüter die Order erhalten, zu Hause zu bleiben. Um Viertel vor elf klingelte endlich sein Handy.

»Lust auf eine Verhaftung?«, fragte Nick. »Der Deal mit Kuzmarek ist in trockenen Tüchern, seine Aussage verdient eine Eins mit Sternchen. Da kommt Murango nicht mehr raus.«

»Das ist ja fantastisch«, freute sich Steven. »Lass uns loslegen.«

»Ich hole dich in einer Viertelstunde ab«, sicherte Nick zu.

Als beide im Auto auf dem Weg zu Murangos Firmensitz waren, brachte Nick Steven auf den neuesten Stand. »Wir haben nicht nur die Aussage von Kuzmarek, sondern der hatte so viel Bammel vor Murango, dass er sogar selbst Beweise gesammelt hat. Unter anderem hat er alle relevanten Gespräche mitgeschnitten. Kein Anwalt der Welt wird Murango raushauen können.«

»Ende gut, alles gut«, seufzte Steven. »Manchmal habe ich in den letzten Jahren schon nicht mehr daran geglaubt, dass wir diesen Tag erleben werden.«

»Ging mir genauso. Murango sollte noch ahnungslos sein«, sagte Nick und parkte im Hof vor Murangos Firmengebäude. »Na los, auf geht's.«

Die beiden traten in einen Vorraum, der jedem Vorstandsbüro Ehre gemacht hätte. Zwei Frauen saßen an Schreibtischen vor Computern, waren anscheinend sehr beschäftigt und machten einen effizienten Eindruck. Hätten Nick und Steven es nicht besser gewusst, hätten sie angenommen, dass sie sich in der Tür geirrt hatten. Aber das bisherige Erfolgsrezept von Murango war genau darauf angelegt, sich nach außen als seriöser Geschäftsmann zu präsentieren.

»Kann ich Ihnen helfen?«, fragte die Assistentin, deren Schreibtisch nahe der Eingangstür stand.

»Oberkommissar Wegener, guten Morgen. Wir haben einige Fragen an Ihren Chef.«

Die Dame ließ sich nicht anmerken, ob sie durch den Besuch der Polizei irritiert war. Sie nahm nur den Telefonhörer auf und informierte ihren Chef, dass zwei Polizeibeamte ihn sprechen wollten.

Murango ließ sie fünf Minuten warten, bis er aus seinem Büro kam und die beiden mit einem freundlichen Lächeln hineinbat. »Meine Herren. Nehmen Sie doch bitte Platz. Wie kann ich Ihnen behilflich sein?«

Nick und Steven blieben stehen. »Wir haben einige Fragen an Sie. Bitte begleiten Sie uns aufs Präsidium.«

»Aber nicht doch«, lächelte Murango. »Das haben wir doch alles schon mindestens ein Dutzend Mal gehabt. Ich bin ein seriöser Geschäftsmann, auch wenn die Polizei sich seit Jahren darum bemüht, das Gegenteil zu beweisen. Vielleicht sollten Sie mal überlegen, warum es nie eine Anklage gegen mich gab. Trotzdem, ich bin ein netter Mensch und helfe gerne. Sollten Sie Fragen haben, dürfen Sie sie mir gerne hier stellen.«

»Wie freundlich von Ihnen«, lächelte Nick zurück und holte einen Zettel aus seiner Jacke.

»Ich habe hier einen Haftbefehl. Lesen Sie ihn gerne durch. Und natürlich dürfen Sie auch Ihren Anwalt anrufen. Das allerdings erst bei uns im Präsidium.«

Murango blieb gelassen und las sich den Beschluss durch. »Sie verschwenden Ihre Zeit. Aber das ist Ihre Sache. Fahren wir also ins Präsidium.«

Teresa legte den Hörer auf und lächelte vor sich hin. Dass Steven nicht mehr undercover arbeitete, war eine gute Nachricht. Seit er ihr geholfen hatte, aus der Murango-Sache wieder rauszukommen, hatte sich für sie einiges geändert. Die große Wut und die Enttäuschung über Stevens Seitensprünge war weniger geworden, stattdessen hatte sie sich an die vielen glücklichen Tage mit ihm erinnert. Daran war auch ihre Mutter nicht ganz unschuldig, mit der sie in der letzten Woche ein paarmal gesprochen hatte.

Auf ihre Frage, ob es wirklich möglich sei, nach so einem Vertrauensverlust noch mal neu anzufangen, war ihre Mutter, entgegen ihrer sonstigen Art, ganz ruhig geworden.

»Das kann dir niemand beantworten, Teresa. Du musst einfach den Mut haben, es auszuprobieren. Jeder Mensch hat eine zweite Chance verdient. Was er dann daraus macht, kannst du nicht steuern, aber du kannst bereit sein, es auszuprobieren. Natürlich hat Steven Fehler gemacht, aber gib ihm die Möglichkeit, daraus zu lernen. Denn ich kann mir keinen besseren Ehemann für dich vorstellen.«

Darüber musste Teresa lange nachdenken, und am Ende war sie bereit, es tatsächlich noch einmal zu versuchen. Und auch die Telefonate mit Steven in der letzten Zeit hatten dazu beigetragen. Einmal hatte er sie sogar während seines Undercoverjobs angerufen und sie um ihren Rat gebeten.

Neugierig geworden, hatte Teresa sich Stevens Schilderungen über seine bissige Partnerin angehört.

Zwar hatte sie ihm nicht wirklich helfen können, aber sie musste zugeben, dass es schön gewesen war, seine Stimme zu hören. Als er zwei Abende später wieder angerufen hatte, freute sie sich schon über das Gespräch. In den folgenden Wochen telefonierten sie immer wieder und konnten manchmal sogar miteinander lachen. Keiner von beiden brachte die Sprache auf ihre private Situation, bis auf eine Bemerkung, die Steven machte.

»Ich war so ein Idiot, Teresa. Ich will nur, dass du weißt, dass ich unglaublich stolz auf dich bin, auf alles, was du beruflich erreicht hast. Ich habe keine Ahnung, warum ich mich von deinem Erfolg bedroht gefühlt habe.«

Teresa murmelte nur ein leises Danke und wechselte das Thema. Diese Sache konnten sie nicht am Telefon besprechen. Doch es schien, als hätte Jennifer mit ihrer Einschätzung recht gehabt. Steven hatte sie betrogen, um sich Bestätigung zu holen. Das machte die Sache zwar nicht leichter, war aber immerhin besser, als ginge es ihm nur um viel Abwechslung beim Sex mit immer neuen Frauen.

Beide wussten, dass sie am nächsten Abend nicht nur miteinander essen gehen, sondern auch über ihre Situation sprechen würden. Zwar hatte Teresa Angst vor diesem Gespräch, doch endlich gestand sie sich ein, dass sie Steven immer noch liebte. Ob ihr das passte oder nicht. Und wenn er sie in dem morgigen Gespräch davon überzeugen konnte, dass er aus seinen Fehlern gelernt hatte, dann würde er seine zweite Chance bekommen.

Sie war so versunken in ihre Überlegungen, dass sie erschreckte, als es an der Tür klingelte. Es war schon nach elf, eigentlich konnte das nur Steven sein. Der vielleicht beschlossen hatte, nicht bis morgen warten zu können. Teresa drückte den Knopf der Gegensprechanlage und fragte, wer da sei.

»Hier ist Matthias. Ich muss dich dringend sprechen. Es ist wichtig.«

Kurz zögerte Teresa, ihn hereinzulassen. Seit dem Abend in seiner Wohnung hatte sie ihn nur noch ein Mal angerufen und ihm erklärt, dass sie keine Beziehung mit ihm haben könne. Daraufhin hatte er sie mit Telefonaten, Mails und SMS regelrecht bedrängt, dass sie schon Angst bekam, er würde sich zu einem Stalker entwickeln. Doch letztendlich hatte er Ruhe gegeben.

Umso erstaunter war sie, dass er nun vor ihrer Tür stand. Widerstrebend öffnete sie und ließ ihn herein.

»Was willst du denn um diese Zeit noch hier? Warum hast du nicht vorher angerufen?«

»Oh, das, was ich dir zu sagen habe, ist dann doch zu persönlich für ein Telefonat. Wie ich gehört habe, ist dein kleiner Polizist sehr erfolgreich gewesen. Seid ihr denn nun wieder zusammen?«

»Matthias, das geht dich nichts an. Und jetzt geh bitte.«

Er lächelte leicht. »Nicht, bevor du meine Frage beantwortet hast. Und ich rate dir, sie mir schnell zu beantworten. Sonst kann sich dein Mann einen neuen Job suchen.«

Teresa bekam langsam Angst. So hatte sie Matthias noch nie erlebt, und sie wollte nur, dass er ganz schnell wieder verschwand.

»Ich habe keine Ahnung, was du hier aufführst. Aber bitte, ich beantworte deine Frage. Nein, sind wir nicht, aber auf dem besten Weg dazu. Und jetzt geh bitte.«

»Ach je, das tut mir ja so leid, wenn ich deine Hoffnungen zerstören muss. Aber du und Steven, tja, wie soll ich das sagen? Ich sehe leider keine Zukunft für euch.«

Und dann erklärte er Teresa detailliert, warum ihre Ehe mit Steven vorbei war.

Als Steven am nächsten Abend bei ihr klingelte, war ihr fast schlecht vor Nervosität. Sie öffnete ihm die Tür, und er lächelte sie liebevoll an.

»Ich freue mich, dich zu sehen. Lässt du mich rein?«

»Natürlich. Komm mit in die Küche«, sagte sie kurz angebunden.

»Ja, klar, wenn du willst? Aber ich dachte, wir fahren gleich los. Ich habe einen Tisch reserviert.«

»Nein, es tut mir leid, aber ich habe nachgedacht. Ich möchte nicht mit dir essen gehen. Das alles macht keinen Sinn mehr.«

Fassungslos starrte Steven sie an. »Was meinst du damit? Gestern hast du dich doch noch gefreut.«

»Ja, ich weiß«, sagte Teresa unbehaglich.

»Okay. Ich verstehe das«, meinte Steven. »Wir haben viel geredet in den letzten Wochen, aber nie über uns. Du hast das Gefühl, ich würde einer Erklärung über mein Verhalten ausweichen, und das ärgert dich natürlich. Darum lass uns hierbleiben und reden.«

»Nein, Steven«, bat Teresa flehentlich. »Ich möchte das gar nicht hören.«

»Aber das musst du. Ich will wenigstens die Gelegenheit

haben, mich bei dir zu entschuldigen. Und dir alles zu erklären.« Er wartete nicht, bis Teresa etwas sagen konnte, sondern sprach sofort weiter. »Glaube mir, wenn ich diese dämlichen Seitensprünge rückgängig machen könnte, ich würde alles dafür tun. Aber das kann ich nicht. Das Einzige, was ich tun kann, ist, dich um Verzeihung zu bitten.«

»Steven, bitte. Hör auf.«

Er hörte nicht auf, sondern redete unbeirrt weiter. »Ich wollte das gar nicht«, fuhr er fort. »Ich habe mich einfach mies gefühlt. Du hast einen Karrieresprung nach dem nächsten gemacht und nach deiner letzten Gehaltserhöhung dreimal so viel verdient wie ich. Irgendwie bin ich damit nicht klargekommen. Wenn du mir von Geschäftsessen und teuren Tagungshotels erzählt hast, kam ich mir blöd vor, dich zum Griechen einzuladen. Ich habe einfach das Gefühl gehabt, du brauchst mich nicht mehr. Na ja, und dann habe ich eine Frau getroffen, die mich regelrecht angehimmelt hat. Mich toll fand, von mir aus auch cool. Ich bin darauf eingegangen, habe das als Bestätigung gesehen. Und so ist es passiert. Genau wie die anderen beiden Male«, nuschelte er.

Teresa blieb eine Weile still, bis sie sicher war, ihre Stimme unter Kontrolle zu haben. »Das war also dein Grund. Du wolltest die Bestätigung haben, dass du ein toller Kerl bist. Aber das ist jetzt nicht mehr wichtig, ich …«

Steven nahm ihre Hand in seine. »Doch, Tessa, das ist wichtig. Ich weiß, wie sich das anhört. Und ich weiß, dass ich ein völliger Idiot war. Ich habe dich immer geliebt, Teresa. Ich glaube, schon seit dem Moment, in dem du mich fast umgerannt hast. Umso weniger verstehe ich es selbst, was ich getan habe. Ich kann nichts tun, außer dich zu bitten, mir zu verzeihen. Und mir zu glauben, dass ich dich niemals wieder betrügen werde.«

»So einfach ist das nicht, Steven. Zumal ...« Teresa zögerte, ehe sie weitersprach. »Ich habe jemanden kennengelernt. Es könnte etwas Ernstes werden.«

Steven sprang auf. »Was?«, fragte er verwirrt. »Was sagst du da?« Er schaute Teresa an, als sähe er plötzlich eine fremde Person vor sich. »Darum wolltest du also heute mit mir reden? Damit du fein säuberlich ein Häkchen unter unsere Ehe machen kannst, um etwas Neues anzufangen? Meine Gründe haben dich überhaupt nicht interessiert, deine Meinung stand schon vor diesem Gespräch fest.«

Teresa stand auch auf. »Und wenn? Es ist mein gutes Recht, diese Ehe zu beenden. Genau genommen hast du sie durch deine Seitensprünge beendet. Nicht ich bin hier die Böse.«

»Nein? Bist du nicht? Du findest es also völlig normal, mir über Wochen Hoffnungen zu machen, mir zu erzählen, du würdest dich freuen, mich heute zu sehen, nur um mir dann das Messer in die Brust zu stechen? Ist das irgendeine kranke Art der Rache?«

»Vielleicht ist es das ja«, antwortete Teresa und wünschte, sie wäre tot. Alles, nur um Stevens verletztes Gesicht nicht sehen zu müssen. »Und überhaupt, ich glaube nicht, dass du dich ändern wirst. Ich will einfach nur nach vorne schauen und neu anfangen. Mit diesem Mann, den ich bei der Arbeit kennengelernt habe, setzte sie schwach hinzu.«

»Hör auf. Hör sofort auf«, unterbrach Steven sie. »Ich

will nichts mehr hören. Und ich will dich nie mehr wiedersehen.« Er wandte sich ab und verließ türenknallend die Wohnung.

Kaum war er verschwunden, brach Teresa auf dem Sofa zusammen und weinte stundenlang. Auch wenn sie keine andere Wahl gehabt hatte, das war das Schwerste, was sie in ihrem ganzen Leben getan hatte.

Vier Monate später

13

Teresa klopfte nervös an die Tür und trat ein. Erleichtert sah sie, dass nur Nick im Büro war und nicht Steven.

»Hallo, Teresa. Vielen Dank, dass du gekommen bist. Wie ich dir am Telefon schon gesagt habe, habe ich einige informelle Fragen an dich. In zwei Wochen beginnt der Prozess gegen Murango. Wir haben so gründlich ermittelt, dass die Staatsanwaltschaft genügend Munition gegen ihn hat. Da dürfte nichts anbrennen. Allerdings, in einem zweiten Verfahren geht es um Clemens Bungert. Wir möchten da keine bösen Überraschungen erleben, darum brauche ich einige Infos von dir.«

Teresa schluckte. »Heißt das, dass meine Treffen mit Murango in dem Prozess zur Sprache kommen?«

»Nein, das ist irrelevant und steht auch nicht in den Akten. Mir geht es jetzt um Bungert. Wie war dein Kontakt zu ihm?«

»Eigentlich hatten wir gar keinen Kontakt. Ich habe ihn nur ein einziges Mal für ein paar Minuten gesehen, als er mir Unterlagen nach Hause gebracht hat. Da hat er sich mir auch nicht vorgestellt, ich habe nur später von Steven erfahren, dass der Mann Bungert hieß. Steven war damals gerade bei mir und hat sich an den Mann erinnert.«

»Also war er bei deinen Treffen mit Murango nie dabei?«

»Nein, da waren wir immer nur zu zweit.«

»Gut, mehr wollte ich gar nicht wissen. Dann sind wir schon durch.«

»Warum bist du so unpersönlich?«, platzte Teresa heraus. »Nur weil es mit Steven und mir nicht geklappt hat, brauchst du mich doch nicht wie eine Fremde zu behandeln. Schließlich waren wir beide ziemlich lange befreundet.«

Nick seufzte. »Das waren wir, Teresa. Nur, nachdem du Steven so mies abserviert hast, sind wir das nicht mehr.«

»Ich verstehe«, sagte Teresa. »Verurteilt mich nur alle. Ist ja auch viel einfacher so, nicht?« Mit diesen Worten verließ sie das Büro und fuhr zurück zur Arbeit. Vor diesem Termin hatte sie ziemlich Magenschmerzen gehabt. Seit ihrem letzten Gespräch mit Steven hatte sie ihn nicht wieder gesehen. Sie hatte ihm eine Mail geschrieben, doch darauf hatte er nicht geantwortet. Selbst auf seiner Facebookseite hatte er sie gestrichen.

Sie konnte nicht behaupten, inzwischen darüber hinweg zu sein. Sie waren so kurz davor gewesen, es noch einmal zu versuchen. Bis Schieber alles zerstört hatte.

Abends saß sie in ihrem Arbeitszimmer und holte zwei Akten aus ihrer Tasche. Durch den Termin mit Nick war mal wieder Arbeit liegen geblieben, und die wollte sie jetzt nachholen. Sie hatte zurzeit so viel zu tun, dass sie fast jeden Abend noch zu Hause weiterarbeitete. Gerade war sie in ihre Unterlagen vertieft, als es an der Tür klingelte. Sie schaltete die Gegensprechanlage ein und verzog kurz darauf das Gesicht zu einem strahlenden Lächeln. »Komm rauf. Du hast mich lange genug allein gelassen.« Kurz darauf fiel sie Jennifer um den Hals. »Seit wann bist du wieder da? Ich habe dich wirklich vermisst.«

»Seit heute Nachmittag. Und du hast mir auch gefehlt. Aber der Urlaub war fantastisch.«

»Ich will alles hören. Komm mit auf den Balkon, ich hole uns einen Wein.«

Vor drei Monaten hatte Jennifer in ihrer Buchhandlung Sebastian, einen Journalisten, kennengelernt und sich Hals über Kopf verliebt. Nun waren sie zum ersten Mal für eine Woche gemeinsam nach Ibiza gereist.

»Weißt du«, sagte Jennifer, »ich war schon ein bisschen nervös vor diesem Urlaub, schließlich kennen wir uns noch nicht so lange. Doch wir haben uns einfach super verstanden und hatten riesig viel Spaß zusammen.«

»Das hast du auch verdient. Ihr beide passt zusammen, Sebastian ist echt nett. Und dein Buch? Weißt du schon, wann es rauskommt?«

»In vier Monaten, und ich bin jetzt schon dermaßen aufgeregt. Mein Agent und auch der Verlag sind komplett überzeugt davon, hoffentlich behalten sie recht.«

»Mach dir keine Sorgen. Das Buch ist klasse.«

»Danke. Und bei dir? Irgendwas Neues?«

»Eigentlich nicht, alles wie immer. Viel Arbeit und wenig Freizeit.«

»Vergrabe dich nicht zu sehr in deinen Job. Der wackelt doch nicht mehr, oder?«

»Nein, aber ich habe das Gefühl, ich muss mich trotzdem beweisen. Dafür hatte ich am letzten Wochenende ein Date«, brachte sie Jennifer auf den neuesten Stand. »Und ich glaube, das war so ungefähr das schrägste Date der Geschichte.«

»Erzähl«, bat Jennifer gespannt.

Teresa erinnerte sich nur ungern an diesen Abend. Sie hatte Pascal während des Sommerfestes ihrer Bank kennengelernt. Er war Geschäftsführer eines kleineren Familienbetriebs und hatte sie mit seinen Schilderungen über die Zusammenarbeit mit Eltern und Geschwistern den ganzen Abend über zum Lachen gebracht. Umso mehr freute sie sich, als er sie für Samstag zum Essen einlud.

Pascal hatte ein sehr gutes Restaurant ausgewählt, und der Abend begann sehr entspannt. Jedenfalls so lange, bis Teresa die beiden Frauen am Nebentisch bemerkte, die immer wieder zu ihr hinübersahen. Sie wirkten fast wie Mutter und Tochter. Zunächst dachte sie, sie würde sich das nur einbilden, doch nach einiger Zeit ließ es sich nicht mehr leugnen. Zumal die beiden nicht miteinander redeten, sondern sich ganz eindeutig viel mehr für ihre Unterhaltung mit Pascal interessierten.

»Kennst du die beiden?«, fragte sie Pascal irritiert. »Was haben die für ein Problem?«

»Keine Ahnung«, behauptete er und entschuldigte sich kurz darauf, um sich die Hände waschen zu gehen. Merkwürdigerweise verließ daraufhin auch die ältere Frau den Tisch und ging Richtung Toiletten. Teresa überlegte, ob sie die Frau, die nun alleine am Tisch saß, ansprechen sollte, doch die hatte nun ein Handy in der Hand und sprach leise mit jemandem.

Als Pascal zurückkehrte, begann er, ihr Fragen zu stellen. Äußerst merkwürdige Fragen. Ob sie sich gesund fühlte oder doch eher zu Krankheiten neigte.

»Was soll das?«, fragte Teresa verärgert. »Sehe ich vielleicht krank aus?«

»Nein, nein«, beschwichtigte Pascal, um sie gleich darauf zu fragen, wie alt ihre Großeltern waren.

Bevor sie darauf antworten konnte, bemerkte sie, dass die ältere Frau Pascal zunickte.

»Was ist hier eigentlich los?«, wollte sie wissen. »Wer sind diese Frauen? Und du solltest mir lieber schnell eine Antwort geben, sonst gehe ich.«

Pascal hob entwaffnend seine Hände und zeigte ein schiefes Grinsen. »Wir sind aufgeflogen, Mama«, sagte er zu der Frau am Nebentisch. Fassungslos sah Teresa, wie beide Frauen auf sie zukamen und die ältere ihr die Hand gab.

»Guten Abend, mein Name ist Bruckner, und das ist meine Tochter Valerie. Es tut mir leid, wenn Sie sich von uns gestört fühlen, wir sind auch schon weg. Aber wir mögen Sie«, erklärte sie und ließ eine sprachlose Teresa zurück.

Pascal versuchte es noch einmal mit einem Lächeln. »Weißt du, ich bin auf der Suche nach einer langfristigen Beziehung. Ich möchte heiraten und Kinder haben. Nur leider habe ich in letzter Zeit immer die falschen Frauen kennengelernt. Darum helfen mir Mama und Valerie. Die beiden haben eine so gute Menschenkenntnis. Und dich mögen sie, das ist super, oder?«

»Du nimmst deine Mutter und deine Schwester mit zu deinen Dates?«, fragte Teresa perplex.

»Nein«, lachte Pascal. »Natürlich nicht. Nur zu den ersten beiden.«

Teresa stand auf und nahm ihre Tasche. »Ich wünsche dir noch ein schönes Leben«, sagte sie und verließ das Restaurant.

Als Teresa geendet hatte, hatte Jennifer vor Lachen Tränen in den Augen. »Das ist nicht wirklich passiert, oder? Das hast du dir doch ausgedacht.«

Teresa musste nun auch lachen. »Glaub mir, so viel Fantasie habe ich nicht. So ist mein Date mit Pascal wirklich abgelaufen.«

»Mann, das ist echt schräg. Aber immerhin hattest du endlich wieder ein Date. Du kannst ja nicht immer nur arbeiten.«

»Da weiß ich wenigstens, was auf mich zukommt. Außerdem liegt mir noch etwas im Magen. Ich muss Steven treffen, es gibt etwas zu besprechen.«

Steven saß an einem Donnerstagabend mit Sabrina in einem Straßencafé, streckte die Beine von sich und genoss die Sonne. Im Moment gefiel ihm sein Leben richtig gut. Vor drei Tagen war er tatsächlich zum Oberkommissar befördert worden. Schlüter hatte eine kleine Feier vorbereitet und ihm seine Ernennungsurkunde überreicht. Abends war er mit Nick noch durch einige Kneipen gezogen und hatte weitergefeiert. Und nun saß er in der Sonne, eine schöne Frau an seiner Seite, was wollte er mehr?

Sabrina hatte er vor acht Wochen kennengelernt, als sie ihm die Haare schnitt. Nachdem er für seinen Undercoverjob einen Kurzhaarschnitt verpasst bekommen hatte, stellte er schnell fest, dass kurze Haare ziemlich praktisch waren. Seitdem war er dabei geblieben. Was eine gute Entscheidung war, denn seine Friseurin war ziemlich sexy. Noch am selben Abend hatten sie ihr erstes Date, und seitdem lief es angenehm entspannt zwischen ihnen. Er beugte sich vor und küsste sie. Leider störte sein Handy diesen Moment.

Er sah aufs Display, zögerte einen Augenblick und drückte den Anrufer dann weg. Vorsichtshalber machte er danach das Handy gleich ganz aus.

»Wer war das?«, erkundigte sich Sabrina.

»Nur was Dienstliches. Aber ich habe jetzt Feierabend, das kann warten. Erzähl mir lieber von deinem Tag. War die verrückte alte Frau wieder da?«

Sabrina lachte. »Und ob. Dieses Mal wollte sie grüne Strähnchen haben. Sie meinte, die würden besonders gut zu ihrer neuen Tarnhose passen. Und zu ihrem Rollator.«

Steven lachte auch, wenn auch etwas gezwungen, und hörte nur mit einem Ohr Sabrinas Erzählungen zu. Warum rief Teresa ihn an? Er wollte mit dieser Frau nie wieder sprechen.

»Steven? Alles okay? Du hörst gar nicht zu.«

»Oh. Entschuldigung, ich musste gerade an etwas denken. Komm, wir müssen los, sonst fängt der Film ohne uns an.«

Im Kino streichelte er abwesend Sabrinas Haare und versuchte, sich aus seiner düsteren Stimmung zu lösen. Trotzdem musste er an Teresa denken. Nach ihrem letzten Gespräch war er zunächst so dermaßen wütend gewesen, dass es einige Tage gedauert hatte, bis er realisiert hatte, dass seine Ehe wirklich vorbei war. Anschließend fiel er in ein tiefes Loch. Er trank zu viel, hatte einen One-Night-Stand nach dem anderen und mochte sich irgendwann selbst nicht mehr im Spiegel anschauen.

Nick sah sich das einige Wochen lang mit an, bis er einen verdutzten Steven am Freitagmittag in sein Auto verfrachtete und mit ihm ein langes Wochenende in einem kleinen Ferienhaus an einem Angelsee verbrachte. Sie redeten nicht viel, sondern saßen den ganzen Tag am See, tauchten ihre Angeln ins Wasser und schauten sich abends die *Sopranos* auf DVD an. Diese Ruhe war genau das, was Steven gebraucht hatte. Als sie am Montag wieder nach Hause fuhren, war er immer noch verzweifelt, aber er konnte nun mit dieser Verzweiflung so einigermaßen umgehen. Seitdem war es jeden Tag ein bisschen besser geworden. Zumal Sabrina für die nötige Ablenkung sorgte. Er schob Teresa entschlossen aus seinen Gedanken und konzentrierte sich auf den Film.

»Kommst du noch mit zu mir?«, fragte sie ihn später mit einem verheißungsvollen Lächeln.

»Würde ich sehr gerne. Aber ich fühle mich nicht besonders gut, vielleicht bekomme ich eine Erkältung. Ich rufe dich morgen an, okay?«

Anschließend fuhr er nach Hause und griff nach einiger Zeit zum Telefon. Er würde Teresa zurückrufen müssen, um sich nicht das ganze Wochenende zu fragen, was sie von ihm wollte. »Ich bin es«, meldete er sich knapp. »Du hast versucht, mich zu erreichen?«

»Ja, danke für den Rückruf«, sagte Teresa nervös. »Es geht um unseren Bausparvertrag und zwei Sparverträge, die ausgezahlt werden. Wir müssen das Geld aufteilen.«

»Dann mach das. Meine Kontonummer kennst du ja wohl noch.«

»Das kann ich nicht alleine, du musst einiges unterschreiben. Außerdem gibt es bei dem einen Sparvertrag noch etwas zu besprechen. Das müssen wir persönlich klären.«

»Wenn du meinst. Wann sollen wir uns treffen?«

»Passt es dir am Montag? Ich bin ab acht zu Hause.«

»Gut. Dann bis Montag«, sagte Steven und legte auf. Am liebsten hätte er das Telefon gegen die Wand gedonnert. Er wollte sich ganz bestimmt nicht mit Teresa zusammensetzen und über ihre Finanzen reden. Er wollte gar nicht mehr mit dieser Frau reden.

Dennoch klingelte er am Montagabend gegen neun an seiner alten Wohnungstür. Teresa öffnete ihm, und er stellte widerwillig fest, dass sie wunderschön aussah. Ihre Haare waren kürzer als früher, wodurch ihre braunen Augen noch größer wirkten. Insgeheim hatte er gehofft, sie hätte dreißig Kilo zugenommen und einen Damenbart bekommen.

»Steven. Schön, dich zu sehen. Komm rein.«

Er nickte ihr zu und blieb im Flur stehen.

»Wollen wir ins Wohnzimmer gehen? Da habe ich die Unterlagen«, schlug Teresa vor. Er folgte ihr und sah sich staunend um.

»Ist Barbie wieder ausgezogen?« machte er das erste Mal den Mund auf.

Teresa lächelte. »Ja. Das wurde auch Zeit. So gefällt es mir besser.«

Das Wohnzimmer war neu tapeziert, auch die kitschigen Möbel waren verschwunden. Nun wirkte es warm und gemütlich.

»Möchtest du ein Bier? Ich habe vorhin noch eingekauft und deine Lieblingssorte besorgt.«

»Ich will nichts trinken. Also, was ist mit den Finanzen?«

»Es geht, wie gesagt, um unseren Bausparvertrag und einige Anlagen. Unser Bausparvertrag ist seit dem letzten Ersten zuteilungsreif. Da wir beide ja nun kein Haus mehr kaufen werden, ist das Kapital frei. Das heißt, die angesparte Summe kann ausgezahlt werden.« Sie reichte ihm einen Beleg und redete weiter. »Wir waren sehr sparsam, darum werden jedem von uns etwa zwölftausend Euro ausgezahlt. Möchtest du das Geld auf dein Konto überwiesen haben oder vielleicht als Anzahlung für eine eigene Wohnung verwenden?«

»Zwölftausend Euro?«, staunte Steven wider Willen. »So viel? Wie hast du das denn gemacht?«

Teresa lachte etwas verkrampft. »Ich habe gar nichts gemacht, höchstens den richtigen Vertrag ausgesucht. Wir haben auch noch zwei Sparverträge, die fällig sind«, erklärte sie und schob ihm eine Aufstellung zu. »Der erste Vertrag ist problemlos. Die Laufzeit ist vorbei, und er wird ausgezahlt. Daraus bekommt jeder von uns siebentausendfünfhundert Euro. Der zweite Vertrag kann jetzt zwar auch ausgezahlt werden. Wenn wir das Geld jedoch noch einmal für zwei Jahre anlegen, erhalten wir einen ziemlich hohen Zinssatz.«

»Jetzt brauche ich doch ein Bier«, stellte Steven fest. Während Teresa in die Küche ging, sah er sich völlig erstaunt die Unterlagen an. Während ihrer Ehe hatte Teresa immer die Finanzen gemanagt, und so, wie es aussah, hatte sie das äußerst erfolgreich getan.

Als Teresa mit seinem Bier wiederkam, nahm er erst einmal einen großen Schluck. Das war eine Menge Geld, mit der er überhaupt nicht gerechnet hatte.

»Und, was schlägst du vor?«, fragte Steven.

»Ich würde das Geld noch einmal anlegen, außer du brauchst es jetzt. Wenn nicht, haben wir in zwei Jahren mehr Gewinn gemacht.«

»Gut, dann machen wir es so. Wo muss ich unterschreiben?«

Teresa reichte ihm einige Formulare, und er setzte seine Unterschrift darunter.

»War es das?«, fragte er und stand auf.

»Steven. Bitte, sei doch nicht so«, bat Teresa mit erstickter Stimme. »Ich weiß, dass du mein Verhalten von damals nicht verstehst, aber glaube mir, ich wollte dir niemals wehtun.«

»Das ist Schnee von gestern«, erwiderte Steven. »Ich gehe jetzt.«

Nun begann Teresa zu weinen. »Wir waren vier Jahre verheiratet. Können wir nicht versuchen, einen vernünftigen Umgang miteinander zu haben? Muss das alles so böse enden?«

»Frag das nicht mich. Für das böse Ende warst du zuständig. Und jetzt entschuldige mich.« Wütend verließ er die Wohnung und fuhr nach Hause. Die Frau hatte Nerven. Stellte sich hin und fing an zu weinen, weil er nicht zu einem freundschaftlichen Plausch aufgelegt war. Er wurde immer wütender, und zu Hause angekommen, schnappte er sich seine Sporttasche und fuhr sofort wieder los. Im Fitnessstudio powerte er sich zwei Stunden aus, bis er sich wieder im Griff hatte.

Es war schon halb zwölf, als er das Studio verließ. Trotz der späten Stunde fuhr er zu Sabrina und klingelte sie aus dem Bett.

»Steven?«, fragte sie erstaunt. »Ist was passiert?«

Er nahm sie in die Arme und küsste sie. »Ja. Ist es. Ich hatte Sehnsucht nach dir und wollte dich sehen.«

Sabrina lächelte ihn an. »Das ist ja süß. Aber wenn du

mich sehen willst, musst du wohl mit in mein Bett kommen. Wenn ich da nicht gleich wieder reingehe, wird es ganz kalt.«

Steven küsste sie wieder. »Das können wir auf keinen Fall zulassen. Ich sorge dafür, dass du nicht frierst.«

War doch alles bestens, dachte er eine halbe Stunde später. Ihm ging es wieder richtig gut. Es war einfach nur merkwürdig gewesen, Teresa nach langer Zeit wiederzusehen, nur darum war er vorhin so wütend gewesen. Und was immer er für morbide Gedanken gehabt hatte, Sabrina hatte ihn jeden einzigen vergessen lassen.

14

Eine Woche später, an einem Freitagabend, fuhr Teresa auf dem Weg nach Hause bei dem Italiener vorbei, bei dem sie und Steven früher oft gegessen hatten. Sie beschloss, sich eine Pizza für zu Hause mitzunehmen. Doch kaum stand sie in dem Restaurant, ging sie sofort wieder raus. Der Appetit auf Pizza war ihr gründlich vergangen. Sie hatte Steven gesehen, der lachend an einem Tisch saß, gemeinsam mit Nick, Alice und einer anderen Frau. Einer Frau, der er den Arm um die Schulter gelegt hatte.

Sie stieg wieder ins Auto, wischte sich die Tränen ab und fuhr nach Hause. Dort angekommen, wurde sie richtig wütend auf sich selbst. Was hatte sie denn erwartet, dass Steven fortan wie ein Mönch leben würde? Es war doch klar gewesen, dass er nicht lange Single bleiben würde. Also, warum regte sie sich darüber auf? Ihre Ehe war schließlich vorbei. Und die Trennung war ja auch schon ein paar Tage her.

Doch seit er letzte Woche bei ihr gewesen war, sah alles anders aus. Sie war wirklich überzeugt gewesen, dass sie einfach mit ihm ihre Finanzen besprechen könne und dabei nichts empfinden würde. Aber in dem Moment, in dem er vor ihrer Tür stand, war alles wieder hochgekommen. Aber Steven hatte ihr auf knappe, unpersönliche Art klargemacht, dass er mit ihr fertig war. Und dann hatte er sich auch schnell getröstet und war mit dieser Trulla bei ihrem Italiener gewesen. Wo sie beide so oft schöne Abende verbracht hatten.

Schluss damit, befahl sie sich selbst. Wahrscheinlich wurde sie einfach nur sentimental. Und Hunger hatte sie jetzt doch wieder. Eine Straße weiter war noch ein Italiener. Da würde sie jetzt hingehen und sich dort ihre Pizza holen.

Als sie am Tresen stand und auf ihr Essen wartete, hörte sie hinter sich eine Stimme, die sie gut kannte.

»Das war die letzte Lieferung, ich mache jetzt Feierabend«, sagte die Frau und legte einen Autoschlüssel auf den Tresen. Teresa drehte sich um.

»Franzi? Was machst du denn hier? Wieso fährst du Pizza aus?«

Franzi sah verlegen an Teresa vorbei. »Das ist eine lange Geschichte. Ich muss jetzt auch los.«

»Nein, warte«, rief Teresa. Sie zahlte schnell, nahm den heißen Karton in die Hand und lief hinter Franzi her.

Die blieb draußen stehen. »Hör mal, sag das bitte nicht weiter, ja? Bei mir in der Abteilung weiß niemand davon, und das soll auch so bleiben.«

»Natürlich nicht. Und, wie geht es dir? Wir haben uns lange nicht mehr gesehen.«

»Stimmt. Seit du Steven so fertiggemacht hast. Komisch, ob da wohl ein Zusammenhang besteht?«

»Ach so. Du also auch. Klar, ich bin die gemeine Teresa, ein richtig fieses Miststück.« Mitten auf der Straße brach sie in Tränen aus. »Ihr wisst überhaupt nicht, was damals los war. Und keinen von euch hat es interessiert, es war ja auch viel einfacher, mir an allem die Schuld zu geben.«

Franzi sah sie betroffen an. »Teresa, komm, hör auf zu weinen. Vielleicht hast du recht, aber es war einfach für alle eine blöde Situation.«

»Ich höre aber nicht auf«, schniefte Teresa und merkte selbst, dass sie wie eine Fünfjährige klang. »Mir geht es beschissen, aber das ist jedem egal.«

»Das stimmt nicht«, versuchte Franzi sie zu beruhigen. »Aber hier auf der Straße sollten wir das nicht besprechen. Wollen wir vielleicht zu dir? Du wohnst doch hier um die Ecke.«

Teresa zögerte einen Moment, doch dann stimmte sie zu.

»Willst du etwas von meiner Pizza?«, fragte Teresa, die sich allmählich beruhigt hatte, in ihrer Wohnung.

»Nein, danke. Wenn du den ganzen Abend Pizzageruch einatmest, vergeht dir der Appetit.«

»Okay, dann hol ich uns einen Wein. Aber ich muss etwas essen, ich habe einen Riesenhunger.«

Die beiden setzten sich an den Küchentisch, und nachdem eine halbe Pizza in Teresas Magen war, hörte der auch endlich auf zu knurren.

»Entschuldige. Solche Gefühlsausbrüche sind sonst nicht meine Art. Ich hatte wohl einfach einen blöden Tag. Vergiss einfach, was ich gesagt habe.«

»Möchte ich eigentlich nicht«, sagte Franzi. »Denn irgendwie tut es mir leid. Es war nicht fair, nur eine Seite anzuhören und die andere daraufhin zu verteufeln. Letztendlich weiß niemand außer den direkt Beteiligten, was in einer Ehe so vorfällt.«

»Danke. Ich möchte nur, dass du weißt, dass ich Steven

niemals wehtun wollte. Es sind damals einige Dinge passiert, die zu dem endgültigen Aus führten. Es war kompliziert. Aber wie geht es dir? Du fährst nach Feierabend bestimmt keine Pizza aus, weil dir das so viel Spaß macht, oder?«, fragte Teresa vorsichtig.

»Nein, wohl nicht«, antwortete Franzi ausweichend. »Ich habe im Moment einige finanzielle Probleme. Aber das wird schon wieder.«

»Ähm, möchtest du, dass ich mir deine Finanzen mal ansehe?«, bot Teresa an. »Ich habe nicht viele Talente, aber in Geldsachen kenne ich mich aus. Vielleicht kann ich dir helfen.«

Franzi sah sie an. »Also, das wäre nett, aber warum solltest du das tun? Ich hatte nie das Gefühl, dass du mich besonders magst.«

»Das stimmt nicht. Ich habe dir nur nie ganz getraut.«

»Ich weiß. Du hast immer geglaubt, dass ich in Steven verliebt bin, oder?«

Teresa nickte überrascht.

»Da bist du nicht die Einzige, das glauben andere auch. Tatsächlich hatten wir mal kurz etwas miteinander, bevor er dich kennenlernte. Aber schon damals war uns beiden klar, dass wir uns zwar mögen, aber nicht im Mindesten ineinander verknallt sind. Seitdem sind wir Freunde und nicht mehr.«

»Das habe ich mir später auch zusammengereimt. Aber ein bisschen seltsam war es manchmal schon. Wenn er immer zu dir zum Essen gegangen ist …«

»Wie gesagt, wir sind nur Freunde. Und, na ja, ich mochte dich auch manchmal nicht«, gestand Franzi. »Oder, besser gesagt, ich war eifersüchtig auf dich. Dass du gut aussiehst, weißt du selber, dann hattest du noch eine glückliche Beziehung und einen tollen Job. Daneben fühlte ich mich manchmal wie eine Versagerin.«

»Na ja, das mit der glücklichen Beziehung können wir jetzt wohl abhaken«, bemerkte Teresa trocken.

Beide schauten sich an und mussten plötzlich lachen.

»Entschuldigung, ich weiß, das ist eigentlich nicht lustig, kicherte Franzi. »Aber ich finde es irgendwie witzig, dass wir uns all die Jahre nie so richtig verstanden haben, und jetzt sitzen wir einträchtig hier in deiner Küche.«

»Ich freue mich darüber. Aber erzähl mal, warum musst du Pizza ausfahren? Du verdienst doch gar nicht schlecht, oder?«

»Ja, schon. Aber ich konnte noch nie mit Geld umgehen. Dann bin ich vor vier Monaten umgezogen, und das wurde alles so teuer, dass ich meinen Dispo noch mal erhöhen musste. Dazu kam noch eine teure Autoreparatur und eine kaputte Waschmaschine. Das hat mich ans Limit gebracht, zumal ich auch noch alte Schulden abzahlen muss.«

»Bring mir deine Unterlagen einfach mal vorbei, dann gucken wir uns das zusammen an.«

»Danke, das mache ich. Und warum hast du heute einen blöden Tag?«

Teresa seufzte. »Eigentlich ist das albern. Ich habe heute Abend Steven mit meiner Nachfolgerin bei unserem Italiener gesehen. Das hat mich etwas aus dem Konzept gebracht.«

»Sabrina«, nickte Franzi.

»Du kennst sie?«

»Ich habe sie ein paarmal gesehen. Aber es wundert

mich, dass es dich stört, dass er wieder eine Freundin hat. Du hast die Ehe doch letztlich beendet.«

»Ja, aber glaube mir, ich hatte einen wichtigen Grund dafür. Nur, lass uns heute nicht darüber reden, das macht mich zu traurig. Erzähl lieber von dir. Immer noch überzeugter Single?«

»Single ja, aber überzeugter nicht mehr. Es gibt da einen Mann auf der Arbeit, aber der weiß gar nicht, dass ich existiere.«

»Oh nein. Nicht du auch noch. Ihr könntet bald mal einen Club gründen.«

»Was für einen Club?«, fragte Franzi verwirrt.

»Den ›Ich liebe Nick‹-Club.«

»Nick?« Franzi lachte. »Wie kommst du denn auf ihn? Ich mag ihn, aber in ihn verliebt bin ich ganz bestimmt nicht. Der ist mir ein bisschen zu sehr Macho. Nein, es ist jemand anderes, den kennst du aber nicht.«

Sie tranken noch ein Glas Wein zusammen, bis Franzi sich verabschiedete. Teresa ging ins Bett und versuchte einzuschlafen. Trotz allem musste sie leise lachen. Franzi hatte recht, es war wirklich witzig, dass sie sich auf einmal so gut verstanden.

In der nächsten Woche brachte Franzi ihr zwei Ordner vorbei, in denen ihre finanzielle Misere abgeheftet war. An den folgenden Abenden ging Teresa die Unterlagen durch, rechnete, kalkulierte und rief dann Franzi an.

»Das ist alles nicht so schlimm, wie du denkst. Wenn du am Wochenende Zeit hast, komm doch vorbei, dann gehen wir das zusammen durch.«

»Wie wäre es mit Samstagabend?«, fragte Franzi. »Und

wenn du Lust hast, können wir danach durch ein paar Clubs ziehen.«

»Habe ich ewig nicht mehr gemacht, aber okay, warum nicht? Hast du was dagegen, wenn ich eine Freundin frage, ob sie mitkommen will?«

»Nein, überhaupt nicht. Dann sehen wir uns am Samstag.«

An dem Abend zeigte Teresa Franzi ihre Berechnungen. »Du zahlst bisher an sechs verschiedene Gläubiger, es ist kein Wunder, dass du da nicht mehr durchsteigst. Ich helfe dir, dich mit diesen Gläubigern zu vergleichen. Du zahlst dann einmal einen Vergleichsbetrag und hast danach Ruhe. Dafür brauchst du Geld, auch um deinen Dispo auszugleichen. Also würde ich dir empfehlen, diese Vergleiche unter Dach und Fach zu bringen und dann einen Kredit aufzunehmen, um sie zu bezahlen. Dann hast du monatlich nur eine Rate an die Bank zu zahlen und müsstest mit deinem Geld auskommen.«

»Also muss ich neue Schulden machen, um alte zu bezahlen?«

»Ja, außer du hast irgendwo eine Erbtante. Aber nach meinen Berechnungen wärst du in ungefähr drei Jahren alle Schulden los.

»Das wäre ja der Hammer. Wenn das wirklich klappt, dann hast du echt was gut bei mir. Ich glaube, das letzte Mal schuldenfrei war ich mit zehn Jahren. Also, jetzt habe ich wirklich Lust, tanzen zu gehen. Kommt deine Freundin mit?«

»Nein, die hat keine Zeit – ist frisch verliebt«, lächelte Teresa.

Später in diversen Clubs stellte Teresa fest, dass man mit

Franzi unglaublich viel Spaß haben konnte. So gut wie an diesem Abend hatte sie sich schon lange nicht mehr amüsiert. Sie kam erst am frühen Morgen in ihr Bett und fiel ziemlich betrunken in einen Tiefschlaf.

Nick sah Steven über die Schulter und beobachtete irritiert die Einträge auf dessen Computer. »Hast du deine Liebe zu Rosen entdeckt und suchst die schönsten für deinen neuen Bildschirmschoner aus?«, fragte er.

»Blödsinn. Ich will Sabrina Blumen in den Friseursalon schicken.«

»Aha. Also bist du jetzt ein Romantiker?«

»Was soll das? Darf ein Mann seiner Freundin keine Blumen schicken?«

»Doch, wahrscheinlich schon. Kommt mir nur komisch vor.«

»Ich will gar nicht wissen, was du damit meinst«, sagte Steven und klickte auf Absenden. »Heute Nachmittag ist die Urteilsverkündung für Murango. Wollen wir uns das ansehen?«

»Warum nicht? Eigentlich kann da nichts mehr schieflaufen, und sein Gesicht dabei zu sehen, ist die Fahrt sicher wert.«

Einige Stunden später hörten sie zu ihrer Erleichterung, dass Murango zu zehn Jahren Haft verurteilt wurde.

»Wenn das kein Bier in der *Billardhalle* wert ist«, meinte Steven.

Nach zwei gewonnenen Spielen war er bester Laune. »Kannst mal sehen«, sagte er. »Manchmal siegt eben doch die Gerechtigkeit.«

»Selten, aber ja«, stimmte Nick zu. »Und ich denke,

nächste Woche gegen Bungert geht auch nichts mehr schief.«

Bevor Steven antworten konnte, klingelte sein Handy. »Na du«, begrüßte er Sabrina. »Geht es dir gut?« Er hörte einen Moment zu. »Das hört sich super an. Leider habe ich keine Zeit, ich bin im Dienst. Ich melde mich morgen bei dir, okay?« Er trennte die Verbindung und wandte sich wieder dem Spiel zu.

»Im Dienst?«, fragte Nick. »Ich wusste gar nicht, dass Billardspielen in unserer Arbeitsplatzbeschreibung auftaucht.«

»Du weißt doch, wie Frauen sind. Wenn du ihnen sagst, du brauchst auch mal Zeit für dich, machen sie gleich ein Problem daraus.«

»Kann sein«, sagte Nick ausweichend. »Ich muss jetzt los, soll ich dich beim Präsidium absetzen, damit du dein Auto holen kannst?«

»Jetzt schon? Warum trinken wir nicht noch ein Bier?«

»Tut mir leid, keine Zeit. Ich bin mit Alice zum Essen verabredet.«

»Gut, dann lass uns los.«

Eine Stunde später war Steven zu Hause. Er holte die Unterlagen von Teresa aus dem Schreibtisch und schaute sie sich noch einmal durch. Tatsächlich, er war um fast zwanzigtausend Euro reicher. Für Geld hatte er sich nie besonders interessiert, wenn er seine Miete zahlen konnte und nicht jeden Cent dreimal umdrehen musste, war er zufrieden. Doch jetzt überlegte er, was man alles für so viel Geld kaufen könnte. Um nach einer Weile festzustellen, dass es ihn gar nicht interessierte. Er beschloss, sich einen neuen Fernseher zu leisten und den Rest des Geldes einfach anzulegen. Am besten, er machte gleich morgen einen Termin mit seiner Bank aus.

Er überlegte kurz, ob er Teresa nicht fragen sollte, ob sie das Geld für ihn anlegen könnte. Dann schüttelte er über sich selbst den Kopf. Was für eine dämliche Idee. Als er sie das letzte Mal gesehen hatte, war er so wütend gewesen, dass er sich zwei Stunden lang im Fitnessstudio austoben musste, um wieder einen klaren Kopf zu bekommen. Trotzdem musste er seitdem über ihre Worte nachdenken. Es gefiel ihm auch nicht, dass es so zu Ende gegangen war. Andererseits, seine Schuld war es nicht. Sie hatte ihm einfach den Boden unter den Füßen weggerissen.

Egal. Er war darüber hinweg. Darum griff er zum Telefon, um Sabrina anzurufen und ihr eine gute Nacht zu wünschen. Doch seine Finger wählten eine ganz andere Nummer.

»Teresa? Ich bin es. Ich habe doch noch Fragen zu unseren Finanzen. Kann ich mal kurz vorbeikommen?«

Nachdem Teresa zugesagt hatte, saß er mit dem Hörer in der Hand da und fragte sich, ob er vielleicht gerade einen Nervenzusammenbruch hatte. Was hatte ihn denn da geritten? Doch je mehr er nachdachte, umso besser verstand er es. Jetzt wusste er, was ihn seit ihrem letzten Treffen so beschäftigte.

Bald darauf saß er zum zweiten Mal in einer Woche in seinem alten Wohnzimmer.

»Also, eigentlich habe ich gar keine Fragen mehr. Sondern, mir ist etwas klar geworden. Lach jetzt nicht, aber ich brauche einen sauberen Abschluss. Mich beschäftigt dein damaliger Sinneswandel immer noch, und ich will verstehen, warum du dich so verhalten hast. Damit ich wieder nach vorne schauen kann. Und auch diese Wut, die ich immer noch habe, loswerde.«

»Ich bin jetzt etwas überrumpelt«, gab Teresa zu. »Erst gehst du mir monatelang aus dem Weg, dann bist du bei unserem Gespräch über die Finanzen total unfreundlich, und jetzt willst du auf einmal reden?«

»Ja, ich weiß. Es ist nur so, ich habe da jemanden kennengelernt«, murmelte Steven. »Und mir ist klar geworden, dass zwischen dir und mir noch vieles unausgesprochen ist. Bevor ich ernsthaft etwas Neues beginne, will ich mit dir im Reinen sein.«

»Du hast ja nicht viel Zeit verschwendet«, antwortete Teresa bitter. »Wir haben noch nicht einmal die Scheidung eingereicht, und du redest hier schon von meiner Nachfolgerin?«

»Was heißt hier Zeit verschwendet? Du hast doch wohl schon viel länger einen Neuen.«

»Äh, nein. Das hat nicht geklappt«, murmelte Teresa.

»Ich werde jetzt nicht behaupten, dass mir das leidtun würde. Aber spiel du jetzt hier nicht den Moralapostel, die Rolle steht dir nicht. Ich möchte nur eine Erklärung, dann bin ich auch schon wieder weg. Ich will es einfach verstehen können.«

»Verschwinde, Steven«, rief Teresa und stand auf. »Mir ist es völlig egal, was du verstehst und was nicht. Das Einzige, was ich verstehe, ist, dass das Ende unserer Ehe für dich wohl nicht so tragisch war. So schnell, wie du dich getröstet hast. Es hat dich ja nie wirklich interessiert, was damals eigentlich los war! Ich wünsche dir viel Glück mit deiner neuen Freundin. Und jetzt verschwinde aus meiner Wohnung.«

Steven ging verwirrt und setzte sich ins Auto. Was hatte er denn nun schon wieder falsch gemacht? Und warum war Teresa so wütend geworden? Schließlich hatte sie die Ehe beendet, weil sie jemand Neues kennengelernt hatte. Da konnte es ihr doch völlig egal sein, mit wem er sich traf. Er wollte das Auto starten, doch auf einmal überkam ihn eine unsägliche Traurigkeit. Er hatte keine Ahnung, warum, aber am liebsten hätte er wie ein kleines Kind geheult.

15

Teresa machte ausnahmsweise mal pünktlich Feierabend, um sich mit Jennifer zu treffen. Sie hatten in der letzten Woche nur zweimal kurz miteinander telefoniert, und nun freute sie sich auf einen gemütlichen Abend mit ihr.

Die schwärmte erst mal ausgiebig von Sebastian. »Der ist so entspannt, das kannst du dir nicht vorstellen. Im Moment bin ich ziemlich unter Druck, weil ich nach der Arbeit an meinem neuen Buch arbeiten muss. Der Verlag will ein Exposé und die ersten dreißig Seiten und das so schnell wie möglich. Also habe ich nicht so viel Zeit, wie ich mir wünschen würde, aber er versteht das und unterstützt mich sogar.«

Teresa lächelte. Sie erinnerte sich noch gut an die Zeit, als sie Steven kennengelernt hatte. Damals hätte sie auch stundenlang nur über ihn reden können. »Hast du schon eine Idee für das neue Buch?«, fragte sie.

»Ja, sogar mehrere, ich muss mal sehen, welche davon funktioniert. Und bei dir? Wie war dein Clubabend mit Franzi? Finde ich total klasse, dass ihr euch auf einmal so gut versteht.«

»Ich weiß, du hast immer gesagt, dass sie eine Nette wäre und ich mir umsonst Sorgen mache. Der Abend war wirklich schön, nur schade, dass du nicht dabei warst. Wir hatten viel Spaß.

»Und? Hast du jemanden kennengelernt?«

»Ja. Und damit mein nächstes Katastrophendate.«

»Nicht schon wieder«, kicherte Jennifer. »Erzähl, was war es dieses Mal?«

»Also, er hieß Marius und war im Club echt süß. Als wir uns verabschiedet haben, fragte er, ob wir uns mal treffen wollen. Und als ich Ja sagte, meinte er, er fände erste Dates immer so verkrampft, ob wir uns nicht zu viert, mit seinem Freund und dessen Frau, treffen wollten. Fand ich gar nicht schlecht, also habe ich zugestimmt, und wir haben uns letzte Woche in einer Cocktailbar getroffen.«

»Und warum wurde es eine Katastrophe?«, wollte Jennifer wissen.

»Tja, weil sein Freund Eric war.«

»Eric? Dein Ex Eric? Den du wegen Steven verlassen hast?«

»Ganz genau der. Und glaube mir, sobald er mich gesehen hatte, wurde Marius von ihm in allen Details informiert. Wie sehr er mir vertraut hatte, welche Pläne wir gehabt hatten und wie eiskalt ich ihn angeblich abserviert hatte. Und als ich etwas sagen wollte, giftete mich seine Frau an und ließ mich wissen, dass sie mich für ein ausgemachtes Miststück hielt. Ich bin darauf gegangen und, welch Überraschung, habe seitdem nichts mehr von Marius gehört.«

»Das tut mir leid«, bedauerte Jennifer sie. »Aber, ehrlich gesagt, hätte der Typ wirklich Format, hätte er sich auch deine Version angehört.«

»Wahrscheinlich«, seufzte Teresa. »Keine Ahnung, warum meine Dates zurzeit so schrecklich sind. Vielleicht sollte ich einfach keine mehr haben.«

»Ach nein, gib nicht so schnell auf. Ich bin sicher, dein nächstes Date wird einfach super. Wie war überhaupt dein Treffen mit Steven?«

»Nicht so gut. Er war bei mir wegen dieser Geldsachen und hat sich richtig feindselig verhalten. Ich glaube, er war keine zehn Minuten da. Und gestern kam er wieder und erzählte allen Ernstes, er möchte einen Abschluss.«

»Einen Abschluss?«, fragte Jennifer verwirrt.

»Ja, weil er eine neue Freundin hätte und keine Altlasten mit sich herumschleppen will. Daraufhin habe ich ihn rausgeschmissen.«

»Kann ich verstehen. Obwohl, es hätte euch beiden bestimmt gutgetan, mal richtig miteinander zu reden.«

»Dafür ist es zu spät. Er hat eine Neue, sollen die beiden doch glücklich werden. Ich werde auch jemanden finden. Und überhaupt, ich will nicht mehr darüber reden.«

Jennifer kannte Teresa lange genug, um zu wissen, dass es nun nichts mehr brachte, weiter in sie zu dringen.

Franzi kam fröhlich mit zwei Zetteln in der Hand ins Büro. »Hier. Für euch«, sagte sie und gab sowohl Nick als auch Steven eine Einladung.

»Ich gebe endlich meine Einweihungsfeier in der neuen Wohnung. Allerdings bin ich momentan nicht so gut bei Kasse, darum muss jeder etwas zu trinken mitbringen. Aber für das Essen sorge ich.«

»Dann musst du unbedingt deine Frikadellen machen«, bat Steven. »Ich liebe die.«

»Das kriegen wir hin. Und ihr beide sollt in zehn Minuten zu Schlüter kommen, ihr habt ein Meeting mit Karsten Schubert.«

Die vier saßen kaum in Schlüters Büro zusammen, da kam Franzi rein und fragte, ob jemand Kaffee wollte. Nick sah Steven grinsend an, aber der zuckte nur fragend mit den Schultern.

»Gern«, antwortete Schlüter. »Das ist nett.«

Nach dem Meeting blieb Nick noch in Schlüters Büro, um etwas zu besprechen. Steven steuerte sofort Franzis Schreibtisch an.

»Seit wann kochst du für unsere Meetings Kaffee?«, fragte er irritiert.

»Wieso nicht? Kann ich doch mal machen, ist doch nichts dabei«, antwortete Franzi und wechselte schnell das Thema. »Ich wollte dir noch etwas sagen wegen meiner Einweihungsfeier. Vielleicht kommt Teresa auch.«

»Teresa? Seit wann habt ihr denn wieder Kontakt?«

»Ach, das hat sich so ergeben, wir haben uns mal zufällig getroffen und sehen uns seitdem hin und wieder«, wich Franzi aus. »Ich wollte nur, dass du vorbereitet bist.«

»Ja, danke«, sagte Steven, »aber, ehrlich gesagt, wäre es mir lieber, wenn sie nicht kommen würde.«

»Du bist ein großer Junge. Du schaffst das schon«, stellte Franzi klar.

Steven ging in sein Büro. Merkwürdig, dass die beiden nun auf einmal Kontakt hatten. Er hatte immer das Gefühl gehabt, dass sie sich nicht sonderlich mochten.

Nick kam herein und grinste Steven an. »Interessante Entwicklung, oder?«

»Was? Die Deetjen-Sache, von der Schubert erzählt hat? Das ist doch nichts Neues.«

»Das doch nicht. Franzi und Schubert.«

»Wie, Franzi und Schubert? Kapier ich nicht.«

»Hat Franzi uns sonst je Kaffee gebracht, wenn wir ein Meeting hatten? Nein. Aber schon zum zweiten Mal, wenn Schubert hier ist. Ist dir das noch nicht aufgefallen?«

»Bis jetzt noch nicht, aber du hast recht. Vielleicht frage ich sie heute Abend mal danach, ich habe sie zum Essen eingeladen. Als Dankeschön, weil sie öfter für mich kocht. Ach verdammt. Ich habe Sabrina vergessen.« Steven griff zum Telefon und rief sie an. »Hör mal, es tut mir leid, aber ich habe heute Abend einen Termin aufs Auge gedrückt bekommen. Ich kann leider nicht zu dir kommen.« Nach einer Weile sagte er: »Ja, das verstehe ich. Aber so ist mein Job, das kann immer mal passieren.« Er hörte noch einen Moment zu, bis er das Telefonat beendete.

Nick zog die Augenbrauen hoch. »Na so was, du wirst in letzter Zeit ja geradezu mit Arbeit überhäuft. Musst du doch tatsächlich heute Abend schon wieder arbeiten.«

»Ja, ist ja schon gut. Ich bieg das morgen wieder hin.«

Als er abends mit Franzi im Restaurant saß, klingelte schon bei der Vorspeise sein Handy. Steven verzog das Gesicht und stellte das Telefon stumm.

»Was Dienstliches?«, fragte Franzi.

»Nee, Sabrina. Die wird allmählich zur Klette.«

Franzi sah ihn an und schüttelte den Kopf. »Das hat sie nicht verdient, Steven. Sie ist eine nette Frau.«

»Sicher ist sie das. Aber warum ruft sie mich an, wenn ich ihr vorher gesagt habe, dass ich heute Abend keine Zeit habe?«

»Weil sie verunsichert ist. Das ist nicht fair, was du mit ihr machst.«

Aufrichtig verblüfft sah Steven Franzi an. »Was mache ich denn? Was meinst du damit?«

»Also, es geht mich ja nichts an«, sagte Franzi vorsichtig. »Aber mir kommt es so vor, als ob es für dich nur eine Bettgeschichte ist. Die dir dabei geholfen hat, über deine gescheiterte Ehe hinwegzukommen. Jetzt, nach zwei Monaten, ist der Reiz des Neuen vorbei, und sie fängt an, dir auf die Nerven zu gehen.«

»Franzi, das ist Blödsinn. Ich mag sie wirklich gern, auch wenn ich nicht sieben Tage die Woche mit ihr zusammen sein will.«

»Wie du meinst. Du führst also interessante Gespräche mit ihr und ihr habt dieselben Interessen?«

»Na ja, das vielleicht nicht«, gab Steven zu.

»Denk einfach mal darüber nach«, meinte Franzi. »Denn wenn ich recht habe, solltest du die Sache bald beenden. Bevor du sie noch mehr verletzt. Das wollte ich nur loswerden, jetzt können wir das Thema wechseln.«

Darauf ging Steven nur zu gerne ein. Den Rest des Abends verbrachten sie mit angenehmeren Gesprächsthemen, bis Steven seine Neugier nicht länger zurückhalten konnte.

»Ach, übrigens, diesen Deetjen-Fall werden wir mitbearbeiten. Karsten Schubert hat um unsere Hilfe gebeten.«

Tatsächlich. Franzi wirkte plötzlich irgendwie verlegen, sie rutschte unruhig auf ihrem Stuhl hin und her.

»Dann wird auch eine Menge administrative Arbeit anfallen. Wir haben am Dienstag das nächste Meeting, da solltest du dabei sein. Und dich anschließend mal mit Schubert zusammensetzen, er ist sicher froh, wenn du uns den Verwaltungskram abnimmst.«

»Äh, klar. Kein Problem, mache ich«, murmelte Franzi.

Steven lachte in sich hinein. Das konnte ja spannend werden.

Bei dem Dienstagsmeeting war Franzi tatsächlich dabei.

»Wie denken Sie sich das, Herr Schubert?«, wollte Schlüter wissen. »Soll die Verwaltung des Falles in unserer Abteilung bleiben, oder wollen Sie jemanden aus Ihrer Abteilung damit beauftragen?«

»Also, mir wäre es lieb, wenn die Verwaltung hier erledigt würde. Bei uns sind momentan alle chronisch überlastet.«

»Frau Hellmich, schaffen Sie das neben ihrer normalen Arbeit?«

»Ich bin nicht sicher«, meinte Franzi. »Vielleicht sollten Herr Schubert und ich die Einzelheiten mal genauer besprechen.«

»Gut. Dann machen Sie beide das, und für uns andere ist das Meeting beendet.«

Schlüter verließ mit Nick und Steven den Besprechungsraum. Kaum waren die drei aus dem Raum verschwunden, wandte sich Karsten Schubert an Franzi: »Na du, wie geht's? Schön, dich wiederzusehen. Ich wollte schon letzte Woche beim ersten Meeting zu dem Fall mit dir reden, aber du warst so schnell verschwunden.«

»Tatsächlich? Das ist doch eher deine Spezialität. Einfach so zu verschwinden.«

»Das ist nicht fair, Franzi. Ich bin nicht verschwunden. Ich habe dir erklärt, warum ich für uns keine Zukunft sehe.«

»Und ob du das hast«, schnaubte Franzi. »Weißt du

was? Du bist ein Feigling. Du hast so viel Angst vor einer Enttäuschung, dass du lieber alles von vornherein im Keim erstickst. Nur damit du auf der sicheren Seite bist. Aber weißt du was? Deine sichere Seite ist verdammt einsam. Erzähl doch deinem Kopfkissen, warum es für uns keine Zukunft gibt. Ich gehe jetzt zu Schlüter und sage ihm, der Arbeitsaufwand ist doch zu hoch. Und ich werde froh sein, dich nicht wiedersehen zu müssen.« Sie knallte die Tür hinter sich zu und ging zu den Waschräumen. Ganz bestimmt würde sie nicht zulassen, dass Karsten ihre Tränen sah.

16

Teresa ging gerade mit ihrer Assistentin Frau Schönkind einige Buchungen durch, als ihr neuer Vorgesetzter, Dr. Ahrend, seinen Kopf durch die Tür steckte.

»Frau Suttner? Haben Sie mal fünf Minuten Zeit für mich?«, fragte er.

»Sicher. Wir sind hier schon durch. Kommen Sie rein.«

Frau Schönkind ging zurück in ihr Büro, und Dr. Ahrend setzte sich vor den Schreibtisch.

»Ich hatte heute Morgen ein Meeting mit dem Vorstand«, begann er. »Wir wollen die Ausbildung der jungen Kollegen optimieren und haben daher beschlossen, einen zentralen Ansprechpartner für sie zu schaffen. Eine Art Mentor, der sie berät und auch bei Fragen und Problemen für sie da ist.«

»Das ist eine großartige Idee«, begeisterte sich Teresa. »So jemanden hätte ich in meiner Ausbildungszeit auch gerne gehabt.«

»Wir haben dabei an Sie gedacht. Sie haben sich hochgearbeitet und können damit eine Art Vorbild sein. Was halten Sie davon?«

»Also, grundsätzlich würde ich die Aufgabe sehr gern übernehmen. Allerdings, was bedeutet das für meinen Job?«, fragte sie misstrauisch.

Dr. Ahrend lachte. »Na, den machen Sie natürlich weiter. Wir wären ja ziemlich dumm, wenn wir Sie hier abziehen würden. Alle sind mit ihrer Arbeit mehr als zufrieden. Wir haben uns überlegt, dass Ihre Assistentin Ihnen einiges an Kleinkram abnehmen kann. Frau Schönkind ist doch recht fähig, oder?«

»Ja, das ist sie und ganz sicher bereit für mehr Verantwortung. Sie ist durchaus in der Lage, die kleineren Kreditanträge selbstständig zu bearbeiten.«

»Also, dann biete ich Ihnen jetzt offiziell die Leitung unseres Ausbildungsprogrammes an. Was sagen Sie?«

Teresa strahlte. »Ich sage ja. Und bedanke mich für Ihr Vertrauen.«

Ihr Vorgesetzter nickte. »Wir sind sicher, damit die richtige Person für diesen Posten gefunden zu haben. Damit einher geht auch eine Gehaltserhöhung. Wir haben uns da schon etwas überlegt«, sagte er und nannte Teresa eine beeindruckende Summe.

Die bemühte sich, ihre Gesichtszüge nicht entgleisen zu lassen. »Das ist ein faires Angebot«, brachte sie nach einem Moment heraus.

»Dann sind wir uns einig, das freut mich. Sie bekommen das Ganze im Laufe des Tages noch schriftlich. Am Freitag um zehn Uhr sehen wir uns dann im Konferenzraum, dort werden wir gemeinsam den Azubis das Programm vorstellen.

Er verließ ihr Büro, und Teresa holte tief Luft. Sie freute sich sehr auf ihre neue Aufgabe und skizzierte im Laufe des Tages schon einige Ideen. Allerdings, als sie abends allein zu Hause war, verflog ihre Euphorie ein wenig. Sie hätte diesen weiteren Schritt auf der Karriereleiter gerne mit jemandem gefeiert, doch es war niemand da. Sie überlegte kurz, ob sie Jennifer anrufen sollte, aber die brütete über ihrem neuen Buch, und Teresa wollte sie nicht stören.

Vielleicht würde Franzi mit ihr ein Glas Wein trinken. Die musste sie sowieso anrufen, sie war bisher noch nicht dazu gekommen, Franzis Mail zu beantworten. Deren Gläubiger hatten dank Teresas Hilfe tatsächlich einem Vergleich zugestimmt, und gestern hatte sie einen Termin bei ihrer Bank gehabt, um einen Kredit zu beantragen. Wenn das klappte, sollte ihre finanzielle Zukunft rosiger aussehen.

Bei Franzi zu Hause meldete sich niemand, darum rief Teresa sie auf dem Handy an.

»Mensch, Teresa, toll, dass du anrufst. Ich hätte mich auch noch gemeldet. In der Bank ging alles klar, ich habe jetzt nur noch den Kredit abzuzahlen. Ich weiß gar nicht, wie ich dir danken soll.«

»Brauchst du nicht, so viel Aufwand hatte ich ja nicht. Hast du Lust, mit mir einen Wein zu trinken?«

»Ja, gerne. Ich bin gerade auf dem Nachhauseweg und kann in zwanzig Minuten bei dir sein.«

Als sie bei Teresa angekommen war, fiel sie ihr erst einmal um den Hals. »Du glaubst nicht, wie sehr du mir geholfen hast. Ich konnte wegen meiner finanziellen Lage schon gar nicht mehr schlafen. Jetzt ist alles in Ordnung, und ich brauche auch keine Pizza mehr auszufahren. Zwar muss ich mich ein bisschen einschränken wegen der Kreditrate, aber das ist kein Vergleich zu vorher.«

Teresa lächelte sie an. »Das freut mich. Dann haben wir ja beide tolle Neuigkeiten.« Teresa erzählte bei einem Glas Rotwein von ihrer neuen Aufgabe. »Es wird riesig Spaß machen, mit den Azubis zu arbeiten. Für sie da zu sein und ihnen bei Problemen zu helfen. Ich freue mich total darauf. Außerdem zeigt es mir, dass mein Job nicht mehr wackelt und der Vorstand wieder Vertrauen zu mir hat.«

»Dein Job hat gewackelt?«, fragte Franzi nach.

»Ja, aber das ist eine lange Geschichte und zum Glück Vergangenheit. Und was hast du heute Abend gemacht? Hattest du ein Date?«

»Nein, so kann man das nicht nennen. Steven hatte mich zum Essen eingeladen, als Dankeschön, weil ich öfter mal für ihn koche. War einfach ein Abend unter Freunden.«

»Schön«, meinte Teresa und wechselte schnell das Thema.

Steven saß in Sabrinas Küche und versuchte, Begeisterung über das von ihr gekochte Essen zu heucheln. Vorsichtig schob er Bananenscheiben von seinem Teller. Irgendwann würde jemand Sabrina sagen müssen, dass Kochen nicht zu ihren Stärken zählte. Nur, er wäre dieser Jemand nicht. Steven trank einen großen Schluck Wasser, doch auch der konnte diesen merkwürdigen Geschmack in seinem Mund nicht vertreiben.

Sabrina merkte davon nichts, sondern strahlte ihn an. »Ist ja toll, dass es dir schmeckt. Ich wusste gar nicht, dass ich so gut kochen kann, ich habe das einfach wie die Fernsehköche gemacht. Ganz simpel, ich habe alles, was im Kühlschrank war, in die Pfanne geworfen.«

»Wirklich? Da wäre ich gar nicht drauf gekommen«, behauptete Steven.

»Doch, so einfach ist das. Übrigens, hast du am nächsten Wochenende schon etwas vor?«

»Ich bin nicht sicher«, sagte Steven vorsichtig. »Was ist denn da?«

»Meine Mutter wird sechzig und feiert das ganz groß. Die ganze Familie kommt, und es wäre super, wenn du mit mir hinfährst. Dann lernst du auch mal alle kennen.«

Steven verschluckte sich vor Schreck. »Äh«, sagte er hustend, »du willst, dass ich deine Familie kennenlerne?«

»Ja, natürlich. Ich habe ihnen schon so viel von dir erzählt, die sind alle ganz neugierig auf dich.«

»Ist das so«, murmelte Steven. »Nur, weißt du, ich und Familienfeiern, das passt irgendwie nicht. Keine Ahnung warum, aber ich benehme mich auf solchen Feiern immer ganz schrecklich. Muss ein Kindheitstrauma sein.«

»Wieso das denn?«, hakte Sabrina nach. »Du hast mir doch erzählt, dass du eine glückliche Kindheit hattest.«

»Ach ja. Das habe ich wohl erwähnt«, sagte Steven unbehaglich und versuchte, sein Handy zu hypnotisieren. Doch das klingelte einfach nicht. Also seufzte er und schaute Sabrina an. »Wir kennen uns ja noch nicht so besonders lange. Vielleicht ist es zu früh, um mich deiner Familie vorzustellen.«

»Aber nein«, lachte sie. »Meine Familie ist wirklich locker, keine Angst, sie erwarten nicht, dass du gleich um meine Hand anhältst.«

Nun wurde Stevens T-Shirt am Halsausschnitt bedrohlich eng. Er überlegte kurz, ob er einen Streit vom Zaun brechen sollte, um sie vom Thema abzulenken. Aber das wäre wohl nicht fair, da musste er jetzt durch.

»Sabrina, du bist eine tolle Frau, und das meine ich ganz ehrlich. Darum lass es doch erst einmal so weiterlaufen wie bisher. Ganz locker und unverbindlich.«

Sabrina verging das Lachen. »Locker und unverbindlich? So siehst du unsere Beziehung?«

Steven begann zu schwitzen. Er war ein Mann und hasste solche Gespräche. »Na ja, wohl schon«, stammelte er.

»Du meinst also, du gehst seit über drei Monaten mit mir ins Bett, ohne ein ernsthaftes Interesse an mir zu haben? Du lässt mich seit über drei Monaten in dem Glauben, das mit uns wäre etwas Besonderes?«

Nun wurde ihre Stimme bedenklich schrill, und Steven suchte verzweifelt nach einem Ausweg. »Also, drei Monate, das ist ja noch nicht so lange, oder? Und da ist ja auch noch der Altersunterschied zwischen uns.«

»Was denn für ein Altersunterschied? Ich bin drei Jahre jünger als du.«

Steven wusste nun nicht mehr weiter, doch Sabrina übernahm das Reden für ihn. »Sag mir jetzt bitte sofort, was du von unserer Beziehung erwartest. Brauchst du einfach mehr Zeit, um dich festzulegen, oder willst du gar keine richtige Beziehung?«

»Ähm, ich weiß nicht. Können wir dieses Gespräch nicht einfach vergessen und weiter zusammen Spaß haben?«

»Nein. Können wir nicht«, sagte Sabrina und fing an zu weinen. »Ich bin total in dich verknallt und dachte, dir geht es genauso. Und nun erzählst du mir, du willst nur Spaß haben.«

»Es tut mir wirklich leid, wenn es zu Missverständnissen gekommen ist«, erwiderte Steven unbehaglich. »Ich weiß nicht, was ich sagen soll.«

»Ich möchte, dass du jetzt gehst. Und in Ruhe über alles nachdenkst. Vielleicht wird dir klar, dass du einfach nur Angst vor einer neuen Beziehung hast. Weil ja deine Ehe gescheitert ist. Versprichst du mir das? Denkst du darüber nach?«

»Ja, mache ich«, behauptete Steven und stand auf. Er küsste Sabrina auf die Wange und verließ die Wohnung. Draußen fühlte er sich merkwürdig befreit, und ihm wurde klar, dass Franzi recht gehabt hatte. Mit Sabrina konnte man viel Spaß haben, aber mehr war da nicht. Außerdem, er hatte ihr nie irgendwelche Versprechungen gemacht oder Liebeserklärungen. Also hatte sie doch eigentlich gar keinen Grund, sauer auf ihn zu sein, oder?

Zwei Wochen später stand Steven mit Nick in Franzis Küche und aß gerade seine vierte Frikadelle. Franzi hatte zu ihrer Einweihungsparty fast dreißig Freunde und Nachbarn eingeladen, und die Leute drängten sich nun im Wohnzimmer und in der Küche. Vor einer halben Stunde war auch Teresa gekommen, aber beide gingen sich aus dem Weg. Das war zwar irgendwie albern, aber er wusste auch nicht, wie er ihr begegnen sollte. Außerdem, Frauen hatten in letzter Zeit die Angewohnheit, ihn aus ihren Wohnungen zu schmeißen, und er hatte noch nicht mal eine Ahnung, warum.

»Ich habe Schubert gestern in der Kantine getroffen«, berichtete Steven Nick. »Und so beiläufig fallen gelassen, dass wir heute bei Franzi zur Einweihung sind. Das schien ihn sehr zu interessieren.«

»Echt? Hast du nicht mal nachgefragt, was da läuft?«

»Nee, der hat so grimmig geguckt. Das wäre nicht so gut gekommen.«

Alice, die gerade in die Küche kam, unterbrach ihr Gespräch. »Also wisst ihr, ich habe gerade mit Teresa geredet«, sagte sie unbedarft. »Die hat sich ganz schön verändert. Erstens sieht sie viel besser aus als früher, und dann ist sie auch noch richtig lustig geworden.«

»Ja, vielen Dank auch«, fuhr Steven sie an. »Dann hatte sie mit mir wohl nicht viel zu lachen.«

»Was soll das denn jetzt? Wenn du schlechte Laune hast, lass die nicht an mir aus«, gab Alice zurück und ging beleidigt aus der Küche.

»Hat sie nicht ganz unrecht«, meinte Nick ungerührt. »Irgendwie hast du wirklich schlechte Laune.«

»Hab ich überhaupt nicht. Ich bin richtig gut drauf.«

»Wenn du es sagst. Ich werde Alice mal beruhigen, kommst du mit?«

»Nein. Ich trinke jetzt noch einen Whisky, und dann hau ich ab. Bin irgendwie müde.«

Bei einem blieb es nicht, was aber nicht seine Schuld war. Der Bruder von Franzi schenkte ihm einfach immer nach. Dafür besserte sich seine Laune mit jedem Glas.

17

Teresa unterhielt sich im Wohnzimmer mit einem Nachbarn von Franzi und versuchte, sich auf das Gespräch mit ihm zu konzentrieren. Eigentlich hatte sie gar nicht herkommen wollen, um nicht Steven und seiner Freundin in die Arme zu laufen. Aber die Alternative wäre ein weiterer langweiliger Samstagabend zu Hause gewesen, und davon hatte sie in letzter Zeit genug gehabt. Sie musste einfach mal wieder unter Leute, und hier waren eine Menge davon versammelt. Nach drei Gläsern Sekt stand ihr ihre Schüchternheit auch nicht mehr im Weg, und sie stellte fest, dass sie sich ziemlich gut amüsierte.

Darum lächelte sie Franzis Nachbarn an und versicherte ihm, gleich wiederzukommen. Sie hatte schon dreimal versucht, zur Toilette zu gehen, aber die war immer besetzt. Vielleicht hatte sie jetzt mal Glück.

Hatte sie nicht, stellte sie kurz darauf fest. Denn im Flur, auf dem Weg ins Badezimmer, stieß sie mit Steven zusammen.

»Ach, hallo, du bist auch hier?«, sagte sie und fragte sich gleich darauf, wann sie das letzte Mal eine so blöde Frage gestellt hatte.

»Richtig«, antwortete Steven, der anscheinend nicht mehr ganz nüchtern war. »Und hier kann mich nur Franzi rausschmeißen.«

»Warum sollte sie das tun?«, fragte Teresa verwirrt.

»Egal. Du siehst gut aus«, nuschelte er.

»Du aber auch«, antwortete sie. Ob dieses Gespräch noch dämlicher werden konnte? Sie schob sich an ihm vorbei und ging zur Badezimmertür weiter. Die war immer noch abgeschlossen. Bevor sie zurück ins Wohnzimmer konnte, nahm Steven kurz entschlossen ihre Hand und zog sie ins Schlafzimmer.

»Hör mal, ich bin, glaube ich, ein bisschen betrunken«, ließ er sie wissen und lehnte sich an die Wand.

»Äh, ja. Und?«, fragte Teresa.

»Keine Ahnung«, seufzte Steven. »Ich bleibe einfach hier stehen.«

»Das würde Franzi vielleicht nicht so gut finden, wenn sie irgendwann ins Bett will.«

»Kann sein«, sagte Steven nur und starrte weiter an die Wand.

Teresa wusste nicht, warum sie nicht einfach das Schlafzimmer verließ, sondern wie festgewachsen neben Steven stehen blieb.

»Tessa?«, fragte er plötzlich. »Bist du glücklich?«

Sie zuckte unbehaglich mit den Schultern.

»Ich bin es nicht«, ließ er sie bekümmert wissen. »Einfach nicht glücklich. Das ist nicht schön.«

Trotz allem musste Teresa lächeln. Sie hatte Steven selten betrunken erlebt, aber wenn, hatte sie ihn immer süß gefunden.

»Egal«, redete er weiter und stieß sich von der Wand ab. »Ich suche mir jetzt ein Taxi und fahre nach Hause. Ich habe nämlich einen neuen Fernseher, weißt du?«

Teresa sah ihm irritiert hinterher. Er steuerte die Wohnungstür an und war kurz darauf verschwunden. Sie selbst ging in die Küche, öffnete den Kühlschrank und holte eine Flasche Sekt heraus. Vielleicht war es keine schlechte Entscheidung, sich ab und an zu betrinken.

Eine Stunde später hatte sich die Wohnung geleert, und nur Teresa saß noch in Franzis Küche.

»Willst du hier schlafen?«, bot sie an. »Du scheinst etwas hinüber zu sein.«

»Hinüber. Jawohl. Das bin ich. Einfach hinüber.«

»Oje«, grinste Franzi. »Na ja, Hauptsache, du hattest Spaß.«

»Hatte ich gar nicht. Habe ich dir schon mal gesagt, dass ich Steven liebe? Ich liebe diesen Mann, aber Schieber hat uns alles vermasselt.«

»Schieber?«, fragte Franzi verwirrt. »Welcher Schieber?«

»Matthias eben. Der ist an allem schuld. Dabei wollte ich doch gar nicht mehr getrennt sein. Habe ich dir schon gesagt, dass ich Steven liebe?«

»Ja, ich glaube schon. Komm, ich bringe dich ins Bett«, sagte eine nachdenkliche Franzi. Konnte das wahr sein, oder redete Teresa nur Blödsinn, weil sie betrunken war?

Sie half ihr beim Ausziehen, und kaum lag Teresa im Bett, schien sie schon tief und fest zu schlafen. Also begann Franzi, im Wohnzimmer wenigstens etwas aufzuräumen, damit sie dort auf dem Sofa schlafen konnte.

Mitten in ihrer Aufräumaktion klingelte es an der Tür, und gleichzeitig klopfte es energisch. Franzi sah durch den Spion und erkannte erstaunt, wer da vor ihr stand.

Wieder wurde laut geklopft. »Jetzt mach schon auf. Bitte.«

Als Teresa am nächsten Morgen wach wurde, bemerkte sie als Erstes einen hämmernden Schmerz in ihrem Kopf. Dann einen fiesen Geschmack im Mund. Und dann einen Männerarm, der quer über ihrer Brust lag.

»Oh mein Gott«, flüsterte sie entsetzt und schaute den Mann an, der schnarchend neben ihr lag. So leise es ging, stieg sie aus dem Bett und wankte als Erstes ins Badezimmer. Danach schlich sie in die Küche, in der Franzi am Tisch saß und Kaffee trank.

»Na, du Schnapsdrossel?«, grinste sie. »Geht schon ein Kaffee?«

Teresa schüttelte nur vorsichtig den Kopf. »Mein Güte, es tut mir so leid. Ich habe keine Ahnung, wie das passieren konnte.«

»Ach, ist doch nicht schlimm. Ist doch jedem schon mal passiert.«

»Wirklich? Also, mir bestimmt noch nie. Das ist so peinlich.«

»Sei nicht so streng mit dir. Ich finde das nicht peinlich.«

»Aber ich kenne den Mann doch überhaupt nicht«, sagte Teresa verzagt. »Ich könnte schwören, ich habe den noch nie in meinem Leben gesehen.«

»Was für einen Mann?«, fragte Franzi verwirrt.

»Na, der in deinem Bett. Ich hatte wirklich in deinem Bett Sex mit einem fremden Mann. Und kann mich an nichts erinnern«, stöhnte Teresa.

Franzi sah Teresa erstaunt an. »Warte mal, ich muss mal was nachsehen. Ich komme gleich wieder.« Sie ging ins Schlafzimmer, wo Karsten Schubert sich gerade im Bett aufsetzte und sich den Kopf hielt.

»Franzi. Es tut mir so leid, dass ich gestern Abend total besoffen bei dir aufgetaucht bin. Ich weiß nur noch, dass ich auf deinem Sofa eingeschlafen bin. Und in der Nacht wieder aufwachte und zu dir wollte. Also habe ich mich neben dich ins Bett gelegt«, sagte er verwundert. »Aber glaube mir, ich habe nichts gemacht«, setzte er schnell hinterher. »Ich bin sofort eingeschlafen.«

»Na, da wird sich ja jemand drüber freuen«, gab Franzi zurück. »Dann weißt du auch nicht mehr, was du zu mir gesagt hast, bevor du auf dem Sofa ins Koma gefallen bist?«

»Doch. Das weiß ich noch. Und ich meine auch nüchtern jedes Wort davon. Du hattest recht, ich war ein Feigling. Auch wenn wir nicht mal drei Wochen zusammen waren, das waren die schönsten drei Wochen in meinem Leben. Und, ja, ich habe es beendet, weil ich Angst vor einer Enttäuschung hatte. Ich verstehe ja immer noch nicht, was du an mir findest.«

»Oh Mann, Karsten. Glaubst du wirklich, man sucht es sich aus, in wen man sich verliebt?«

»Na ja, das wohl nicht. Aber du bist gerade mal einunddreißig, und ich werde nächstes Jahr fünfzig. Und bin zweimal geschieden.«

»Ja, das hast du mir alles schon erzählt. Und weißt du was? Es interessiert mich immer noch nicht. Der Einzige, der mich interessiert, bist du.«

»Wirklich? Und du findest mich nicht zu alt für dich?«

Franzi verdrehte die Augen. »Nein, du Sturkopp. Ich finde alles an dir genau richtig. Und am liebsten würde ich es dir sofort beweisen. Nur, in meiner Küche sitzt eine Frau, der du einen Heidenschreck eingejagt hast. Weil sie der

Meinung ist, ihr beide hättet letzte Nacht in meinem Bett Sex gehabt.«

»Was?«, rief Karsten entsetzt. »Ich schwöre dir, ich hatte mit keiner anderen Frau Sex. Das musst du mir glauben.«

Franzi lachte und ließ sich auf den Mann fallen, in den sie seit über einem halben Jahr hoffnungslos verliebt war. »Ich glaube dir ja«, sagte sie und küsste ihn. »Nur, da sie in meinem Bett lag – und zwar quer und sich auch nicht zur Seite schieben ließ – und du auf dem Sofa eingeschlafen bist, blieb für mich nur die Sitzecke in der Küche. Sei froh, dass du letzte Nacht nichts versucht hast. Du wärst ziemlich erschrocken.«

Karsten musste auch lachen. Dann nahm er ihren Kopf in die Hände und küsste sie. »Dann ist das jetzt hier ganz offiziell ein neuer Anfang für uns beide?«

»Verlass dich drauf«, versicherte Franzi. »Obwohl, ich hätte nichts dagegen, wenn du vor dem neuen Anfang mal duschen würdest. Du riechst wie eine ganze Kneipe.«

In der Küche saß Teresa immer noch und hielt sich den Kopf. »Und? Wer ist der Mann? Kennst du den?«, fragte sie verzweifelt, als Franzi wieder in die Küche kam.

»Ja, und ob. Das ist der Mann, von dem ich dir erzählt habe. In den ich total verknallt bin.«

»Oh mein Gott, es tut mir so leid«, rief Teresa und verbarg ihren Kopf in den Händen. »Das wusste ich doch nicht. Ich weiß überhaupt nichts mehr von letzter Nacht.«

Franzi musste laut lachen. Trotz einer unbequemen Nacht auf der Sitzecke in der Küche war sie bemerkenswert gut gelaunt. »Beruhige dich. Es ist nichts zwischen euch passiert.«

»Wirklich nicht?«, fragte Teresa hoffnungsvoll.

»Wirklich nicht. Ich habe Karsten vor einem halben Jahr auf einer Verabschiedung im Präsidium kennengelernt, und es hat sofort gefunkt. Allerdings, da er älter ist als ich, hatte er zu viel Angst, dass es mit uns nicht funktionieren würde, und so hat er es nach drei Wochen beendet. Glücklich waren wir beide nicht, und das hat er auch endlich eingesehen. Also kam er gestern Abend, als du schon geschlafen hast, zu mir. Ziemlich besoffen. Übrigens, war gestern der Tag des Alkohols, oder was war mit euch allen los?«

»Keine Ahnung«, erwiderte Teresa, die viel zu erleichtert war, um über diese Frage nachzudenken. »Aber warum hat er bei mir im Bett gelegen?«

»Karsten hat mir erst eine Liebeserklärung gemacht und ist dann auf dem Sofa eingeschlafen. Da das zu eng für uns beide ist, blieb mir nur die Sitzecke in der Küche. Irgendwann ist er dann aufgewacht und kam, wie er dachte, zu mir ins Bett. Aber da hat er einfach nur weitergeschlafen. Und ich dachte heute Morgen, er würde immer noch auf dem Sofa liegen. Ich hatte noch gar nicht wieder ins Wohnzimmer geschaut.«

»Meine Güte, bin ich froh. Jetzt möchte ich doch einen Kaffee.«

Sie nahm gerade den ersten Schluck, als ein verlegener Karsten in die Küche kam.

»Ähm, hallo«, sagte er. »Ich weiß zwar nicht, wie Sie heißen, aber ich versichere Ihnen, ich habe die Situation nicht ausgenutzt. Ich habe nur geschlafen.«

»Habe ich schon gehört«, antwortete Teresa ebenso verlegen. »Ich heiße Teresa.«

»Karsten«, sagte er und streckte ihr die Hand entgegen.

Sie schauten sich an und lachten beide los.

»So habe ich auch noch nie jemanden kennengelernt«, stellte Teresa fest. »Ich muss jetzt los. Vielen Dank für dein Bett«, wandte sie sich an Franzi und ging zur Tür.

»Warte bitte einen Moment«, bat Franzi. »Ich möchte noch etwas mit dir besprechen.«

»Ich lasse euch allein. Bringst du mich noch zur Tür?«, fragte Karsten Franzi. Dort nahm er sie noch einmal in die Arme. »Ich fahre jetzt zu mir, dusche und ziehe mich um. Darf ich danach wieder herkommen?«

»Und ob du das darfst. Ich freue mich auf dich.«

Beide schauten sich noch einen Moment verliebt in die Augen, bis Franzi wieder in die Küche ging.

»Weißt du noch, was du mir gestern Abend erzählt hast, bevor du eingeschlafen bist?«

»Leider nein«, schüttelte Teresa den Kopf. »Ich weiß nicht mal mehr, dass wir uns unterhalten haben.«

»Dann helfe ich dir mal auf die Sprünge. Du hast mir gesagt, dass du Steven liebst, aber wegen Matthias Schieber nicht wieder mit ihm zusammensein konntest.«

»Oh Gott«, murmelte Teresa. »Ich trinke nie wieder. Habe ich das nur dir erzählt oder waren auch noch andere dabei?«

»Keine Angst, nur wir beide. Meintest du etwa Staatsanwalt Schieber?«

Teresa nickte.

»Okay, erzähl es mir. Bitte.«

Teresa war den Tränen nahe. Konnte sie es wagen, über die Sache zu sprechen? Andererseits würde es so guttun, den ganzen Ballast einmal irgendwo abzuladen. Sie seufzte. »Du versprichst mir, dass du es für dich behältst?«

»Natürlich. Also, was war das für eine Sache mit ihm?«

Teresa ließ die Schultern hängen. »Ich war eine Zeit lang mit ihm zusammen. Also, nicht so richtig, viel war noch nicht zwischen uns passiert. Allerdings haben wir viel geredet, und ich hatte gehofft, mich in ihn verlieben zu können. Um Steven zu vergessen. Das klappte natürlich nicht, also habe ich die Sache beendet. Auch weil ich gemerkt hatte, wie sehr ich noch an Steven hing. Als der mit seinem Job in diesem Club durch war, hat er mich am selben Abend angerufen. Wir sind uns in den Wochen zuvor wieder nähergekommen, und ich war bereit, einen Neuanfang zu wagen. Er wollte mich am Abend darauf zum Essen abholen.

Nur, nachdem wir telefoniert hatten, stand plötzlich Schieber bei mir vor der Tür. Als Staatsanwalt wusste er alles über den Murango-Fall und, leider, auch von meiner Beteiligung daran.«

»Du warst am Murango-Fall beteiligt?«, fragte Franzi irritiert. »Und woher wusste Schieber davon?«

»Na ja, weil er doch der leitende Staatsanwalt in dem Fall war.«

»Okay. Jetzt mal ganz langsam. Erstens, was hast du mit Murango zu tun gehabt?«

Teresa erklärte ihr, was sich damals zugetragen hatte. Franzi sah sie erstaunt hat. »Ich hätte dich für schlauer gehalten«, sagte sie unverblümt. »Aber du hast wohl selber gemerkt, dass es nicht die beste Idee war, sich an jemanden wie Murango zu wenden.«

»Ja, das habe ich«, nickte Teresa kleinlaut.

»Gut. Und zweitens. Wie kommst du darauf, dass Schieber in dem Verfahren der Staatsanwalt war?«

»Das hat er mir selbst erzählt.«

»Tja, dann hat er dir eine Menge Blödsinn erzählt. Er war doch noch gar nicht wieder im Amt, als der Job um Murango losging. Zuständig für den Fall ist Oberstaatsanwältin von Holten. Und Schieber muss sowieso wieder ganz unten anfangen. Er ist mit Verkehrsdelikten betraut.«

»Oh Gott. Was bin ich für eine Idiotin. Er hat nur so getan, als wüsste er alles. Und ich war so dämlich, ihm alle Infos zu geben, die er gebraucht hat«, sagte Teresa verzweifelt und berichtete Franzi von dem Gespräch in seiner Wohnung. »Das klang alles so echt, dabei hat er nur im Trüben gefischt.«

»Was für Infos waren das, die du ihm gegeben hast?«

»Murango wurde zeitweilig beschattet. Dabei sind Fotos von ihm und mir entstanden. Diese Fotos und den dazugehörigen Bericht des Observationsteams haben Steven und Nick verschwinden lassen. Zum einen, um mir zu helfen. Zum anderen aber auch, um den Fall nicht zu gefährden. Damit die Anwälte von Murango nicht herausfinden, dass ich die Frau von Steven bin. Wäre das im Prozess zur Sprache gekommen, hätte man Steven vorwerfen können, er hätte seine Ehefrau als Köder eingesetzt, um Murango zu einer Straftat anzustiften. Und es hätte womöglich alles mit einem Freispruch enden können. Schieber wusste das alles und hat mich damit erpresst.«

»Das ist nicht dein Ernst«, sagte Franzi fassungslos. »Der Mann ist Staatsanwalt, bist du sicher, dass du ihn nicht falsch verstanden hast?«

»Ganz sicher. Ich habe es ja auch erst mit Appellen an seine Vernunft versucht. Darüber hat er nur gelacht. Er und Steven haben irgendeine Vorgeschichte und mit Sicherheit keine gute. Er meinte es todernst. Entweder sollte ich Steven endgültig den Laufpass geben, oder er würde anonym alles an die Öffentlichkeit bringen.«

»Aber warum? Was hätte er davon?«

»Es ging ihm wohl darum, Steven zu verletzen. Ich war nur Mittel zum Zweck. Und vielleicht war es auch so, dass, wenn er mich nicht haben konnte, Steven mich erst recht nicht haben sollte.«

»Und warum hast du nicht mit Steven darüber gesprochen?«, wollte Franzi dann wissen.

»Das konnte ich doch nicht. Nur weil ich diesen Blödsinn mit Murango durchziehen wollte, musste Steven Beweismittel verschwinden lassen. Das war allein meine Schuld. Und hätte ich ihm dann noch gesagt, dass Schieber mich erpresst, wäre er auf ihn losgegangen, du kennst Steven doch. Was meinst du, was dann mit seiner Karriere passiert wäre? Ein Polizist, der einen Staatsanwalt verprügelt, das hätte mindestens eine Degradierung nach sich gezogen. Das konnte ich ihm nicht antun.«

»Das ist vielleicht richtig. Aber der Prozess ist doch vorbei. Warum hast du ihm nicht anschließend die Wahrheit gesagt?«

»Der Prozess vielleicht. Aber die Tatsache, dass Nick und Steven Beweismittel unterschlagen haben, bleibt bestehen. Das kann Schieber immer noch benutzen. Außerdem weißt du doch selbst, dass er eine neue Freundin hat. Da wird ihn meine Geschichte wohl nicht mehr so interessieren.«

»Erstens, wenn jemand für diese Beweismittelsache eine Lösung findet, dann sind es Nick und Steven. Und zweitens, Steven hat keine Freundin mehr. Das war Kinderkram. Er brauchte nur jemanden, der ihn ablenkt, und da kam Sabrina gerade recht. Steven hat das selbst schon längst eingesehen und die Sache beendet.«

»Oh«, fiel Teresa dazu nur ein.

»Hör mal, er hat ein Recht darauf, die Wahrheit zu erfahren. Ich will mich da eigentlich gar nicht einmischen, weil ich mit euch beiden befreundet bin. Aber Steven hat das damals unglaublich hart getroffen. Auch weil er deinen Sinneswandel nicht verstehen konnte.

»Mir ging es auch nicht gerade gut«, erinnerte Teresa.

»Das glaube ich dir. Aber du wusstest wenigstens, warum. Erkläre es ihm. Bitte.«

»Ich habe Angst davor«, gab Teresa zu. »Er wird mir die Hölle heiß machen, weil ich ihm damals nicht gleich von Matthias' Drohung erzählt habe.«

»Davon kannst du ausgehen, aber das wirst du auch noch ertragen. Und, Himmel noch mal, Teresa«, wurde Franzi laut. »Hör doch endlich auf, immer das schüchterne Mäuschen zu spielen. Du liebst Steven, und du willst wieder mit ihm zusammen sein. Dann kämpfe doch mal um das, was du willst. Geh zu Steven, und hol ihn dir zurück. Wenn du im Leben etwas haben willst, musst du schon selbst dafür sorgen, dass du es bekommst.«

»Du hast ja recht«, gab Teresa geknickt zurück. »Ich denke darüber nach. Und jetzt fahre ich endlich nach Hause, ich habe so das Gefühl, dass du und Karsten einiges nachzuholen habt.«

Steven wachte erst mittags auf. Nach zwei Aspirin und einer Menge Kaffee war er zumindest sicher, sich nicht mehr übergeben zu müssen. So viel getankt wie am letzten Abend hatte er schon lange nicht mehr. Als er nach Hause kam, war er schon ziemlich angetrunken gewesen, doch die Flasche Whisky in seinem Schrank hatte ihm den Rest gegeben.

Am Abend machte er sich etwas zu essen und gammelte vor dem Fernseher herum, als sein Telefon klingelte. Er blickte aufs Display und erschrak, als er Teresas Handynummer erkannte.

Steven wusste noch, dass er bei Franzi mit ihr geredet hatte. Doch war er sich ziemlich sicher, dass es nur ein kurzes und unverfängliches Gespräch gewesen war. Hoffentlich trog ihn seine Erinnerung nicht. Vorsichtig, als wäre das Telefon eine Bombe, drückte er die grüne Taste und meldete sich.

»Steven? Ich wollte nur wissen, ob du zu Hause bist. Ich stehe vor deinem Haus, kann ich hochkommen?«

»Ähm ja, warum nicht?«, fragte er unsicher und ging zur Wohnungstür. Immerhin, tröstete er sich, wenn es hässlich werden sollte, konnte ihn zumindest niemand rausschmeißen.

Er ließ sie herein und ging mit ihr ins Wohnzimmer. Staunend sah sie sich um.

»Wow, das sieht ja richtig gut aus hier. Keine Ahnung, warum, aber irgendwie hatte ich mir deine Wohnung chaotischer vorgestellt.«

»Also, wenn du dich vielleicht richtig erinnerst, bist immer du diejenige gewesen, die Unordnung verbreitet hat«, sagte Steven erleichtert. Hätte er am letzten Abend irgendwas Unpassendes zu ihr gesagt, wäre sie wohl kaum so freundlich zu ihm.

»Auch wieder wahr«, gab sie zu, um dann sofort ernst zu werden. »Steven, ich muss dir etwas sagen. Ich weiß nicht, vielleicht muss ich es auch nicht, oder ich sollte es nicht, keine Ahnung. Aber ich will es.«

Steven sah sie verständnislos an. »Okay. Um was geht es?«

»Also, vielleicht setzen wir uns lieber hin. Und am besten, du hörst erst mal einfach nur zu. Bekommst du das hin?«

»Sicher«, antwortete Steven, war aber immer noch nicht schlauer.

»Also«, begann Teresa, als beide saßen. »Erinnerst du dich noch an den Abend, an dem dein Job durch war? Und du mich zum Essen einladen wolltest?«

»Natürlich erinnere ich mich. Ich bin doch nicht dement.«

»Gut«, redete Teresa nervös weiter. »Also, das, was ich dir an diesem Abend gesagt habe, das war gelogen. Alles. Es gab keinen neuen Mann in meinem Leben, und es stimmte auch nicht, dass ich dir nicht verzeihen konnte. Genau genommen hatte ich genau das schon getan.«

Steven sah sie fassungslos an. »Was willst du mir eigentlich sagen?«, fragte er nach einer Weile.

»Das erzähle ich dir ja gleich. Ich brauche nur vorher eine Zigarette.«

»Nein. Die brauchst du jetzt nicht. Sag mir sofort, was du hier willst.«

Teresa holte tief Luft. »Ich musste damals lügen. Ich wurde erpresst.« Sie gab sich einen Ruck und sagte Steven die Wahrheit. Wie Schieber sie erpresst hatte und warum sie sich Steven gegenüber so mies verhalten hatte.

Steven sah sie an, als wäre sie eine Außerirdische. »Okay. Eigentlich wollte ich heute Abend nur Wasser trinken, aber jetzt brauche ich doch ein Bier. Du kannst ruhig deine Zigarette rauchen, ich muss das erst einmal verarbeiten.«

Er ging in die Küche und trank schon dort die halbe Flasche aus. Teresa stand noch rauchend auf dem Balkon, und er wartete ungeduldig, bis sie endlich wieder hereinkam.

»Du willst mir also allen Ernstes erzählen, dass Schieber dich damals erpresst hat? Und du nicht einmal auf die Idee gekommen bist, mit mir darüber zu reden?«

Teresa nickte. »Ich konnte mit dir nicht darüber reden. Was hättest du denn dann getan? Du wärst losgestürmt, und damit wäre deine Karriere erledigt gewesen. Das konnte ich nicht zulassen. Ich war dämlich genug, um mich mit Murango einzulassen. Und du und Nick, ihr habt hinter mir aufgeräumt. Und da ich so bescheuert war, das Matthias zu erzählen, habe ich ihm die Munition gegen dich geliefert. Also musste ich für diesen Fehler auch bezahlen.«

»Und ich?«, rief Steven. »Meinst du nicht, dass auch ich bezahlt habe? Weißt du, wie beschissen es mir in den letzten Monaten ging? Und warum, um alles in der Welt, musstest du ihm überhaupt von dieser Sache erzählen?«

Teresa senkte den Kopf. »Heute weiß ich, dass er mich von Anfang an manipuliert hat. Er hat Fragen auf eine Art gestellt, die mich glauben machten, er wüsste die Antworten darauf schon. Zum Beispiel, als ich ihm sagte, dass ich aus Versehen in einen deiner Fälle gestolpert bin und du mir trotzdem sofort geholfen hast, da behauptete er, davon zu wissen. Weil ihr mit ihm als Staatsanwalt, der eure Fälle vor Gericht bringt, über alles redet. Dann hat er das Gespräch so gesteuert, dass er von mir alle Infos bekommen hat.«

»Er ist nicht für uns zuständig«, versuchte Steven sich zu beruhigen. »Himmel noch mal, hättest du mir damals alles erzählt, dann wüsstest du das auch.«

»Es tut mir leid, Steven«, weinte Teresa. »Ich wollte dich doch nur schützen.«

»Mich schützen? Indem du mir den Boden unter den Füßen weggerissen hast? Indem du mich hast glauben lassen, du gehst mit einem anderen Mann ins Bett?«, wurde Steven wieder laut. »Stimmt, jetzt, wo du es sagst. Ich habe mich richtig beschützt gefühlt.«

»Sei bitte nicht so fies zu mir. Ich wollte das doch alles nicht.«

Steven stand auf, ging zum Fenster und starrte hinaus. Nach einigen Minuten drehte er sich zu Teresa um. »Mir wird das im Moment alles zu viel, ich muss nachdenken. Lass mich bitte allein, ja?«

Teresa nickte stumm und verließ die Wohnung. Steven ließ sich daraufhin auf seinen Sessel fallen und vergrub den Kopf in seinen Händen. Mit allem hätte er gerechnet, nur damit nicht. Er versuchte, einen klaren Gedanken zu fassen, doch in seinem Kopf herrschte ein wildes Durcheinander. Es dauerte eine ganze Weile, bis sich das gelegt hatte. Dann stand er auf und nahm sein Telefon.

»Nick? Was immer du gerade tust, lass es bleiben, und komm sofort her. Das ist ein Notfall.«

Zehn Minuten später hetzte Nick die Treppe hoch. »Was ist passiert?«

»Komm rein, mach die Tür zu und setz dich hin. Dann erzähle ich es dir.«

Nick hörte Steven zu, ohne ihn ein einziges Mal zu unterbrechen. »Okay«, sagte er dann. »Lass uns das mal sortieren. Zuerst die beseitigten Fotos. Du machst dir Sorgen, dass Schieber sein Wissen benutzen könnte, um uns zu schaden, richtig?«

»Ja. Natürlich mache ich mir Sorgen. Wenn er das öffentlich macht, sitzen wir beide schneller wieder im Streifenwagen, als du gucken kannst.«

»Ich denke, deine Sorgen sind überflüssig. Bei Teresa hatte er leichtes Spiel mit seinen Drohungen. Ich gehe mal davon aus, dass sie deine und Schiebers Vorgeschichte nicht kennt?«

»Das ist richtig.«

»Und sie konnte auch nicht wissen, dass alles, was er ihr erzählt hat, gelogen war«, fuhr Nick fort. »Darum musste sie zwangsläufig darauf reinfallen. Aber denk doch mal nach. Wenn er uns hätte schaden wollen, hätte er das längst getan. Und warum hat er es nicht? Weil er keinerlei Beweise hat. Im Ernstfall nur seine Aussage, also das, was Teresa ihm erzählt hat. Als Staatsanwalt weiß er, dass Teresa als deine Ehefrau ein Aussageverweigerungsrecht hat. Insofern könnte er sich nicht einmal auf Aussage gegen Aussage verlassen.«

Steven kam langsam wieder runter. »Du hast recht«, sagte er und atmete tief aus. »Er hat nichts in der Hand.«

»Nein. Hat er nicht. Trotzdem werden wir uns um ihn kümmern. Damit wird er nicht durchkommen.«

»Woran denkst du?«, wollte Steven wissen.

Nick erklärte ihm seinen Plan, und langsam konnte Steven, das erste Mal an diesem Abend, wieder lächeln. »Das hört sich nach einer verdammt guten Idee an. Jetzt geht es mir schon viel besser.«

»Das sollte es auch. Und, vor allem, denk an eines. Wir haben nichts wirklich Schlimmes getan. Diese Fotos von Teresa und Murango waren für unseren Fall absolut irrelevant. Sie hätten uns bei Murango nicht weitergebracht, also brauchten wir sie auch nicht. Okay?«

»Okay.«

»Bekomme ich jetzt mal ein Bier? Ich kann eins gebrauchen.«

Steven kam mit zwei Flaschen zurück.

»Weißt du, ich habe ziemlich Respekt vor Teresa«, bemerkte Nick.

»Respekt? Wieso das? Hätte sie damals einfach mit mir geredet, wäre das alles nicht passiert.«

»Gerade weil sie nicht mit dir geredet hat. Du wärst tatsächlich losgestürmt, und dann hätte ich nicht in Schiebers Haut stecken mögen. Und anschließend nicht in deiner, denn er hätte dich angezeigt. Für sie kann das alles nicht einfach gewesen sein.«

»Hm. Ja, vielleicht«, gab Steven zu.

»Erst ist sie bereit, dir deine Seitensprünge zu verzeihen. Wozu übrigens die wenigsten Frauen bereit wären. Und dann tut sie alles, um dich zu schützen. Was willst du eigentlich noch?«

»Na ja. So gesehen …«, murmelte Steven.

»Ganz genau. Also, warum sitzt du hier noch rum? Beweg deinen Hintern und fahr zu ihr.«

Zwanzig Minuten später stand Steven vor Teresas Tür.

»Na, du?«, sagte er vorsichtig. »Ich war vorhin ein bisschen überfordert, das tut mir leid. Können wir jetzt noch mal reden?«

»Gern. Komm rein.«

Als sie in der Küche saßen, sprach Teresa als Erste. »Warum will Schieber dir schaden? Was ist zwischen euch beiden passiert?«, wollte sie wissen.

»Wie lange warst du mit ihm zusammen?«, stellte Steven eine Gegenfrage.

»Eigentlich gar nicht. Wir haben uns einige Male getroffen, aber je besser ich ihn kennenlernte, umso mehr hat mich irgendwas gestört. Ich kann bis heute gar nicht genau sagen, was es war, aber irgendwie war er mir nicht ganz geheuer. Darum habe ich es beendet, was er eine ganze Weile nicht akzeptieren wollte. Dann hatte er endlich Ruhe gegeben. Bis er an dem besagten Abend vor meiner Tür stand.«

»Da hattest du das richtige Gefühl. Als ich noch beim Betrugsdezernat gearbeitet habe, war Schieber der zuständige Staatsanwalt. Ich war relativ neu bei der Kripo, noch ziemlich jung und leicht zu beeindrucken. Das hat er ziemlich schnell mitbekommen und es ausgenutzt. Ist mit mir öfter mal ein Bier trinken gegangen und hat mir Tipps für meinen Job gegeben. Heute weiß ich, dass die meisten dieser Tipps hart am Rande der Legalität waren. Und er es nicht aus Menschenfreundlichkeit getan hat, sondern weil ich dadurch Ergebnisse liefern konnte, die seine Erfolgsbilanz vor Gericht erhöht haben.«

»Und dann hast du ihm nicht mehr geholfen?«, fragte Teresa.

»Doch, ich habe das am Anfang gar nicht durchschaut. Der große Knall kam später. Als er mich zu einem Gartenfest zu sich nach Hause eingeladen hatte. Irgendwann musste ich zur Toilette und ging ins Haus. Als ich das Klo suchte, kam ich an der Küche vorbei und sah, wie er seiner Frau mit voller Wucht in den Magen schlug. Er schrie sie an, weil er mit dem Essen, das sie vorbereitet hatte, nicht zufrieden war. Ich bin dazwischengegangen, und seit dem Tag war ich komplett unten durch bei ihm. Und er bei mir, natürlich.«

»Der hat seine Frau geschlagen?«, fragte Teresa fassungslos.

»Mit Sicherheit nicht nur einmal. Aber immerhin hat sie die Kurve bekommen und sich ein Jahr später scheiden lassen.«

»Was für ein Mistkerl. Mir hat er erzählt, seine Frau hätte ihn ständig betrogen, und darum wäre die Ehe gescheitert.«

»Maren? Wohl kaum. Die hatte viel zu viel Angst vor ihm. Jedenfalls, seit dieser Feier hat er mir nur noch Steine in den Weg gelegt. Es wurde ziemlich hässlich.«

»Er hat mich die ganze Zeit belogen«, stellte Teresa verbittert fest. »Und ich gehe mal davon aus, dass du auch nie eine Affäre mit der Frau von diesem Verdächtigten hattest, der damals freigesprochen wurde, stimmt's?«

»Das hat er dir erzählt? Rate mal, wer von uns beiden mit der Frau geschlafen hat. Ich sicher nicht. Aber wie immer er es hinbekommen hat, bevor der Fall vor Gericht kam, hat diese Frau eine Aussage gemacht und behauptet, ich hätte sie zum Sex gezwungen und ihr versprochen, dass dafür die Akte ihres Mannes verschwinden würde.«

Mit großen Augen sah Teresa ihn an. »Das ist ja unglaublich. Wurdest du suspendiert?«

»Nein. Der Fall war damit natürlich gelaufen, aber ich hatte danach ein Gespräch mit dem Leiter des Betrugsdezernats und habe ihm meine Version der Geschichte erzählt. Es stand Aussage gegen Aussage, aber auch den oberen Etagen und dem Gericht war nicht entgangen, dass Schieber etliche Probleme hatte. Und manche seiner Fälle einer genaueren Untersuchung nicht standhalten würden. Das Ende vom Lied war, dass die Sache unter den Tisch gekehrt und Schieber weggelobt wurde. So ist er beim BKA gelandet. Unsere Abteilung stand sauber da, und das Problem mit Schieber war gelöst.«

»Irgendwie aber auch nicht ganz richtig, oder? Dass er nicht zur Rechenschaft gezogen wurde?«

»Nein, aber niemand wollte schmutzige Wäsche waschen. Ich war darüber ganz froh, denn bei einer richtigen Untersuchung hätte man ja durchaus auch Schieber und dieser Frau glauben können. Der gibt natürlich immer noch mir die Schuld, dass er seinen prestigeträchtigen Job aufgeben musste. Und das wird er mir auch niemals verzeihen, auch wenn er es vor einigen Wochen geschafft hat, wieder als Staatsanwalt zu arbeiten.«

»Ich weiß. Allerdings hat er mit euch gar nichts zu tun, oder?«

»Nein, er bearbeitet Verkehrsdelikte.«

»Es tut mir leid, Steven«, weinte Teresa. »Er war so überzeugend, als er hier stand und behauptete, er wäre von Nick eingeweiht geworden und hätte sein Okay gegeben, die Fotos verschwinden zu lassen. Ich würde doch nie damit hausieren gehen, was du und Nick getan habt.«

»Nicht mehr weinen, Tessa. Das weiß ich jetzt auch. Aber er kann uns nicht schaden, weil er nichts gegen uns in der Hand hat. Schieber hat einfach geblufft. Und dafür wird er bezahlen.«

»Hast du schon mit Nick gesprochen? Was habt ihr vor?«

»Keine Angst, nichts Strafbares. Aber darüber will ich jetzt gar nicht reden. Sondern über uns. Was ist mit uns beiden?«

»Ich weiß es nicht. Sag du es mir.«

Steven nahm ihre Hände in seine und sah sie an. »Ich kann nur das wiederholen, was ich bei unserem letzten Gespräch schon gesagt habe. Ich liebe dich und habe damit auch nie aufgehört. Es gibt keine Frau, die mir etwas bedeutet, außer dir. Das Einzige, was ich tun kann, ist, dir zu versprechen, dass ich dich niemals wieder betrügen werde. Dass ich alles versuchen werde, um es wiedergutzumachen.«

Teresa lehnte ihren Kopf an Stevens Schulter. »Ich liebe dich auch. Ich wünsche mir so sehr unser altes Leben zurück. Aber ich glaube, so ein neuer Anfang wird nicht leicht sein. Es wird Zeit brauchen, bis ich dir wirklich wieder vertrauen kann.«

»Ich gebe dir alle Zeit der Welt. Wir schaffen das zusammen, Tessa. Willst du?«

Sie hob ihren Kopf und sah ihn an. »Was soll ich dazu sagen?«, lächelte sie. »Wohl dasselbe, was ich schon vor vier Jahren gesagt habe. Ja. Ich will.«

Als Steven sie in die Arme nahm und küsste, als hinge sein Leben davon ab, wusste er, dass er diese Frau niemals wieder loslassen würde.

Epilog

»Habt ihr schon die Zeitung gelesen?«, fragte Schlüter vor dem Montagsmeeting. »Dieser Staatsanwalt, über den seit Wochen berichtet wird, ist zurückgetreten. Also stimmten die Vorwürfe gegen ihn doch.«

»Ich glaube, ich habe so am Rande etwas mitbekommen«, meinte Steven beiläufig. »Was war da noch los?«

»Eine Serie in der Zeitung über Gewalt in der Ehe. Daraufhin hat sich die erste Frau dieses Staatsanwalts gemeldet und ausgepackt. Wie er sie während ihrer gesamten Ehe geschlagen und eingeschüchtert hat. Sie wollte damit an die Öffentlichkeit, um anderen Frauen in ähnlicher Lage Mut zu machen, sich zu wehren.

»Und, hatte sie damit Erfolg?«, fragte Steven.

»Ja«, sagte Schlüter, »aber wohl einen unerwarteten. Denn plötzlich haben sich bei der Zeitung noch andere Frauen gemeldet, die mit diesem feinen Herrn auch eine Beziehung hatten und ebenfalls verprügelt worden sind.«

»Ist ja nicht wahr«, staunte Nick. »Das muss ja ein widerlicher Typ sein. Und jetzt ist der öffentliche Druck zu groß geworden, und er ist zurückgetreten?«

»Genau. Denn ein Staatsanwalt ist dafür da, die Bösen ins Gefängnis zu bringen und nicht selber ein Böser zu sein. Na ja, man steckt nicht drin in den Leuten. Dann lasst uns jetzt mit dem Meeting beginnen.« In dem

Moment klingelte sein Telefon, und er wandte sich zum Schreibtisch. Aus dem Augenwinkel sah er, wie Nick und Steven sich abklatschten. Schlüter schüttelte den Kopf. Er wollte es gar nicht wissen.